画仙

白少邪 著

群言出版社
QUNYAN PRESS
·北京·

图书在版编目（CIP）数据

画仙 / 白少邪著 . -- 北京 : 群言出版社 , 2017.8
ISBN 978-7-5193-0307-5

Ⅰ . ①画… Ⅱ . ①白… Ⅲ . ①长篇小说 - 中国 - 当代
Ⅳ . ① I247.5

中国版本图书馆 CIP 数据核字 (2017) 第 190464 号

图书策划：王　聪
责任编辑：王　聪
封面设计：方　茜
封面绘图：容　境

出版发行：群言出版社
地　　址：北京市东城区东厂胡同北巷1号（100006）
网　　址：www.qypublish.com
自营网店：http://qycbs.shop.kongfz.com（孔夫子旧书网）
http://www.qypublish.com（群言出版社官网）
电子信箱：qunyancbs@126.com
联系电话：010-65267783　65263836
经　　销：全国新华书店

印　　刷：北京鑫瑞兴印刷有限公司
版　　次：2017年10月第1版　　2017年10月第1次印刷
开　　本：880mm × 1230mm　1/32
印　　张：9.25
字　　数：237千字
书　　号：ISBN 978-7-5193-0307-5
定　　价：36.80元

目录

第一章　桂市

阴历七月十四，嫦娥镇的桂花比寻常开得更加香艳，细碎的黄花就像染了金粉，在夜色中散发出氤氲的光晕。

燕羽元抱着一个瓷坛跟在涂宝珠身后，双目谨慎地向四处打探着，额上微微透出薄汗。

这片桂花林从高处目测不超过百亩地，可他们已经走了足足有两个时辰。金色的雾气将天空遮得严严实实，没有星辰做道标，左右的景致又毫无变化，每走一步都像在原地踏步。

尽管涂宝珠一再保证不会迷路，但燕羽元的心里还是很没有底："还要走多久？"

"快了，我已经能闻到那股味了。"她皱皱鼻子，兴奋地扯出一个笑容，因为动作幅度太大，嘴角撕开一道裂痕，露出皮肤下红色的绒毛。

她不悦地用外衣包住脸，正想抱怨两句，这时空气里忽而传来一声叹息，就像是人在醉生梦死时发出的满足呻吟。

"来了！"涂宝珠提醒道。

燕羽元赶紧戴上面具，配着一身假皮草，整个人看起来就像是山林野兽。

他屏住呼吸，看到两条银蛇相互缠绵着从天而降。

蛇身就像厨师手里的面筋一样源源不断下落着，却迟迟看不到蛇头。

他难以想象这蛇到底有多长，层层盘踞的蛇身已经逐渐堆成一座大山，就像是人肚子里扭曲弯折的小肠。

树枝梭梭作响，桂花瓣跟雪花一样在空中飞舞。这画面本该是极美的，可占据在绝美景致当中的却是比炼狱更狰狞的蛇肉林。

看着那团滑腻且不停蠕动的蛇墙，燕羽元只觉得胸口一阵阵作涌，鸡皮疙瘩直往外冒。

突然，金雾里倒下一颗庞大的蛇头，轰地一声砸得地动不止，桂树被压倒了一片。

原来这是条畸形双身蛇，蛇头上生了四只眼睛，两张嘴，紫红色的信子从嘴里伸出来，分别铺设在他们面前，就像两条染血的红毯。

银蛇左边的嘴里旋转深不见底的漩涡，另一张嘴里露出尖牙、内腔和墨绿色的黏液，一眼望去仿佛能直通肠底。

“右边那条就是入鬼市的通道。”涂宝珠说。

“那左边的呢?”

她诡异地笑了笑：“你不会想知道的。”说罢，抢先朝着右边蛇口里走去。

燕羽元犹豫了片刻，试探地伸出脚踩在那条舌头上，鞋底传来软绵绵的触感，似乎还有神经线在隐隐抽动。

他深吸了口气，强忍着呕吐的欲望，抱紧手里的瓷坛快步向前。蛇眼始终随着他的身影移动，瞳仁兴奋地放大、紧缩，鼻腔配合地喷出浓浓的腥气。他感到自己如同一只即将入虎口的绵羊，身上的每寸肉都在被恐惧撕扯着。

当他的全身都没入蛇口里，大蛇猛地闭上嘴，他的眼前毫无防备地陷入漆黑，不由得喊了一句：“——”

燕羽元愣住了，他发现他听不见自己喊出的声音，不只是说话，就连呼吸和心跳声也被黑暗吞没了。他想要往前走，身体却感觉不到重心，整个人就像悬浮在半空中，不知道哪边是左，哪边是右。一股无形的吸力将他朝一个方向拉扯着，他就像大蛇的腹中餐，正慢慢滑入它的胃，被消化溶解。

在此之前燕羽元曾经无数次设想过自己的死亡，运气好点惊恐过度一命呜呼，运气差点肝肠寸断五内俱焚……他从不奢望能平安终老，但所有关乎死亡的设想至今为止只分为痛和不痛的，从没有一种是像现在这样，虚空，孤寂，无所适从，而且没有尽头，没有终点。

他的内心陷入极致的慌乱，全身的神经纠结成错乱的弦，已经濒临断裂。

就在他离崩溃只有一线之差时，突然有什么东西撞了一下他的后腰。

“啊，抱歉。”

随着这声音，缤纷的色彩又回到燕羽元的视野当中。

他站在一条繁华的街市上，天空洋洋洒洒降落着桂花瓣雨，脚下是湿滑的青石路。路两旁的石阶上盖着一间间精致的竹亭，亭前挂着绣有花鸟虫兽的布帘，帘后灯光摇曳，乍看之下就如同一盏盏燃烧的孔明灯，沉浮在夜色当中。

空气里弥漫着浓浓的花香，不知道从何处传来缥缈迷离的笙乐，还有熙熙攘攘却怎么也听不出内容的谈笑声。

这就是桂市，妖怪在人间汇聚的集市，一年一度，入夜开始，黎明结束。

燕羽元深吸一口气，咽下方才的彷徨与迷惘。探头想要找涂宝珠的身影，这时背后有只手拍上他的肩：“兄弟。”

他的心里咯噔一下，神经再度紧绷起来。

这里是妖怪的地头，妖怪大多是不会说人话的，除非是曾被人间术士驯养过，或是吃过道行高深的术士，吞噬了对方的法力和智慧。如果是后者，那现在拍他肩膀的就是个吃过高人的大妖怪，他有可能会轻易看穿他身上的伪装，认出他的真实身份。

“小兄弟?”妖怪又喊了一声。

燕羽元紧握双拳，鼓起勇气回头——站在他面前的不是妖怪，而是一个人，一个穿着蓑衣，渔夫打扮，年龄大约二十来岁的年轻人。

他的心里还有一丝狐疑，仔细打量着他的脸皮想要辨认真伪。谁知青年被他脸上的野兽面具吓了一跳，捂着胸口道：“你，你到底是人是鬼啊?”

听到这句口音极重的方言，燕羽元原本提到嗓子眼儿的气就这么被呛了回去。再愣头儿青的妖怪也不可能被同类的样子吓到，能有这反应的只能是人。

他在心里低骂了一句：“这句话该我来问你吧。”

年轻人听到他讲的是字正腔圆的人话，顿时松了口气，也没介意他的语气：“我是在嫦娥镇上捕鱼的，叫卢长舟，小兄弟怎么称呼?”

燕羽元不答反问：“你是怎么跑到这里来的，来做什么?”

卢长舟犹豫了片刻，放低声音说：“上个月我出去捕鱼的时候捞了件宝贝，听一个道士说这东西可能是妖怪做的，在鬼市会很值钱，所以我才来这里……”鬼市是凡人对桂市的称呼，一是因为音近，二是因为七月十四是人间传统里魔界大开、恶鬼肆虐的日子。

卢长舟是土生土长的嫦娥镇人，从小就听说过关于鬼市的传闻。每到这天，镇上的大人都会彻夜守在孩子床前，看着他们不让他们乱跑。如果是有顽皮的小孩从父母眼皮子底下偷偷逃出家门，就永远也回不来了。

虽然卢长舟现在已经年过二十，但心中依旧残留着儿时的阴影，所以当时那个道士提出要他去鬼市卖东西，他是一千一万个不愿意。可现在情况不同，他要娶妻了，未来岳父舍不得闺女陪他吃苦，非要他在镇上买幢大庄园。他虽然也有房产和一艘小渔船，但离岳父的要求还甚远。眼见七月十四将近，他为了把恋人娶进门，决心冒险闯一回鬼市。

他是傍晚入的桂花林，一路上遵照道士的嘱咐念着咒语，谁知走着走着竟在自己最熟悉的地方迷了路。

他不知道自己究竟在林子里转了多久，总之是饿得前胸贴着后背，喉咙冒烟、眼冒金星时，忽然听到一阵浪涛声，眼前出现了一片蔚蓝的汪洋。

两艘船自汪洋缓缓向他驶来，一艘是豪华得惊人的商船，一艘是破破烂烂的小渔船。他看到那艘破渔船就像看到了家门口，心里涌起无限的亲切感，迫不及待地跑了进去。可他一进船舱就到了这个漫天桂花瓣雨的地方，接着转头撞上了个穿皮草的怪人。

那个怪人自然就是燕羽元。他听到卢长舟的遭遇，心里不禁疑惑：同样是入市，为什么卢长舟进的是船，而他进的却是蛇口？难道桂市的入口根本就没有特定的形态，只是根据人内心的恐惧或是向往幻化出来的？

他看向卢长舟胳膊里夹的长布袋子，看形状可能是把刀剑，也可能只是根大萝卜。

刚才撞上他后腰让他惊醒的就是这东西，现在仔细回想，那一瞬间他好像脑海中传出一道声音，有点像女人或者小孩发出来的。

燕羽元无暇再想更多，他现在只想知道，涂宝珠到底死到哪里去了？

“喂。”正想着，涂宝珠跟鬼魅一样从他身侧冒了出来，狐疑地打量着卢长舟道：“这小子是打哪里冒出来的？”

卢长舟耐心把入鬼市的经历又复述了一遍，她听到他进林子时念的那个咒语，拧眉说：“这可不是道家咒语，这是鬼话。”上古时代的邪魔也被称作恶鬼，他们的语言被人类称作鬼话，千万年沿袭下来逐渐成为妖魔的官方语言：“我看你遇到的那个根本不是道士，不是妖怪就是邪魔。”

“不可能。”卢长舟不信：“那人长得相貌堂堂，怎么可能是妖怪？”

“也许他披了层画……”涂宝珠话没说完，燕羽元突然踩了下她的脚，提醒她不要说漏嘴。

燕羽元岔开话题问：“你刚才去哪儿了？”

涂宝珠献宝似的拿出一个灯笼：“这边的店铺已经被占满了，我去申请了一个地铺，趁天亮把酒卖出去，才能换钱买……”她望了卢长舟一眼，讪讪收住口，“走吧，铺子在那边。”

燕羽元跟着她往前走，卢长舟傻愣愣在原地站了一会儿，有些不知所措。

这时他突然听到旁边的门帘里发出一声狞笑，眼睛往那边一瞟，看到一个蜈蚣似的影子，多脚多手的，正在灯火下撕扯着什么。

他吓得汗毛直竖，连忙追着他们的背影喊：“小兄弟，等等我。”

……

涂宝珠把他们带到一块宽敞的枯树林里，在地上摊了块毛毯，然后把发着绿光的灯笼挂到树枝上。

燕羽元席地而坐，只见林子四周密密麻麻都是灯笼的光影，远远看着就像一团团鬼火。

卢长舟依旧一副搞不清状况的模样，左看看右看看，见什么都新奇。燕羽元怕他露馅儿拖累自己，就找涂宝珠要个备用面罩给他：“戴上。”

他一边接过面具，一边贼眉鼠眼往涂宝珠脸上瞟，最后腼腆地说了句：“你媳妇真好看。”

“那是我娘。”

“咦?”他吓了一跳：“你娘怎么这么年轻?”

燕羽元已经习惯了这样的质问，语气平淡地回答：“是三娘。”

“后娘啊，看着比你还小，你爹真是好福气。”

卢长舟自言自语在旁边猜测起涂宝珠的年龄，燕羽元心想要是实话实说她已经快四百岁了，这人会不会惊得把舌头给吞了。

他并没有什么好福气的爹，事实上燕羽元长这么大连自己到底有没有爹都不知道。

他只有三个养母，老大是狐妖，老二是狐妖，老三还是狐妖。一窝子妖精，偏偏养出他这个血统纯到骨子里的凡人。

根据那三个妖精的说法，她们是在山中修炼时无意中从溪水里捡到他的，那时他才刚出生，人事不知，稀里糊涂揪着她们要奶喝。她们心肠一软捣了个狼窝，用狼奶喂他，结果喂着喂着就喂出了感情，决定把小娃娃留在身边养——当然，关于这一段历史燕羽元一直是持保留态度，与其让他相信涂宝珠会脑袋秀逗母性大发，不如相信那三个妖精看中他有什么天赋根骨，打算养肥了再尽情享用。

妖怪爱吃人，这就像人爱吃鸡鸭鱼肉一样是无法逆转的本性。还没开始记事的那几年燕羽元住在山里，差点被只蛇精捡着吃了，三个狐妖合计着这样不是办法，就买了几张画皮披着，带着他搬到了山村小镇，过起了似人非人的生活。

世人总以为妖怪能千变万化，随随便便就能施法变出人形，搞出段渔夫田螺女的人妖奇恋，其实那些只是书生臆想出来的产物，要不人间早就妖魔泛滥，杂交出一窝窝的小人妖来。

妖怪要长期维持完整的人形其实很难，既耗妖力又耗精气，而且华夏如今天师遍布，就算变了人也会在他们面前露出马脚，道行低点的还会被收走炼丹。

后来妖界为了应对时局兴起了一种奢侈物：画皮，这东西对妖怪来说省时省力，上乘的画皮不仅能改变妖怪的样貌，更能掩盖妖气，即便是站在法力高超的天师面前也不会露出破绽。

不过最好的画皮也只有区区数月的保质期，过期就会烂掉。以妖怪的寿命来说那几乎可以说是一眨眼的工夫，何况制画皮的材料极为罕见，炼造手法既复杂又保密，费工费时加上极度稀缺，价格自然就极为高昂，所以要长期伪装成人对妖怪来说是非常奢侈的消遣。

燕羽元家里的三个狐妖在人间待了十几年，已经把近千年积累的家底全部耗光，所以这回他跟着涂宝珠来鬼市就是想卖点东西给她们换几张廉价的新皮凑合凑合。

他把抱了一路的瓷坛子摆在地摊上，掀开盖子，从里面取出一件件小玩意儿。有符箓、铃铛、海螺、梳子、披肩，还有各种手工艺品……东西多得远远超乎了这个瓷坛的容量。

这些东西看似寻常，其实是燕羽元亲手打造的法器。他不能修道，因为修士的灵气会跟妖气相冲。于是他触类旁通，把心思花在炼造法器上，倒也颇有成就。等摊子摆满，他从坛子里取出一个小瓶子，一团紫雾从瓶口冒出来，像条扭动的蛇在半空跳舞。

卢长舟看得称奇："这是什么东西？好香。"

涂宝珠凑过来逗他："长生不老药，要不要尝尝？"

燕羽元瞪了她一眼，说："是黄泉酒，喝了会忘掉前一天发生的事。"

"这么神奇？"他够着脖子看了许久，到底也不敢真去尝试。

涂宝珠问："你要卖的宝贝又是什么？"

卢长舟也没有私藏的意思，大大方方把身上的布袋子解开，拿出一个画轴。画轴两边没有装轴头，纸质白皙光滑，看起来像丝绸，细腻得找不到一丝缝，摸起来却又薄又脆，坚实立体，捏下去居然还有声，好像一用力就会碾碎。燕羽元的注意力被它吸引过去，目不转睛看着卢长舟把它打开——结果，里面什么也没有。

涂宝珠眨眨眼："空的？"

卢长舟点头说："别看这里面什么也没画，但这画纸本身就够奇的，不管是火烤水淹，还是拿蜡烛、香油泼它，纸都不会烂掉。"

涂宝珠听了抢过画轴，翻来覆去瞧了好几遍也看不出什么端倪，干脆捏着两头想把它撕开，可怎么用力画纸还是原封不动，甚至没有变形。她咦了两声，把画卷起来塞进了灯笼，用磷火烧它。燕羽元本以为卢长舟见了会着急生气，哪知道他很无所谓地说："没用的，我什么方法都试过了。"

"什么玩意儿？"涂宝珠有些丧气，把画卷回去往地上一扔。

燕羽元凌空接住，凑近闻了闻，有股淡淡的木香味，很清新，还有种莫名的熟悉感。

卢长舟突然咋咋呼呼道："那个不是牛头马面吗？"

燕羽元抬起头，只见两个怪物正往这边走来。他们的脖子上空空落落的，手里分别抱着两个头，一个是牛，一个是马。

牛头怪有十尺多高，身上长满了丑陋的红疙瘩。抱着马头的那个则矮得像侏儒，浑身长满了坚硬的长毛，像个站立行走的刺猬。他们抱着自己的头，步履坦然，仿佛头这玩意儿本来就该端在手里，而不是杵在脖子上。

等他们走近了，燕羽元发现那两颗头正挤眉弄眼在相互交流，口里不断流出血红色的涎水，就像刚刚生吞了活肉还没完全消化，正在探讨心得。

卢长舟的双腿开始打摆子，虽然他自认做足了心理准备，可现实太恐怖了有没有。

燕羽元的手心也在出汗，这是他第一次来鬼市，临时学的鬼话也不知能不能说标准。

涂宝珠已经媚笑着迎上去推销起自家酿造的黄泉酒。

牛头怪没有吭声，把头举过来闻酒坛子的味道。马面怪的注意力则被画轴吸引过来，走到燕羽元面前问了几句话。

卢长舟脸上冷汗直淌，声音都开岔了："他，他，他说什么？"

燕羽元小声道："他想看看这个画轴，给不给？"

卢长舟赶紧说："给，给……"

马面怪一手接过画轴，想拿过去，动作却顿住了。

卢长舟咦了一声："你怎么不松手，快点给他啊！"

燕羽元皱起眉头，试着把指头松开，结果发现："黏住了。"

卢长舟："什么?!"

燕羽元很尴尬，他试着用另一只手把画轴抽开，最后两只手都被黏在上面。马面怪拽了几次画轴，见他始终不放手，愤愤打了个响鼻，眼睛里发出危险的红光。

卢长舟慌了："怎么办？他好像生气了。"

"帮忙！"

"哦！"卢长舟壮着胆子，一鼓作气冲上去，抓住燕羽元的手往旁边一拽："哈哈，松开了。"

燕羽元目瞪口呆地看着他。

涂宝珠和牛头怪也望了过来。

卢长舟察觉到气氛有些不对，低头一看，发现自己拽住的是一只棕色的毛手，而燕羽元戴的手套是灰色的。

他顺着毛手往右看去，毛手的主人，一颗马头飞了过来，冲着他的脖子张开血盆大口。

涂宝珠灵敏地闪身过来拉着卢长舟的肩膀往后一扯。马头合上嘴，牙齿一碰只咬到了他的头发。

燕羽元刚松一口气，却发现他的头套也连着发丝被拽了下来，露出了庐山真面目。

卢长舟正满脸惊恐地瞪着马面怪。

牛头怪察觉到他是人类假扮的，双眼一红，突然将头抛向空中。牛头悬在半空张开嘴，像扩音喇叭似的发出一阵意义不明的鬼嚎。

涂宝珠的脸色异常恐怖："完了。"她说。

林子里的灯火唰唰灭了下去，一片又一片，很快四周就陷入漆黑，只剩下他们背后的灯笼发出森森的荧光。

洋洋洒洒的桂花瓣雨悬停在半空中，像雪花一样化成黄雾蒸发，原本无处不在的嬉笑声不知不觉也止息了。

桂花香渐渐散去，空气里弥漫出一股腐烂腥臭的味道。

这是妖怪的味道。

妖怪之所以总将集市选在桂花林，就是因为桂花浓烈的香气能够遮盖他们的体味，避免天师的察觉和滋扰。现在桂花雨一停，就代表鬼市也要散了。

涂宝珠在燕羽元耳边念了句"别反抗"，接着在他身上拍了一下，而后身形一闪，像影子一样遁进了黑暗里。

燕羽元摸了摸她刚才拍的后腰，发现自己的无极腰袋被顺走了，再低头一看，刚才摆的摊子也不见了。

"该死。"他在心里大骂她不地道，关键时候溜了不说，居然连他防身的法器也偷走了，这不是要他送死吗?!

卢长舟并没有留意到少了个人，只紧张地盯着正逐步后退的牛头马面。眼见他们慢慢离去，他带着几分侥幸问："他们这是要放过我们——

啊！”

话还没有问完，他突然感到脚心一股刺痛，有什么东西从地面钻出来刺穿了他的脚掌。

他惨叫一声，想把脚抽出来，可脚掌却被牢牢抓住了。

抓住他的是两根手指，准确地说，是赤裸裸的手指骨头。

原本硬实的土地不知道从什么时候起变得潮湿黏稠，危险的红雾缓慢游弋在他们的腿间。

燕羽元屏息紧盯着地面。只是眨眼之间，一个红黑色的骷髅架子，无声无息从地底里冒了出来。

红骷髅仿佛没有重量般悬浮在他的面前。四肢颀长，驼着背，脑袋顶上长了根角，屁股后面还拖着条尾巴，慢悠悠左右晃荡着，发出咯咯的声响。

他们脸对着脸，距离不超过一个拳头，稍不注意就能打个啵。这要是个母的，燕羽元都想喊声非礼了。骷髅头瞪着空荡荡的眼眶注视前方，燕羽元死死地咬着嘴，感到牙根不由自主地在打颤。他忍不住侧头，想要避开这个恐怖的视线，可下一秒他看到成百上千个骷髅架子，像上吊的死人密密麻麻悬在四周，不动声色地将他们包围了。

燕羽元的心脏在那一刻几乎要跳停了，等他重新找回呼吸和理智的时候，心里只有一句话：完了。

……

仿佛过了几个时辰，也可能只有几秒钟的时间，红骷髅们忽然集体转过了身，似乎要结束这种诡异的对峙。

卢长舟感到脚上的手指渐渐松开，缓缓沉入了地底，那根刺穿他脚掌心的指头退得极为缓慢，那种感觉就像是钝刀在一下下磨着他的伤口。他疼得哇哇大叫，把燕羽元的耳朵都震麻了。

骷髅架子又开始动了，它们伸展着四肢，像野兽一样相互攀爬，外面一排爬到里面一排的肩上，第三排爬到第二排的肩上，跟叠罗汉一样层层堆成了一圈围墙。接着顶头的墙壁倒了下来，严严实实盖在了他们的头顶，架起一个骨笼。

燕羽元感到脚下不稳，整个人都被升了起来。脚底湿滑的泥土跟过筛子一样熙熙攘攘落了下来，露出紧密的骨头架子。原来不只头顶，就连地里也已经铺好了排骨架，上上下下左左右右，没有一丝缺口，简直是天罗地网。

半晌，用骷髅搭成的骨头笼子被更多的骷髅抬了起来，朝着一个方向开始移动。动作依旧维持了它们飘忽的风格，四平八稳，无声无息。

树枝上挂的灯笼离他们越来越远，最后彻底消失在他们的视线里。

四周漆黑如墨，只剩下压抑的呼吸声，还有卢长舟不成调的呻吟。

燕羽元感到不知所措，他跟三个狐妖母子相称生活了十几年，但自从离开深山后他就再也没见过别的妖怪。

为了来鬼市冒险他已经预谋了很久，最后选择了最不靠谱儿的涂宝珠下手，抓住她的把柄威胁她给他带路。虽然他不妄想一路顺风顺水，但也不至于一开始就这么倒霉吧？

这些骷髅到底准备押他们去哪里，黄泉地狱还是刀山油锅？想囚禁他们直到老死，还是把他们当待宰的猪羊磨刀霍霍？

该死的涂宝珠，要死也让他死个明白啊！

燕羽元揣紧拳头，忽然意识到手里还黏着那个古怪的画轴。用力挣了挣，还是没有挣脱。

好吧，他吸了口气，强迫自己冷静下来。

那三只狐狸好歹养了他十八年，如果真是看中他什么在做长线投资，现在他死了她们只会血本无归。十八年对狐妖的寿命来说虽然不长，但也不像神仙那样眨眼就当浮云，这么多年的相处就是跟个宠物也有感情了，何况他还喊过她们那么多年娘。

我是她们的儿子。

他想。

她们会来救我。

这时骨笼猛地往下一沉，下一秒燕羽元整个人跌进了一团软绵绵的细沙里。他慌忙闭上眼睛，头顶很快被沙砾掩埋，不得不挥舞着四肢拼命挣扎，结果却越陷越深。突然，他掌间的画轴发出一道白光，猛地使力把他向上一拉，周身的压迫感立刻消失了。

他睁开眼，狠狠眨了几下，挤出眼缘的沙。等视线略恢复，他发现自己正趴在一段枯树根上，树根已经半腐烂了，上面生着色彩鲜艳的有毒菌。

不远处梭梭作响，燕羽元朝着发声的方向看去，只见卢长舟的半截手臂伸在外面，正在往下滑。

他连忙攀上树根，连滚带爬跑过去用胳膊夹住他的手臂，动作艰难地把他从沙里拽了出来。

“咳、咳！”卢长舟咳了几声，却没有醒，闭着眼呼吸十分不稳。

燕羽元见他被骨头戳穿的那只脚都肿成猪蹄了，摸摸额头更是滚烫得要命，整个人一副病入膏肓、行将就木的模样。不过还好，他并没有中妖毒，只是伤口发炎又受惊过度才会高烧不醒。

简单的医术他也会，可之前准备的应急药包都扔在了鬼市的地摊上，就算要治也是巧妇难为无米之炊，只有先打量起四周，另寻办法。

红骷髅已经不见了，他们现在所处的地方是个硕大的深坑。下面铺满了灰白色的沙层，沙砾隐隐透着一股荧光，把这个深坑照亮。头顶横向遍布着粗大的枯木枝，越往上越密集，盘根错节，直至完全隐匿在黑暗里。

枯枝的外形和结构很像植物的根茎，但他从没见过什么植物能有这么大的根。这个深坑看起来大约有五亩，他头上的根从左到右粗细相等，应该只是其中的一个截面。完整的根恐怕至少是这里所见的十倍，相当于大半片桂花林，那根上的树岂不是壮得像座小山？

他懵懂地低下头，看向手里的画轴。

刚刚好像是这东西救了他？它是怎么做到的？

燕羽元把画打开，里面依旧空白一片。他动了动手掌，发现自己并不是完全被黏住，而是被一股力量吸住了，手还能动，只是不能离得画纸太远。

他慢慢把手掌移到画纸正面，指尖刚按上去，竟按出一个墨点来。

他看着那个漆黑的墨点，目光渐渐变得深邃，整个人像要被它吸进去一样。下一秒，他的手指如神附体，不受控制地在纸上划拉起来。

他的指尖每经过一个地方都会留下一道瑰丽的线条，像妖娆的蔓藤一样向空白的领域恣意延伸，勾绘成栩栩如生的浓墨重彩。

燕羽元的瞳仁不知不觉张到了最大，意识刹那间进入了一个不可思议的领域，就像是走火入魔了一样。

他的食指犹如笔走龙蛇，疯狂舞遍了整张画纸，渐渐地，一幅丹青美人图跃然于纸上。

画中的人穿着一身素色的单衣，长长的黑发像瀑布一样垂到了脚踝，清秀而空灵的脸上露出笑颜，就像初春最温暖最梦幻的晨光，将他的心照得一片澄亮。

“终于找到你了。”那人笑盈盈地说道，接着，就像变戏法一样从画纸里飞了出来，搂着他的脖子将他抱了个满怀。

燕羽元呆滞地望着空中飘零的碎纸末儿，它们像雪花一样纷飞洒落在他们的肩头，然后在一簇柔软的光晕中悄然融化。

这一幕美得就像是一个梦境，他迟疑地碰触着怀中细密而光滑的青丝，就连自己开口而出的声音也显得那么不真实："你是谁?"

画中人轻轻颤动了一下，松开手退后了半步，与他正脸相对："我是水墨。"她顿了顿，瞪起杏眼，一副深受打击的样子："你不记得我了?!"

第二章 女仙

“水墨……”燕羽元喃喃重复了一遍这个名字，突然浑身打了个激灵。

老天，他刚才到底做了什么?

他用手指画了一幅画，然后那幅画……它，它，它活了?!

燕羽元难以置信地将她推开：“你到底是什么，人还是妖?”

“你真的不记得我了?”水墨噘着嘴，语气有些埋怨。

燕羽元再次打量着她的脸。

美人他见得多了，涂宝珠一向死爱漂亮，买的画皮张张国色天香，妖艳、瑰丽、清纯的都有，可眼前的女孩和那些精心修饰的画皮显然不同。

她脂粉未施，五官淡雅，却不会让人觉得过于单薄素净，反而有种浑然天成的娇俏和灵气。瞪着他的这双眼睛是琥珀色的，既清澈又璀璨，里面仿佛流淌着星光闪烁的银河。她的鼻子又挺又翘，因为生气而噘起的嘴圆圆小小的，配上那个苦闷哀怨的小眼神，说不出的动人。

“我不记得你。”燕羽元确定自己以前没见过她，“你是不是认错人了?”

水墨撇了撇嘴，说：“我不会认错的。你是赤霞真人，昆仑十三金仙之一，我是你的挂名徒弟……”

“昆仑只有十二金仙，哪冒出来第十三个?”

“那是因为我闯了祸，你替我背黑锅，所以才被除名贬到下界。你答应过我很快会回天界，却一直不来，我一着急就自己来找你了。”

燕羽元对她的话半信半疑：“你说的这些我一点印象都没有，你有什么证据说我是赤霞真人？”

她自信满满道：“等我把你变回神仙，你就什么都想起来了。”

开玩笑，成仙是那么容易的事吗？他家那个八百年道行的狐大娘都还在熬资格，被她一说倒成了开金手指一样麻利。

燕羽元对她的信任度下降了四分之三：“你先证明你自己是神仙给我看看，你会什么仙法，降雷还是施雨？”

她大言不惭地回答：“我以前很厉害的，但为了私闯下凡已经散掉了所有仙力。”

“那就是什么都不会？”他的信任度瞬间转零。

水墨完全没有领会到他的眼神，仍旧满口乐观地回答：“你放心，我一定会很快让你变回原来的赤霞真人，把你带回昆仑。”

燕羽元猜她是想成仙想疯了，精神失常得了癔症，才被人封印进画轴里。刚巧他是她解开封印后见到的第一个人，所以雏鸟效应赖上了他？

他决定先把水墨的身份、来历放到一边，不管怎么说，眼下最重要的是该怎么从这个诡异的地方逃出去。他起身观望着周遭的环境。

水墨专注地打量着他的侧影，见他半天不理人，问：“喂。”

“我不叫喂，我叫燕羽元。”他说。

“燕羽元……”她低声念了三遍他的名字，才问：“这是什么地方？你在这儿干什么？”

燕羽元说：“这里是鬼市，我们刚刚被一群红骷髅抓到这里来了。”

水墨闻言猛地蹿起来：“鬼市，你是说那个下界妖怪在桂花林里开的集市？”她的眼睛亮晶晶，写满了兴奋：“我们是被关进骨笼子里绑来的？”

燕羽元疑惑地看着她：“你怎么知道？”进笼子的时候她明明还在画

里。

“你以前告诉过我，鬼市管得很严，里面有群红骨精守卫，那些私闯鬼市的外人只要让他们发现就会被抓起来当肥料。”她摸了摸旁边的树根：“这个应该就是它们要养的树？倒是和月宫里的天树有点像。”

月宫？“你是指吴刚砍的那棵桂花树？”

“嗯，有点像，但又不一样。”

他很奇怪：“你怎么知道月宫那棵桂花树长什么样，难道你见过？”

“不只见过，还烧过。”水墨说着，仔细凑近看了看，突然伸手从缝隙里拿出一片半透明的小壳子。

燕羽元走过来：“这是什么，鱼鳞？”

水墨见他靠近，突然抓住他的手，盯着他的手背和那片壳子对比了一下：“是指甲。”

燕羽元错愕地抬起头，倏地反应起她刚才说的某句话里的关键词：肥料。

他看着脚下的白沙，隐约看到不远处的沙面上有一簇干枯的黑毛，看起来就像是人的头发。

树在这里，而他们是肥料，这意味着什么？

“这些可能不是沙，而是……骨灰！”

燕羽元挣开她的手往树根上退了两步，想离这个骨灰潭远一点。

见鬼，要有多少骨灰才能堆积成这么厚的沙丘，这么多的人命无声无息葬送在这里，就为了给这棵妖树做肥料？

这就是妖怪的世界？涂宝珠她们就是从这种地方生出来的？

燕羽元的心里只觉得堵得慌。

“天亮之前，只要顺着这些树根往上爬就能到地上去。”水墨仰头望着上方：“应该不用爬太久，只是不能惊扰这棵树，不然它生气了会把我们吞掉。”

“这些也是赤霞真人告诉你的？”她怎么知道这么多，难道真是神仙？

“不，是我一个太岁精朋友说的，他以前在鬼市里偷过东西，被红骨精绑来当化肥，最后就是从这里逃出去的。”水墨拧了拧眉睫，似乎想起什么不愉快的事：“不过他很会撒谎，我也不知道他是不是又在骗我。”

哈！继从未听过的金仙徒弟以后，她居然又有了个妖怪朋友。神仙和妖怪，能做朋友？开玩笑吧。

水墨望着头顶的影影绰绰问：“要不要试？”

“再看看。”他还是想找找看有没有其他出口。

“可天亮以前如果我们不离开，就会被当做肥料吞掉。”

燕羽元看了看脚底的骨灰：“……好吧。”

至少以目测的情况来看，这已经是唯一的出路了。

……

水墨把卢长舟搬到燕羽元的背上，用他们的腰带把两人绑紧：“真的不要我来背吗？”

“你已经问了四次了，我说了，不用。”

“可你现在看上去好弱，我觉得我的力气都比你大得多。”

燕羽元恼怒道：“闭嘴，少废话，不是说了不能惊动这棵妖树吗？”

水墨想了想：“那我给你开路吧。”

说着先一步爬上一段树根。

燕羽元见她身手敏捷，不像需要人照顾的模样，于是不再多想，背着卢长舟就跟了上去。

刚开始路还算好走，凭着骨灰潭里发出的荧光，他们很快爬了几十米。水墨似乎很有灵机取巧的本事，找的落脚点既快捷又稳妥，只是越往上走树枝越密，光线慢慢变差，间隙也越来越狭窄，有的地方几乎要侧身钻过去。

燕羽元背着个跟自己体重不相上下的人，体力渐渐开始吃紧，因为视线不好，好几次他的脚差点踩空掉下去。

不过就算再累他也不敢大声喘息，能把人化成骨灰当肥料，说明这棵树无比邪乎，搞不好是喜欢吃人的千年老妖怪，要是把它惊醒他们就完蛋了。

这时卢长舟突然哼了一声，踢了下腿，刚好顶在燕羽元的膝盖上。

他本来就累得够呛，一下子整个人毫无防备地跪下去，身子一滚就落进了缝隙。

他的手在树杈上抓了一下，却因为汗水打了滑，重重地掉下去。

燕羽元心里一沉，慌乱中突然被一只手抓住肩膀。抬头只见水墨拉着他，没费力气就把他连带卢长舟一起提了上去。

他在树枝上站稳，心有余悸地看了看水墨，她二话不说解开他胸口的腰带，把卢长舟弄到自己背上，还特别意味深长地看了他一眼。

燕羽元发现自己居然能看懂她的意思：看吧，我就说你很弱。

他吊然气结，偏又没底气反驳，只有暗下决心这次脱险回去以后一定要学点功夫，最好还练练法术，总之不能被个小姑娘给比下去。

水墨力气惊人，背着个大男人毫无压力，燕羽元的体力反倒逐渐透支，心跳快得惊人。

忽然一缕橙光打在了燕羽元的额头上，他仰起头，只见上方出现了点点微光。他和水墨互看了一眼，表情都有些惊骇。

出口就快到了，但天也要亮了，鬼市的通道一旦关闭，他们就永无天日了。脚下发出阵阵咯吱声，燕羽元低头看了一眼，只见他们刚刚穿过的林木已经变成深不见底的漩涡，呈螺旋状飞快地转动着，仿佛有一种无形的吸力，要把他们给拖下去。他心里咯噔一下，想起初入鬼市时在银蛇的另一个头里看到的漩涡，当时涂宝珠是怎么说的？

你不会想知道那是什么地方——

燕羽元的心脏都揪紧了，回过神拼命地和水墨一起往外跑。他不知道那漩涡里有什么，但光是注视着，就好像整个人都已经吞进去了。

漩涡越来越近，直朝着他们追来，燕羽元的心底终于涌起一股绝望。就在以为自己会被绝望灭顶的时候，水墨抓住了他的手——

他们破土而出，晨光直直地射入燕羽元的眼睛，让他几乎要猝然落泪。

天亮了，他们出来的那个洞口转瞬间被漩涡席卷，只留下一摊焦土。

鬼市的通道关闭了，他们得救了。

……

燕羽元把卢长舟送到了医馆，大夫给他包扎了伤口，下了剂猛药，情况已经好转。

他不想跟这人有更多交集，不等他醒就打算要走，可摸摸口袋才想起身上没带钱。

大夫看他为难的样子便说：“没事，我认得这孩子，都是老街坊了，不用你垫钱。你们来的时候我就已经通知了他的未婚妻，待会儿我找她要诊金也一样。”燕羽元松了口气，这才放心离开。

刚走出医馆，他看到水墨坐在窗户底下，抱着腿把下巴搁在膝盖上，居然睡着了。

她的脸上沾了不少灰，发型和衣服都乱了，看起来很是狼狈，想来力气再大也被累坏了。在她旁边坐着个小乞丐，正一脸戒备地打量着她，似乎把她当成了潜在的竞争对手。

燕羽元让这一幕给逗笑了。笑完以后，心里又有些茫然。

算上被画轴拉出骨灰潭，他总共被水墨救了三次，他应该是感激她的，但他既不能和卢长舟深交，更不能招惹这样来历复杂、行事诡异的不明物体。家里有三个狐妖已经够危险了，再加上一个岂不是成了天师的靶子？

他看着她，默默念了声抱歉，快步走进了对面的巷子，进了另一条街道。

走了没多久，他发现好几个人都提着木桶迎面跑来。

一个路过的大婶好奇地高声问："发生什么事了？"

提着桶的人回答："失火了。"说着急匆匆往街尾跑去。

燕羽元也没在意，这时天上传来一阵呼啸声，他仰起头，只见几个穿着道袍的人踩着大符从空中飞过，看打扮估计是附近九宫门里的天师。

他本能地垂下头，担心自己身上会不会带了鬼市的味道，被他们察觉出来。还好这群天师只是路过，并没有注意到他，他加快步伐，来到他们在镇上租的四合院，推门而入。

院子里空空落落的，安静异常。

燕羽元在门口站了半晌，心绪复杂地扯了扯嘴角。

他还在期待些什么呢，难不成指望那三个狐妖能忧心忡忡在家里等着他，看到他平安归来谢天谢地抱头痛哭一场？

他拖着寂寥的脚步走到井边打了盆水，洗下脸上的污渍与尘埃。

平静的水面中映出一张俊俏的脸，五官依稀带着几分青涩，眉头轻锁，双目深沉，嘴角紧抿，形成一副仿佛永远也化不开的少年老成的表情。

他从小就这样，喜欢远离人群站在角落里，板着脸，故意做出一本正经、苦大仇深或是尖酸刻薄的样子。

同龄的孩子拖着鼻涕砸人窗户、掏粪蛋马蜂窝的时候，他已经学会怎么买米打酱油；冬天里他们结伴在冰河上钓鱼的时候，他已经能踩在灶台上炒出一盘大厨水准的西红柿炒鸡蛋；夏天里他们围着篝火讲鬼故事时，他还得背着大娘二娘帮好吃懒做的涂宝珠保养她那张瘆人的画皮……

每到一个地方他们都不能待太久，长则一年，短则半月。搬家的理由数不胜数，有时是为了钱，有时是涂宝珠醉酒惹事，有时是为了躲避天师，有时是画皮出了问题……频繁的迁移让他根本记不清身边来来去去的人，他没办法加入任何一个小团体，即便到了该上私塾的年纪，也只能辗转到一个又一个学堂旁听。

他没有童年，没有伙伴，别人读书是为了考科举、博名利，可对他来说名利只会增添让三个狐母暴露身份的危机。

他已经十八岁了，比他大不了多少的卢长舟都要娶妻生子了，可他长这么大连女人的手都没牵过——如果水墨也算女人，那他今天倒是破例了。

他这辈子都不可能成亲，总不能逮个媳妇回来然后跟她说她三个婆婆都不是人吧？

可是如果不为功名前程不为女人，他活在这世上又有什么盼头呢？难道一辈子这样东奔西走、躲躲藏藏，一边啃老一边担惊受怕、操心到死？

燕羽元忽然感到眼前一片灰暗，未来暗淡无光。

……

“羽毛！”

背后突然乍起一声晴天霹雳似的声响，打断了他的忧郁的思绪。

他回过头，看到涂宝珠火急火燎跑过来，拎着他的衣襟怒气冲冲地问：“臭小子，你什么时候回来的？”

他被她吃炸药似的反应搞得一愣："刚回不久。"

她恶狠狠吐了几句骂人的鬼话，松开他的衣服，然后不轻不重拿拳头捶了下他的肩窝："差点把我给吓死了。"

燕羽元呆了呆，抬头看向她的身后，大娘涂金珠和二娘涂银珠一前一后走过来。

涂金珠有八百年道行，早已脱去了狐族的妖异和美艳，清冷高贵得像是庙里的女神仙。她上下打量了他几眼，波澜不惊地问："没事吧？"

他犹豫地点头："还好。"

涂银珠天生人高马大的，不说话时有几分巾帼女侠的气质，可一开口表情就像个莽撞的小媳妇："真是太乱来了，你那么娇小柔弱，我见犹怜，怎么能跑到那么粗暴的地方去？"她的人话一直说得不太好，喜欢乱用形容词。

燕羽元发现她们的脸皮开裂得比前天更厉害了，衣服有些凌乱，鞋子上沾满了黑灰："你们去哪儿了？"

"嘿。"涂宝珠露出一个得意的笑容："你肯定猜不到吧，我逃出来以后就回来向大姐跟老二求救，大姐一听立刻拉着我们去桂花林，没想到鬼市的看门兽跩得要命，死活不肯放我们进去，大姐一生气，一把火把他给烧了。为了找你我们在鬼市闹得翻天覆地，这下子可把整个妖界都给得罪了个遍。"她哼哼唧唧的，一点也看不出惹了麻烦的懊恼，反而亢奋到恨不得拿个喇叭现场直播。

涂银珠崇拜地看了一眼金珠："我也是第一次看见大姐打得这么轰轰烈烈，跟她比起来我简直不够看了。"

"谁说不够看了，你把看门兽腰斩的那一下不是很厉害吗？"涂宝珠意犹未尽道："今天实在是太刺激了，早知道我该好好练练蜃镜大法，把那场面给录下来。""你现在学蜃镜还太早，应该先把尾巴练起来，再……"

燕羽元本来还有些受宠若惊，可眼见她们的对话越扯越远，已经快演变成妖术探讨大会，不由得郁闷了。

“你们到底是去出风头还是去救我的？”

“当然是去救你。”涂宝珠笑着捏了下他的脸：“好啦好啦，不要吃醋，你是没看到大姐听到出事的样子，差点没气得把我的尾巴给剁了。狐老二也担心得够呛，在鬼市整个一神勇女金刚。我们是化忧患为愤怒，这不，连鼎鼎大名的桂花林都快被我们的火气给烧了，怎么样，感动吧？”

难怪刚才这些人叫着失火，原来罪魁祸首在这里。

燕羽元看着她一脸讨赏的表情哭笑不得，心里到底还是软了下来：“感动什么，你把我的法器拿走我还没找你算账呢。”

涂宝珠说：“这你就不懂了，那些红骨精喜欢活的肥料，只要你不吵不闹，他们顶多把你扔到骨灰潭，事后我们还能去找你。但你要是不自量力反抗，肯定要被他们当场绞杀。”

听了她的解释，燕羽元总算释怀，一股无名的情绪就跟春雨润无声似的细细密密流淌到他的四肢百骸，心情变得轻飘飘、暖乎乎的。

涂金珠总结道：“好了，吃饭。”

他头一次很心甘情愿地说：“我马上做。”

涂宝珠道：“不行，我们今天得吃好点，庆祝儿子平平安安桂市一日游。”

涂银珠说：“那我去醉乡楼订一桌外卖。”

“再加两壶好酒。”

“好。”银珠拔腿要走，金珠拿起一个纱帽扔到她头上：“记得不要露脸。”涂银珠应了一声，像一阵风倏地吹不见了。没一会儿她就提着一篮子好酒好菜回来——这些酒菜当然不是花钱买来的，而是直接在厨房偷的刚做好的。

燕羽元有些担心："是不是太张扬了?"

涂金珠道："反正已经闹成这样，再低调也晚了。"

涂宝珠举胳膊拍马屁："大姐威武。"

金珠拿筷子敲下她的手，言简意赅："吃饭。"

宝珠扑上桌子就抢了一个大烧鸡。

"啊!"银珠手慢了一步，郁闷地抓了块卤肉，口里还抱怨着："骨头也不吐，噎死你。"

"噎不死。"宝珠故意把鸡骨头咬得咯吱响，还很恶心地伸出舌头给她看咬化的碎渣，然后得意洋洋咽下去。

银珠不甘落后地往嘴里塞了两个拳头大的卤肉，咬都不咬就生生吞了，再跟她炫耀喉咙里那块被撑出来的鼓包。

涂金珠没有理会两个妹妹低级幼稚的攀比游戏，把全副心思都耗在吃饭的筷子上。这玩意儿对用惯爪子的狐妖来说实在是个高难度挑战，不过再难的事她也能很有风度涵养地坚持下去。

燕羽元看着这一桌子热热闹闹、鸡飞狗跳，原本迷茫浮躁的情绪渐渐平静下来。

其实狐妖是不需要像人类那样频繁进食的，尤其涂金珠早已修炼到光靠吸取瘴气就能存活的地步。还记得他小的时候，她们常常因为自己不会饿就忘了给他吃的，最严重的一次甚至差点把他给活活饿死。后来涂金珠定了家规，要效仿人类家庭那样一日三餐不能少，所以只要燕羽元在，到了时辰即便她们不饿也会像办家家酒一样围坐在饭桌旁，摆出一家大小其乐融融的姿态。

这就是他的三个娘，虽然她们不解人事，无法像寻常家庭的母亲一样给他洗衣做饭，关怀和操劳孩子的前途与未来，也无法像普通人那样去理解一个人类男孩成长过程中应有的烦恼与困惑，但他知道只要有人敢动他一根毫毛，她们就会不顾一切豁出去跟对方拼命。

这就够了，他想。

虽然他依然会羡慕俗世母子之间的慈爱温馨，虽然他还是会抱怨她们与众不同的品种，虽然明天过后还会有无尽的灾难和麻烦。但只要他们还能一家人坐在一起吃饭、玩笑、争吵，只要他们都还好好活着。

这就够了。

第三章　羽衣

酒足饭饱后一家人集体醉倒，燕羽元睡得不太安稳，连做了几个噩梦后在大半夜里被惊醒了。

他坐起身，眼前闪过水墨在医馆门口打瞌睡的样子，摸了摸胸口，觉得有些发堵。

也许他不该就这样一走了之，也许他可以问问大娘，她一向见多识广，兴许听过长得人一样的画妖，知道她有没有害？

他洗了个澡，换了衣服，经过涂金珠的房外，正要进去，突然听到门内传来一声低低的哀嚎。

“大姐，你就饶了我吧，再不把火笼拿开我的屁股就要被烧穿了。”

是涂宝珠在说话，她的语气像是在撒娇，但声音却不可抑制地颤抖着。

以燕羽元对她的了解，她这个反应应该在害怕。狐老三向来天不怕地不怕，就怕她家大姐大，这没什么好奇怪的。可火笼烧屁股是什么意思，他怎么不知道他们家还时兴私刑虐待跟体罚？

涂金珠说：“我已经警告过你，别让他和妖界有任何接触，可你把他带到了桂市，还差点让他送命。”

“我知道错了，以后再也不敢了。”接着是嘤嘤的假哭。

燕羽元从没想到唯我独尊的狐老三居然也会有这么窝囊的时候，忍不住舔了舔手指在窗户上点了一个洞，想看看她的笑话。

他把眼睛贴在窗户纸上，看见涂宝珠被绑住了手脚，面朝天花板，像冬天晒的腊肠一样横挂在悬梁上，屁股底下有两个脸盘大小的火球像风车一样高速打着转。她必须很努力夹住从画皮里露出的尾巴，才不至于让它们像炸弹引线一样呲地一声被点燃。

涂银珠像个刁难嫂子的小姑子，嘀嘀咕咕在旁边落井下石："她每次都说不敢，但最后还是会滚滚地再犯。"

"狐老二，你再啰唆我咬死你！"刚才还在哭的涂宝珠立马乍毛了。

涂银珠才不怕她，自顾自问金珠："大姐，现在该怎么办哈？"

"还能怎么办，准备黄泉酒。"

涂宝珠抗议："又来？他每次遇到妖怪都喝黄泉酒玩失忆，再这样下去脑子会不会被灌坏，连我们都不认得了？"

涂银珠撇嘴："从小到大他哪次遇上妖怪不是受你牵连，你还有脸抱怨？"

"会惹事的又不只有我一个，那回你扯了一个长尾蛟的筋，害得羽毛被蛟精一家大小拖进湖里差点淹死，你忘了？后来你跟个帝王蛛抢地盘，闹得家里地震，害羽毛在废墟里陷了整整一夜，差点没被活埋，你又忘了？还有一回七月十四你走火入魔妖性大发，差点把他吸干了，事后还骗他是忘了给他吃的害他挨饿……"

"那是我干的。"涂金珠道。

宝珠打了个冷战，强笑道："是吗？哈哈，我怎么不记得有这事，肯定是大姐做梦当真记错了。"

燕羽元听着她们的高谈阔论，只觉得浑身一点点变冷，连呼吸都泛着一股彻骨的寒意。

他对涂宝珠说的这些陈年往事完全没有印象，只记得自己小时候水性还不错，可有一阵不知道为什么一靠近河边就犯恶心，想吐，甚至还染上了晕船的毛病。

还有地震，那应该是在他九岁的时候，当时隔壁左右都好好的，唯独他们住的房子突然在睡梦里塌了，从医馆里醒来以后他一身伤，多处骨折，可涂金珠没等他缓气就匆匆挪了窝。

至于七月十四，这一天凡间瘴气会变得异常旺盛，待在这里的妖怪往往会受到影响，理智失控，甚至会妖性大发，所以每到这个日子她们不是一声不吭去鬼市就是回到妖界，好几天杳无音讯。

每当她们离开的时候，他都会有种也许这次她们会一去不回、就此消失的错觉，只到近几年才渐渐习惯。

他以为她们能坐在一起吃饭是一种变好征兆，以为涂金珠定那个家规是在学习怎么做一个像样的母亲，他以为她们已经慢慢习惯人间生活，而他也在努力去适应妖怪的世界，所以才会跑去鬼市冒险……

“下来吧。”涂金珠收了火笼。

涂宝珠掉在地上，打了个滚，狼狈地站起来。她想了一下说：“其实让他知道这些又有什么关系，他已经不是小孩子了。”

“你不懂。”涂金珠说完这句，突然眉毛一挑望向门外，厉声问：“谁在那里?!”

涂银珠一惊，连忙冲过去把门打开，当她看清屋外的人顿时愣住：“儿，儿子?”

金珠和宝珠也有些错愕。

燕羽元直挺挺站在那里，半垂着头，刘海儿根根下垂着，盖住了眼睛和表情。但就算看不到脸，依旧没人能忽视他浑身上下笼罩的阴郁和戾气，如同漆黑的雾霭，无声无息，却令人胆战心惊。

涂金珠有一丝紧张，但很快她收敛了眼底的慌乱，冷静地问：“为什么偷听我们说话?”

燕羽元握紧了拳头，紧绷的背脊似乎在微微发抖：“几次?”他顿了顿，再度问道：“你们一共骗了我几次?”

到底有多少次，他从妖怪手里捡回一条薄命，又被黄泉酒强行洗去了记忆？有多少次她们擅作主张粉饰太平，留下他满脸无知?

涂银珠劝道：“你别生气，我们都是为了你好……”

“住口!”燕羽元愤怒地吼道。

空气紧绷得像凝固的汽油，只要一点火芯就能掀起惊涛骇焰。

涂宝珠下意识地缩了下脖子，又鼓起勇气上前几步，朝他靠近：“冷静一点，我们可以解释的。”

“不用解释了。”涂金珠冷然道：“给他喝黄泉酒。”

燕羽元不可置信地望着她。

银珠和宝珠有些犹豫。

涂金珠见她们不动，起身自己取了一壶酒，快步走到燕羽元的跟前。

他这才想起要逃，涂金珠道：“按住他!”

银珠和宝珠都吓得一抖，但还是很快反应过来把他拦住，一个人抓住他半边身子。

燕羽元心底一沉，目光充满了绝望。

为什么，她们怎么可以这样对他?

他眼底深深的怨怼刺得涂金珠胸口一震，脑中瞬间闪过一丝不忍，可最后她还是狠下心来，说：“别怪我。”

然后捏住他的下巴，抓起酒坛往他口中灌去。

带着浓郁香气的水流争先恐后淌过燕羽元的舌头，穿过他的喉咙，却没有留下任何感官和味道。

黄泉酒无论在视觉和嗅觉上都迷幻诱人，可喝下去却像一股淡然无味的空气。尽管在外人来看燕羽元此时的姿态就像是在受刑，可那些酒溅到他的脸上他甚至感觉不到呛喉和刺鼻，只觉得一团气在他口腔、食道和四肢百骸游走了一个轮回，再慢慢升到大脑，将他的一部分记忆抽离，最后化作紫雾从耳朵扬长而去。整个过程就像从高处坠落，五脏六腑都悬浮在半空，没根没底，他不知道该怎样形容那种感觉，明明失去了一件很重要的东西，却想不起那到底是什么，整颗心只剩下无尽的空虚。

他的下巴渐渐开始发酸，眼神越来越空洞迷离。

涂宝珠眼角泛红，哽咽地说：“够了，大姐，已经够了。”

涂金珠放下酒坛，平息了一下情绪，说：“把他扶到床上。”

燕羽元如同置身云海，恍恍惚惚地飘进了一团棉花里。

迷迷蒙蒙之间，他看到涂金珠的脸，靠得很近很近。她的表情不再像牡丹一样高贵雍容，一丝不苟，眼角眉梢都浮现出淡淡的忧郁和哀愁。

“孩子，不要怪我，我们的世界对你来说既危险又丑陋，它不应该在你人生里留下任何阴影。如果可以，我们也想和你一样做人，那样你就不必整天为了我们担惊受怕颠沛流离，我也不必这样一次次伤害你。”

她的声音那么轻，那么柔，就像一根穿了线的细针，慢条斯理地在他千疮百孔的心上细细缝补着。

“可我们生来就是妖，注定不被凡间接纳。”她将手伸到燕羽元的额头，用指尖梳理他被冷汗浸湿的头发，“既然我们不能给你平安喜乐，至少让那些不愉快的东西从你的生命里消失。”

燕羽元很想说不，可他根本没力气开口。

“忘了吧。”涂金珠合上他的眼皮：“别恨我，更不要怕我，我们只是不想失去你。”

燕羽元瞪着眼睛，瞳孔渐渐变得空洞无光。

……

“燕羽元？”

别吵。

“燕羽元！”

都说了，别吵！

“赤霞真人……”

吵别人也不行……嗯？赤霞真人是哪根葱？

燕羽元打了个冷战，猛然惊醒。突然发现自己身上趴着个乞丐似的，脏兮兮的姑娘。

他一把把她推开，错愕地问：“你谁啊？！”

水墨一脸怨气地看着他：“你又把我忘了？”

“什么忘不忘的，我本来就不认识你。”燕羽元只当她是闯空门进来浑水摸鱼的小贼，从床上爬起来，强行把她赶出了门。

连妖怪的家都敢偷，真是不要命了！

不知道是不是睡太久了，他的脑袋有些发昏，心里空空落落的，好像做了很重要的梦，可挖空心思也想不起一点点旁枝末节。

奇怪，他不是跟涂宝珠说好要去逛桂市吗，怎么会突然跑到床上睡大觉，难道她使妖术暗算他？

他疑惑地按了按头，发现桌上放着一个木刻的海螺。

这东西叫音螺，是燕羽元结合狐老二的妖术做出来的法器，可以录下妖怪的声音。

他把音螺放到耳边，只听涂宝珠在里面道：昨晚桂花林突然起大火，所以桂市已经被取消了，她们的画皮已经严重过期，必须离开凡间，去妖界寻找新的画皮，这次估计要几个月才能回来，让他乖乖在嫦娥镇等她们。

话音刚落，音螺就化作泡沫销毁了。

燕羽元有些纳闷儿，她们画皮过期不是一两天了，为什么这次走得这么急，不当面道别，非要费工夫留言?

“这是什么?”

身下突然传来一道声音，燕羽元吓了一跳，低头只见才被推出大门的水墨不知何时蹲在他的脚下，正盯着他的大腿猛看，还伸出手指戳了戳。

“啊!”燕羽元痛得叫出来，再一看，裤子裂了道口子，上面还滴着血。

“你对我做了什么?”他的第一反应是把水墨当做了罪魁祸首。

后者懵懂地看着他：“什么?”边问边伸手想再戳戳他的伤口。

“别碰我!”燕羽元愤愤道。

水墨看他生气，就着下蹲的动作往后挪了几步，无辜地靠着墙角，做投降状。她这个样子简直让人生不起气来。

燕羽元瞪了她一眼，弯腰想把那个破洞撕得更大点，看看伤口。突然他发现自己的右手指上也沾满了血，指甲里还塞着许多皮屑。

难道他腿上的伤是自己用手抠出来的?

他把腿上的血渍擦干，发现那上面都是红红肿肿的划痕，再仔细研究发现那是两个写得极丑的字：碧落。

燕羽元皱起眉头。

上穷碧落下黄泉，碧落是妖界专门解黄泉酒的一种药丸，在饮酒后一天以内吞下，能恢复失掉的那一天的记忆。

为什么他要在腿上抠出这两个字?这是什么时候、在什么情况下抠出来的?他背脊发凉，心脏剧跳，种种不适最终导向一个不好的预感——涂宝珠那个死狐狸，一定是她干的，她为了爽约居然给他喝了黄泉酒?!

他火冒三丈地走到床边拆开枕头，从里面掏出一个布袋，其中装着他私藏的自制药。

他从里面捡起一粒不起眼的青色枣子，放进嘴里咬破。

比胆汁还要苦涩的浓浆从果壳里漫溢出来，像硫酸一样侵蚀着他的味觉。那种滋味就像是要将人一生的苦全部都浓缩成一滴铁水，生生烫进这辈子最深可露骨的伤口里。他忍着吞了一小口，终于受不住吐了出来。

虽然喝下的分量不多，但药效来得极快。剧烈的冲击从腹部直冲到天灵盖，他痛苦地抱着头，脑袋仿佛变成一个千疮百孔的蜂巢，数以万计的工蜂携带着记忆的碎片奔涌回巢，嗡嗡嗡地发出震耳欲聋的频率。

桂市，红骨阵，妖树，水墨，火笼……凌乱的画面飞速在他眼前闪过，最终拼凑成涂金珠苦涩而哀愁的脸，她说：

——如果可以，我们也想和你一样做人——

那声音就像山谷的回音，一次次不断回放着。

“啊——”燕羽元痛不欲生地发出一声嘶吼，两行热泪顺着脸颊滑进嘴角。他一直以为三个狐母是他的责任，但事实恰恰相反，他才是她们的重任和负担。

他是有多自以为是才觉得自己一直在保护她们？就算他四岁学会洗衣做饭；八岁便开始帮四处惹是生非的涂宝珠收拾烂摊子；十岁开始做生意赚钱养家……可到头来，真正被默默庇护的其实是他自己。

水墨一直跟在燕羽元身后，见他吃了东西后突然痛苦大吼，还当他吃坏了肚子。

她冲上去按住他的背，另一只手伸进他的嘴巴压住舌头：“快，快吐出来!”“呜呜呜……”燕羽元被戳到喉咙，立即一阵反胃，连忙手脚并用把她推开。水墨又在桌上找到茶壶，二话不说捏住他的下巴往他嘴里灌去。

“咳咳咳。”燕羽元狼狈地躲开，吐出一嘴的茶，愤愤道：“你到底在干什么?!”

水墨说：“我给你解毒啊。”

“谁说我中毒了?”他吼完，想到自己刚才的状态，在外人看来的确很像中毒。

昨晚在鬼市的记忆碎片零星回到他的脑海，他依稀记得在快要逃出鬼市的时候，这小姑娘好像在地上拉了他一把，救了他的命。

可她是谁，打哪儿冒出来？也许是碧落果吐了一半的缘故，他发现自己有些东西想不太全。

燕羽元想要细问，却怕暴露了黄泉酒的存在，只有转而道：“你为什么要救我?”

“你这么弱，我不救你你就会死啊。”

“我是说，我们又不熟……”

水墨认真道：“没关系，等我找到羽衣你就知道我们可熟了。”

“雨衣，下雨穿的？雨伞行吗?”燕羽元没把她的话当真，而是到门口找了块毛巾擦了擦脸。

也不知道擦到的多少是眼泪，多少是茶水。

之前本来很低迷的情绪被水墨这么一闹，竟然消散了许多，他冷静下来，开始思索下一步究竟该怎么办。

三个狐母想留在人间，他也不可能跟她们分开。可买画皮终究不是长久之计，除非就像大娘说的那样，她们能彻彻底底变成人，否则就得一辈子躲躲藏藏。

他的耳边还不断回荡着涂金珠那句话，次数多了，就像烙印一样打在脑袋里。既然她们宁愿舍弃长寿和道行也要当他的娘，为什么他就不能实现她们的愿望？

水墨道：“上古时代，后羿射日拯救苍生，元始天尊为了奖励他的功绩，赐予他两件羽衣，让他和妻子嫦娥能够羽化登仙，可后羿的弟子蓬蒙出于嫉妒杀死了他，夺走了其中一件羽衣。这件羽衣拥有幻化森罗万物的力量，一旦穿上就能变成任何自己期望的形态，无论是变牲畜、植物、人、妖还是神仙。”

燕羽元愣了愣，这才反应过来她是在回答他刚才关于羽衣的问题。

后羿、嫦娥和蓬蒙的故事他也听过，涂宝珠还曾跟他八卦鲜为人知的后半段。

据说后羿死后，嫦娥唯恐遭殃，急匆匆穿着羽衣飞升到天界，蓬蒙知道她这一走肯定要跟天庭告状，一旦他杀害师傅的罪行暴露，天界必然不会容纳他这样的逆子，于是他一不做二不休，干脆堕落成魔，用羽衣的力量成为不死不灭之身，并自封为魔皇，召集众妖魔反抗天界，引发了一场逆天之战。

后来元始天尊不知派了哪个弟子下凡，不仅把蓬蒙给封印了，还在天界与下界之间设了一道禁制，近乎锁死了下界的修仙之路，自那以后的数千年来能够飞升登仙的人已经寥寥无几，这也导致了下界修士泛滥，天师众多，妖怪的日子也越来越不好过。

至于蓬蒙的羽衣后来去了哪儿，有的说被毁了，有的说被收回了天界，也有说被小妖抢走，总之几千年来一直在传说，但从未真正现身过。

他以前也不是没打过羽衣的主意，可：“就算羽衣真的落在下界，哪是那么容易找到的？”

“找得到。”水墨神神秘秘地眨了眨眼：“我知道羽衣在哪儿。”

……

时间回到一个时辰以前。

水墨被燕羽元扔在医馆，醒来后没见到他，顿时慌了。

卢长舟还在发烧，她想把他叫醒，却被大夫死瞪着不敢出手。后来他的未婚妻赶来了，听大夫说是她把卢长舟背来的，拉着她的手感谢了半天。

水墨无奈地和未婚妻一起守在医馆里，想等卢长舟恢复意识后追问燕羽元的下落。到了半夜里，有个中年人跑来，紧张兮兮把未婚妻叫到旁边说了些什么。虽然他们谈话声音很小，但架不住水墨耳朵灵，只听到那个中年人道：老爷去白鹤洞见普贤真人了，说要向真人求羽衣成仙……

“普贤真人？”

听到水墨的叙述，燕羽元问：“你指的是昆仑十二金仙中的普贤？”

“嗯。”水墨没再纠正他应当是十三仙，说：“我本来想跟踪他们，可跟到一半路过你家屋顶，往窗子里一看发现你在里面，就先来找你了。”

真有这么巧吗？一说要找羽衣，羽衣的情报就来了？

燕羽元拿不准这消息是真是假，但不得不说，他心动了。

他看向水墨，以一种看潜在劲敌的心态问：“你找到羽衣后打算怎么办？”她坦坦荡荡地说：“当然是给你穿，只要穿上它你就会想起我是谁了。”

燕羽元有些错愕，一是为他失忆的事曝光了，二是为她竟然为了这么点理由为他找羽衣。

只不过一晚上的交情，依他的性情也惹不出什么风流债，他记不记得她真那么有所谓吗？难道说她不仅仅帮他逃离了鬼市，而是在更久以前就已经认识他了？燕羽元想到这些年来涂金珠不知道悄悄喂过他多少次黄泉酒，就觉得这个可能性非常大。

不管怎么样，总之："那我们算是一伙的？"

她欢喜道："一伙的！"

燕羽元扬起一边嘴角，暂时把她摆在了跟班的位置上。

他打量着她一身狼藉，决定表彰她为他提供了这么重要的情报，赏她一份见面礼。

第四章　九宫

燕羽元到医馆的时候，卢长舟正好喝完最后一剂药，拄着拐杖要出来。

看到他来了，卢长舟激动地扑上去：“多亏你救了我一命，不然我就要……”“咳！”燕羽元打断他的话头，往大夫的方向看了一眼，示意他说话要注重场合。

鬼市之行太过骇人，不好与外人道。

卢长舟连忙住嘴，摆头示意换个地方说话，然后一瘸一拐把他带到街上，站在一块隐蔽的招牌下面小声问：“你把我救出来的时候，有没有看到我带去鬼市卖的画轴？”

画轴？有那种东西？

燕羽元想不起来了：“你未婚妻呢？”

“……”卢长舟郁闷地发现自己的问题又被他无视了。

好吧，那种情况能捡回一条命就不错了，再问下去倒有点以小人之心度君子之腹的嫌疑，要是对方以为他怀疑他盗画就不好了：“她家里好像出了什么事，已经回去了。”

燕羽元严厉道：“她家都出事了，你居然不去看看？”

卢长舟有些沮丧：“她爹一向看不起我，去了也只有招白眼的份儿。”

“笑话！他看不起你就退缩？这样你在他眼里只会越来越掉价。”

他郁闷地垂着头："可是……"

"被甩几个冷眼、讽刺几句又怎么了？会死人吗？哪怕是能当岳父烦恼时候的出气筒，那也是一种功能，证明你还有价值。"

卢长舟还在犹豫。

"就算不为你岳父，你总该关心下你未婚妻吧？帮不帮得上忙倒是其次，说两句安慰话总是好的。"

卢长舟竟然又低落起来："她一向刚强，哪里需要我安慰。"

燕羽元不由得重新打量起他。

卢长舟的身材高挑健硕，脸长得一般般，皮肤是古铜色的，放在现在的华夏审美观有点非主流："你未婚妻家里很有钱？"

"高门大户。"

"她长得不好看，身体不好？"

"她不算美貌天仙，但也称得上沉鱼落雁，身体更是康健。"卢长舟奇怪："你问这个做什么？"

燕羽元面无表情道："她哪都好，为什么会看中你？"

卢长舟被噎住了，半晌，才涩然道："情人眼里出西施？"

"原来是眼光不好。"他做惋惜状，深深刺痛了卢长舟脆弱的心灵。

这时，一个玫红色的影子从街对面窜了过来。

燕羽元侧过头，只见水墨穿着刚做的新衣服，长乱的头发也梳了好看的发髻，耳朵两边垂着几条小马尾，马尾里还夹着玫红色的绒毛，看起来既俏皮又可爱。"给你。"她掏出一枚银元宝，塞到燕羽元的手上。

"这是哪来的？"

"老板找的。"

"怎么可能，我买衣服的钱也没这么多。"他的见面礼正是这身装束，在女人堆里长大的他很清楚衣装对女子的吸引力。

“老板说这件衣裳我穿着好看，要把我画下来挂在店外面做宣传，衣服钱就不要了，多余的是酬金。”

水墨选的这件衣服是那家布坊的清仓处理货，样式其实很别致，但颜色太出挑，很少有人驾驭得了。不过她皮肤好，人又精神，硬是把平常人穿容易土气的玫红穿得灵气活现。老板立马抓住商机，打算用她做招牌好好宣传一番，搞不好连之前压仓的红布都能翻身涨价。

“笨蛋，才这么点就把自己卖出去了？”

水墨顿时苦着脸。

燕羽元见状又补充道：“下回有这种事记得找我，我帮你卖。”

“嗯！”水墨立即崇拜地看着他。

卢长舟觉得那眼神有点惨不忍睹，正想问些什么，燕羽元对他说：“你要是不敢去，我们可以陪你走一趟。”

“真的？”他心头一喜：“那太感谢了。”

……

嫦娥镇衙门，两个神兽雕塑镇在门口，台阶上有个大鼓，旁边站着一群威风凛凛的侍卫，一阵肃杀之气从内传来。

卢长舟正在踌躇，却见水墨大大咧咧地往里走。

燕羽元抓住她的辫子：“等等。”

他看着头顶的牌匾，问卢长舟：“你未来岳父是做官的？”

卢长舟点头，小声道：“岳父以前是驸马，因为痴迷修仙跟公主和离，带着女儿来这里当了县令，顺带靠近九宫门方便图谋修仙。”

“这么说你未婚妻身上有皇室血统？”

“嗯，她本来已经被封了郡主，但他爹这事伤了公主的心，皇帝一生气就迁怒到她头上，把封号给撤了。”

水墨不明白他们在嘀咕什么：“不是来找连缈的吗，为什么不进去？”

燕羽元问：“连缈？”

卢长舟插嘴：“我未婚妻的名字。”

“你昨天才第一次见她，不要把她的名字喊得这么熟，有点不请自来的觉悟好不好？”

水墨说：“是她自己说跟我一见什么故的，还说欢迎我去她家来做客。”

燕羽元怔了怔：“真的？”

水墨挣开他的掌控跑了过去，跟侍卫说了几句话。

过了一会儿，一个打扮雍容的中年人走了出来，笑着冲着她拱了拱手。

没说几句话，水墨便回头朝这边道：“走吧，连缈让我们进去。”

燕羽元：“……”

中年人以前是连缈父亲的管家，现在是他的师爷，可以说是嫦娥县衙的二把手。

师爷亲自带路，像招待贵客一样把他们领到后院：“连小姐正在见客，劳烦你们在这里等一会儿。”说着先一步告退。

两个丫鬟过来给他们斟茶送点心，卢长舟受惊若惊地端着杯子：“我自己来，自己来。”

可怜他被鄙视了这么多年，连衙门大门都不敢进，每次见连缈都偷偷摸摸的，这还是头一次当了座上宾。

水墨在果盆里挑挑拣拣，拿了串葡萄抱在手里，然后趴到窗户边上边吃边往外看。

没多久，连缈陪着两个人从主屋出来，走进院子，停在葡萄藤架边上说话。连缈生得端庄秀丽，打扮依稀带着几分英气，举止优雅，很有皇室范儿。不过此刻她的眉间隐隐透露出忧虑，想来是在为家事烦恼。

跟她说话的两个人都穿着道袍，高的那个头顶梳着白鹤冠，右边的眉毛上有道显眼的旧伤，破坏了清俊的五官。不过他的神情温雅，配合背后的飘飘长发，看起来仙风道骨的。

矮的那个是个十岁左右的男童，留着罕见的短发，只在发尾梳着一串小辫子，道袍穿得松松垮垮，眼里带着几分傲气。

水墨眼也不眨，好奇地打量着他们。

突然高个子转头往这边看来，眼里射出一道寒光，惊得她嘴巴一张，葡萄吧嗒一声滚落下来。

……

连缈送完客，走进偏厅，先是冲着水墨友好地一笑："我娘从京城寄来了几袋坚果零食，我已经跟厨房说让他们送来给你尝尝。"

水墨也不跟她讲客气，跟相识已久的小姐妹那样自然而然地凑近问："刚才跟你说话的那两个人是谁啊?"

"他们是九宫门的道长。"

"高个子的那个是不是很厉害呀?"

连缈想了想："你是说朱邪道长？他是九宫门的掌门，我听说他降妖无数，论实力的确称得上是整个华夏修仙界最厉害的。"

难怪，水墨拍拍胸口，刚才她被瞪的一眼里被施了多重威压，她能感觉到那人法力极为深厚，已经接近上仙了。

燕羽元则是听到这名字就硌硬得慌，叫什么不好非叫诛邪，这不摆明了要在妖界拉仇恨值?

"这位是?"连缈这才看向燕羽元。

被忽略了很久的卢长舟没存在感先生总算找到插口的机会："这是我

另一个救命恩人。"

"燕羽元。"他低调地自我介绍。

连缈点头施礼，也是言简意赅："多谢。"

"听说了你家里出事，卢兄很担心你，又怕一个人来会冒犯你父亲，所以让我们来当陪客，请别见怪。"

卢长舟听他称他为卢兄，心里一阵感动，他就知道这人是面冷心热，要不然也不会冒险救他的命。

他问连缈："你家到底出什么事了，有没有什么是我能帮得上忙的?"

她的脸色顿时有些黯淡："我爹失踪了。"

"什么时候失踪的?"

"昨晚。"

"那也不是很久，也许他在外面喝醉了酒，找了地方休息，忘了通知你。"

"可他失踪之前拿走了家里所有值钱的财物，就连地契也变卖了。"

这显然是离家出走的征兆。

"他……"水墨刚想问话，燕羽元怕她口无遮掩，暴露目标，婉转地问："你有没有留意到你爹最近有什么不对劲?"

连缈踌躇地看了卢长舟一眼。

他道："你说出来，没事，我这兄弟可有本事了，又讲义气，兴许他能帮你。"水墨也附和道："是啊是啊，你说吧。"

连缈又看向水墨。

她们才刚认识没多久，但连缈对水墨一见投缘，觉得她的外表看着机灵，骨子里却憨憨傻傻，像个孩子似的，而且特别不认生，很容易跟人亲近。

她从小就被皇帝接到宫里长大，那地方充满了勾心斗角，说句话都要在肚子里转三回才敢往外吐。后来终于能走出那片围墙，却变得很难再相信谁，与人相处总在心底划着一条隔阂。正因为这样现在她总是更愿意接触那些单纯没城府的人，例如对她死心塌地的卢长舟，例如水墨。而燕羽元，她总觉得这人眼里藏了很多事，有种不符合年龄的深沉与算计。

“你怎么不说话?”水墨急了，上前抓住她的手。

连缈只觉得她的眼睛就跟被踩到尾巴的小狗崽一样，让人难以拒绝：“其实我已经请了朱邪道长帮忙。”

燕羽元听出她的潜台词，是想说她已经找专业人士搞定了，至于他们这些业余打酱油的阿猫阿狗，最好哪里来就滚哪里去。

不过一个县令的失踪，居然能吸引九宫门掌门到场，这越发说明这件事里面暗藏猫儿腻。

气氛正僵着，一个丫鬟端着食盘进来，盘子里装满了南方少见的坚果。

连缈招待他们落座，水墨抱着食盘坐到燕羽元边上要跟他分享，自己也抓起一个就往嘴里送，结果被果壳硌了牙，还搞得一口碎渣：“唔……”

“笨蛋，这种果子要这样剥的。”燕羽元看不过眼，亲自示范给她看。

水墨见他从褐色的壳子里剥出一颗饱满的米色果仁，想也不想，欢喜地咬住他的手，把它抢到嘴里。

“恶不恶心啊你!”燕羽元被咬了一手的口水，正想擦到水墨身上泄愤，忽然间意识到她穿的衣服是他刚送的，弄脏不等于打自己的脸。

反正手也脏了，他干脆又剥了几个，趁水墨得闲的时候一股脑儿把果仁全倒进她的嘴里。她被塞了满口，有些撑不过，又不能吐出来，只能像仓鼠一样拼命咀嚼，那动作看起来非常有喜感。

连缈静静在旁边注视他们的互动，只是打打闹闹的，却亲昵得令人羡慕。

卢长舟把视线从他们身上移开，看向离他坐得最远的连缈，想到她的刻意搪塞，心里不免有些发酸。

他刚刚才为了她去闯鬼市，本以为可以和连缈更近一些，却不想他在她的心中竟比不过一个陌生的道士，顿时十分气馁。

对比水墨与燕羽元之间的坦诚相处，卢长舟越想越难受，忍不住板着脸赌气道："我知道自己没本事，连关心你的资格都没有，以后关于你家的事我都不问总行了吧。"

这话一出，连缈先是一愣，继而表情尴尬起来。

水墨好奇地来回看着二人，燕羽元按住她的头，低声道："吃你的，别多事。"卢长舟肩膀一颤："是，我太多事了。"

他抓过拐杖就要走。

燕羽元没想到自己随口一句话躺着也中枪，不过卢长舟这么玻璃心一闹，倒是正合他意。

他看向连缈，她似乎也有些吃惊卢长舟的反应，连忙上前抓住他的拐杖道："我不是这个意思，你现在受了伤，我只是不想你陪我操劳。"

卢长舟眼巴巴地说："就算我真的帮不上忙，能陪在你身边和你一起面对总是可以的吧？"

他都说得这么委屈了，连缈明白自己如果再拒绝恐怕真要伤他的心，语气顿时软了下来："好，我跟你说就是。"

……

连缈的爹叫连坊，在嫦娥镇是个名声在外的人物。不过这名声不是什么美名，而是茶余饭后的话资笑谈。

二十几年前，连坊曾是九宫门一名小小的修士，由于受同门排挤离开了九宫山，独自在外历练，成为一名散修。后来他偶遇了京城的文兰公主，从妖怪手里救了她一命，得到她和皇帝的青睐被招为驸马。

当了驸马以后连坊拥有了锦衣玉食，甚至还挂名了一个官位，但他依旧没有放弃修行，一如既往地钻研修仙之道，不仅勤于练功还开始守斋，在洞房花烛夜以后便很少和文兰公主同房。没多久文兰公主怀上身孕，倒也不介意他闲时有那么点兴趣，毕竟在家修炼总比在外花天酒地好得多。

可等连缈渐渐长大，文兰公主发现连坊的心思完全不在她的身上，日子简直过得就像是在守活寡，她让皇帝下旨禁止连坊修仙，结果连坊不仅拒绝，还提出了要和公主和离，回嫦娥镇继续修行。

当时全京城都在议论纷纷，说他们的平民驸马要当神仙不要老婆，文兰公主也因此成为世人的笑柄。只不过连缈坚持要和连坊一起走，皇帝虽然生驸马的气，对外孙女还是爱怜的，所以封了连坊做嫦娥镇县令，好照顾连缈的生活。

连坊回到嫦娥镇，一心想要回到九宫门，却被拒之门外。不过他没有因此气馁，而是更专心于飞升之道，甚至把心放在了被传得神乎其神的羽衣上。

这些事就算连缈不说，卢长舟也早从镇上居民口里听过了。

本地人都知道嫦娥镇有个想当神仙想疯了的县令，还在暗地里打赌他和九宫门的掌门谁会先修成仙，不过只要是神经正常的都不会把赌注压在连坊身上。

连缈对人们背地里的取笑一清二楚，不过她并没有在乎这些闲言闲语。

连坊虽然沉迷修仙，但除了对卢长舟这个渔夫女婿很看不顺眼以外，在其他事上对连缈千依百顺，可以说是疼到了骨子里。所以她总是宽慰自己，反正爹也就这一个念想儿，让他快快乐乐想一辈子又如何？

只是没想到这回连坊居然动了真格，为了成仙卷走了家财不说，竟然连她也不要了。

“半个月前，我爹跟我说昆仑圣地的金仙普贤真人给他托梦，说他被他修仙的诚意深深打动，准备赐予他一次飞升的机会。我以为我爹是日有所思夜有所梦，所以没放在心上。直到他失踪以后，我越想越觉得不对，就去了趟九宫门，没想到他们掌门朱邪居然亲自来了，看了他的房间后，发现他床上居然藏着一张符箓。我问他到底是怎么回事，但朱邪道长不肯透露太多，只说会帮我查。”

水墨立即问：“是什么样的符箓？”

“白色的，上面也不知写了什么。”连缈回忆当时的情景：“后来我看见朱邪对着那道符念了句口诀，接着那道符变成黑色，符文也发出一股红光，变成一幅怪画。再后来朱邪道长把符烧了，烧出来的灰里有股奇特的臭味。”

燕羽元微微皱眉，他知道连缈说的是怎么回事。

符箓，亦称“符字”“墨箓”“丹书”，通常写于黄色的纸或帛上，笔画屈曲、似字非字、似图非图，是上古神明的文字，用于传达天神意旨，召神劾鬼，降妖镇魔，治病除灾。不过以前有个厉害的魔修非常擅长炼造，把妖法和符箓结合在一起，发明出具有诅咒和伤害力量的符。因为符上写的是鬼话，所以这种符箓也被称作——

“是鬼符吗？”水墨突然道。

燕羽元诧异地看着她：“你知道？”

“嗯，我听说过，那是蓬蒙发明的。”

蓬蒙？魔皇蓬蒙！

燕羽元惊了一下，原来传说里那个很厉害的魔修，居然是恶名在外的蓬蒙？水墨又问：“我们能去你爹的房里看看吗？”

连缈见她能说出鬼符，似乎是真有本事，想着多一个人帮忙也好，于是心甘情愿地把他们领到了厢房。

连坊的房间并不大，里面摆满了各种书籍、法器、熏香，还有瓶瓶罐罐的丹药。连床铺都被占了一大半，上面没有枕头被子，只有个被撕破的蒲团。

连缈见他们神情疑惑，解释道："这不是衙门里最大的房间，不过我爹说这里的灵气最盛就搬过来了。"

水墨在房里转圈，这里摸摸，那里摸摸，还拿鼻子嗅了嗅，最后看向窗外道："不对呀，你家灵气最强的地方应该是院子里那个葡萄架，架子下面的石桌以前应该是口井，井水连接着九宫山的地下水，吸收了它的灵气。"

连缈愣了愣，惊讶地点头："没错，那里以前的确是口井。"

燕羽元也赞同水墨的看法，虽然他不懂得怎么探测灵气，但他觉得这房间朝向和布局都和家里那三个狐妖的喜好相似，肯定不是什么聚灵的好地方："这里不像是修士，反而更像是妖怪住的地方。"

连缈更是惊讶："刚才朱邪道长也是这么说的。"

她越发确定他们的确有两手。

卢长舟问："那个掌门还说了些什么？"

她道："他让我马上找人把这房间烧了，里面的东西一件也不留，烧完之后把灰全部装进坛子里，放到祠堂供奉着。"

燕羽元担心烧掉房间找羽衣的线索会被掐断，问："能不能先别烧，我想在这间房里看一看，兴许会找到救你爹的线索。"

水墨蹲下身，打探着床下："我也想再多瞧瞧。"

连缈迟疑地看向卢长舟，他伸出手，把掌心搭在她的手背上，安慰地拍了拍："放心，他们都是好人。"

……

整个下午，燕羽元都在翻看连坊房里的东西，从秘籍到灵丹，一件也不错过。线索他是没找着，倒是看到了几本非常罕见的法器设计书，令他非常受用。他把书藏在衣服里准备带走，然后看着斜靠在床上打瞌睡的水墨，恨铁不成钢地摇摇头。

他还以为她多有本事，能帮上他的忙，结果只知道吃了睡睡了吃。还好她睡觉安安静静不打呼噜，不然他非得把她给扔出去。

人在忙得晕头转向的时候，最见不得旁边有人优哉游哉的，看得人心里极度不平衡。

燕羽元揉揉发酸的眼睛，又检验了一瓶丹药，终于忍不住放下瓶子走到床边，用拇指跟食指捏住水墨的脸，用力地一拽。

“哇啊！”水墨如他所愿被痛醒了，傻傻呆呆地看着他。

燕羽元说：“有只虫子跑到你脸上，我帮你掐死了。”

“胡说！”水墨道：“我明明看见你故意走过来掐我的。”

他心里一虚：“你都睡着了怎么看得见？别冤枉我。”

“我不是在睡觉，而是在吸收灵气，好恢复法力。”

“那应该去你说的那个葡萄架那里吸收，干吗要在这里？”

水墨其实也有点茫然，她本来是怕燕羽元一个人会有危险才留下来的，结果发现不只窗外的灵气，就连这屋里的隐隐残留的瘴气她也能顺利吸收，并化为己用。

可灵气能转化为法力，瘴气只能转化为妖力，两种气相互排斥，这不是基本常识吗？难道这房里的瘴气有什么特殊之处？

“发什么呆？”燕羽元敲了下她的额头：“看来今天是找不到什么名堂了，我们干脆去朱邪那里试试，兴许悄悄跟在他后面能坐收渔人之利。”

他说完打算撤退，走到门口却看水墨下了床，又蹲在床边往床底下看，好像那里面藏着什么宝藏。

他觉得奇怪："还看什么，那下面什么也没有，我已经搜……"

他说到一半突然顿住。

什么也没有？

这屋子到处塞满了修行的道具，为什么独独床下什么也没放，而且他刚才趴进去打探的时候，里面竟然连一点灰尘都没有。

床下通常是最积灰的地方，以连坊那么邋遢的风格，怎么会特意去清扫那里，还把它弄得一尘不染？燕羽元走过去，只见水墨合上双手，指尖飞速比了几道姿势，然后用加快了几十倍的语速默念了一句口诀。

接着，他看到床下出现了一个图案复杂的法阵，法阵发出一阵蓝光，阵纹像蔓藤一样向四周蔓延开来，很快便铺满了地板，并攀上了墙壁和天花板，将整个房间都包围起来。

燕羽元愕然地看着天花板上的阵纹："这是什么……"

"啊！"水墨突然叫了一声。

他低下头，看到床下显出一道光晕，当光晕渐渐消失，只见一个半人形的东西半躺在那里。

那东西背对着他们，浑身光裸，皮肤呈炭色，上面布满了龟裂的干纹。他的后颈上有一个巨大的肿瘤，瘤上居然还长着模糊的五官，看起来非常骇人。

水墨拉拉燕羽元的袖子："把他翻过来瞧瞧。"

"我？"他看着水墨闪闪躲躲的眼神，认命地抽出床单包住手，然后把那个怪物翻过身，然后惊得往后一跳。

"怎么了？怎么了？"水墨捂着眼睛不敢看，躲在背后问他。

燕羽元粗鲁地把她的手掰下来："自己看。"

真正看到眼前的景象，水墨反倒不怕了，因为他的正面只是一张平平整整的皮，连脸部也是平平的，不见五官。

“这到底是什么怪物?”燕羽元自言自语。

水墨说：“刚刚那个法阵是用来封印瘴气的，布阵的人应该就是朱邪。”

“这么说他知道床底下有东西?”

水墨点头：“不仅知道，还故意把他藏起来看不见。”

“然后还让连缈找人把他给烧了……再供起来?”

有什么东西需要在祠堂里供起来?

燕羽元的心里忽而闪过不好的预感，该不会……

他不敢再猜下去，因为如果他的猜想没错，那也太残酷了。

第五章 往事

燕羽元告诉守在门口的侍卫，让他把连缈和卢长舟叫过来。

现在已经是二更天了，连缈因为担心父亲根本睡不着，卢长舟怕她压力过大把自己累垮，于是让丫鬟找了个棋盘过来，陪她在大厅里下棋。

往常跟连缈下棋，卢长舟只有受虐的份儿，可今天她明显不在状态，一连下错了好几个子，甚至连先后手的顺序也弄错了。

她深吸了口气，捂着胸口："别下了，我觉得心里堵得慌，好像有什么事要发生。"

卢长舟连忙瘸着腿靠过去，也不再忌讳什么男女授受不亲，拍着她的后背帮她顺气。

连缈的脸色渐渐好转，正要道谢，却见一个侍卫来到门口，面色苍白地喊他们去连坊的房间。

连缈心中那种不祥的预感越来越强烈，起身焦急地冲了出去。

卢长舟拄着拐杖落在后头，并没有叫她等，而是一路尽力追赶着，最后竟没有慢她许多。

一进到房里，连缈立即看到了床下的"怪物"。

半晌，她瞪大的眼睛里流下两行热泪。

"怎么会……"她看着肿瘤上突出来的那张脸，哽咽地喊道："爹……"

燕羽元心里一沉，他忽然有点后悔把连缈叫过来了，毕竟比起看到自己亲爹变成了怪物，以为他失踪了或许还好过些。就像他从小不知道自己的生父母是谁，只要一天不去找他们，就能想象他是走丢的，而不是被他们遗弃的。

人生在世，留有希望总比绝望要好。

水墨看连缈哭成那样，似乎不懂得要怎样安慰她，急得在她旁边打转。

卢长舟则是惊呆了："岳父？"他愕然地："怎么可能，岳父怎么会变成这个样子？错了，肯定是认错了。"

连缈泪流满脸地说："我不会连自己的爹都认不出来！"

燕羽元听出她的语气里带有一丝迁怒和怨气。

这时水墨道："会不会是有妖怪变成你爹的样子？"

卢长舟立即说："对对对，我就是这个意思，你先别急……"

连缈这才止住了抽噎，泪眼里升起一抹希冀。

燕羽元把手伸向腰袋，犹豫了片刻道："其实有个方法可以辨认。"

既然已经到了这个地步，与其乱猜，倒不如干脆来个明白。

他从袋子里拿出一枚纯白的指环，他管它叫亲子环，能够通过血色来探测附近有亲属关系的人。小时候他曾经很想寻找自己的生父母，在暗地里研究出这个法器，后来长大了真的做成了，反而失掉了最初的那股冲动。

连缈把亲子环戴在食指上，见它忽而变成了血红色，接着，一个极小的红色光点从指环里飘出来，在空中上上下下游戈着，像是在寻找什么。

水墨紧张地抓住连缈的另一只手，把她已经掐破掌心的指甲松开了些，对着血肉模糊的伤口轻轻吹了吹。

连缈没有留意到她的安慰，而是眼也不眨地看着那个光点。

突然，红光点定在了半空，然后像是被一股大力吸引，飞速地投进了地上的"怪物"体内。

连缈愣了愣，转头看向燕羽元，目光里有彷徨，也有祈求。

他喉头一哽，艰难地说："节哀顺变。"

怪物就是连坊。

他没有失踪，而是死在自己家里。

连缈再也支撑不住，昏厥了过去。

……

丫鬟把大夫送出闺房，卢长舟想进去看看连缈，却被拦住了。

自清醒后她一直在哭，谁也不想见，卢长舟便守在门口，无论丫鬟如何驱赶也不愿离开。

水墨困扰地看着窗户上连缈的影子，听着那嘤嘤的哽咽："她是水做的吗，怎么可以有那么多水可以流呢？"

燕羽元听了觉得好笑，难道她就没哭过吗？

他想起她发现床下尸体时所作的手势、念的法诀，问了句："你怎么会法术，是谁教你的？"

水墨说："你教的啊。"

他顿时一惊："我以前也会法术？"

"会啊，你很厉害很厉害的。"她骄傲地冲他比了个大拇指。

燕羽元很纳闷儿，难道他以前曾经私自修道，还认了这个来历不明的徒弟，被涂金珠发现后喂了黄泉酒，连道行也除了？

他越发觉得自己遗失的记忆信息量巨大，没准他其实早就找到生父母，也被她们给弄忘了？

水墨突然凑过来，说："不如我们去跟踪朱邪吧。"

他脸上一热，推开她的脑门儿："别靠那么近！"想了想，稳定心神说："去，我要看看他到底在搞什么名堂。"

连缈丧父虽然可怜，但燕羽元毕竟和她不熟，对于突发的惨剧至多只有怜悯，却无法伤感太久。

比起连缈的情绪，他更关心连坊死之前到底有没有见过普贤真人，有没有见过羽衣。

……

嫦娥镇是个县城级别的大镇子，历史悠久，风景别致，小吃特产多，自古以来就是旅游胜地。

既然是胜地，也就意味它非常有钱，老百姓靠游客发财，衙门靠税收发财，然后把钱拿来盖房子、造商业街、修路……于是乎各种特色建筑蜂拥而立，其中最为出彩的就是镇中央高达百米的树屋。

嫦娥镇是傍着嫦娥神话的大腿出名的，所以树屋的主干有意造成桂树的模样，山寨了月宫里的那株天树。树梢上建了十二座小木屋，通过机关可以升降、摆动和旋转，升到高处时可以俯瞰嫦娥镇全景。

水墨和燕羽元此时就坐在其中一个树屋里。

她虽然对这个屋子很感兴趣，但她不懂：“不是要去找朱邪吗，为什么我们不去九宫山，而是跑到这里来？”

“他明知道连坊已经死了，却连他女儿都不肯告诉，就算我们现在送上门他也不会透露什么的。”

“那怎么办？”

燕羽元问：“你的视力好不好？”

“什么叫视力？”

“我是说你的眼睛，能看得远吗，清晰吗？”

她往窗外看了看，点头：“嗯，能看得很远，也很清晰。”

他掏出一张嫦娥镇的地图：“从现在开始，你要时刻留意嫦娥镇有哪家屋顶上冒出黑烟，不是煮饭烧菜那种细细的烟火，而是烧房子那种大烟雾，四扇窗户外面都要注意，一个都不能漏，看到就在地图上勾出来，别问为什么，明白吗?”“明白!”水墨毫不迟疑地回答。

燕羽元满意地嗯了一声，从腰袋里取出一个充气枕头吹好气，放在地上，然后舒舒服服躺上去补眠。他已经累了一天一夜，再不休息就要困死了。

水墨见他眼睛才闭上没多久，竟然已经开始打起了小鼾，顿时觉得非常神奇。当燕羽元还是金仙的时候，绝对不会做出动粗骂人打鼾这类有辱斯文的事。昆仑十三仙性格各异，其中公认脾气与品性最好的就是赤霞真人。他高贵清雅，稳重内敛，风姿若竹，温文如玉，完美得让人挑不出错来。也只有跟水墨单独相处时他才偶尔流露出一点坏心和顽皮，可说出去恐怕连他师傅元始天尊都不会信。

他是元始天尊最看好的弟子，身为十三金仙之首，前途本来不可估量，却为了庇护她被除去仙籍，削去仙骨，散尽修为，贬下凡间重头来过。对一个法力与地位超群的金仙来说，这已经不只是惩罚，还是一种耻辱。

分别时赤霞真人叫她不要担心，因为蓬蒙的羽衣就在下界，即便他成为凡人也会用羽衣的力量回昆仑找她。

可现在燕羽元依旧是燕羽元，他没有找到羽衣。

水墨看着他的脸，暗暗向自己发誓，一定要让他想起自己，一定要为他找回昔日的荣光。

“加油!”

她炯炯有神地握了握拳，然后盘腿开始打坐，估量着体内灵核的灵气存量，施了一个二级水镜诀。

一面透明的水镜在她面前展开，呈半弧形围在她的身前和两侧，里面倒映着树屋那四面窗朝外能看到的景象。

因为等级只有二级，所以视野无法放大太多，不过依旧能看到街市上人山人海，十分热闹。

水墨出生于昆仑山，原形是一幅画，长年累月吸收昆仑灵气，慢慢生出了精魂，机缘巧合被赤霞真人捡到收做了徒弟，靠走后门升级成一介小仙。

自从天界被一道禁制以后，不仅人间修士飞升困难，就连仙家下凡也遭到了管制。赤霞真人因为办事能力卓越经常被派下凡出差，但以水墨的等级想要申请下凡希望十分渺茫。

在她混够资历以前，别说下凡，连在昆仑行走也是有限制的，所以她大多数时候都待在赤霞真人的洞府里，除了修行就是听赤霞讲他的经历趣闻，其中提到最多的不是上古的诸神之战，也不是蓬蒙的逆天之战，而是千百年来的人间发生的红尘俗事。

思凡在天界是被禁止的，因此赤霞真人没法把凡间有趣的小玩意儿带回洞府，不过他会用水镜画给她看，偶尔还会教她两句华夏方言，也幸亏有了他的扫盲，水墨初次的下凡体验才不至于手足无措、笑话百出。

十八年前。

赤霞真人奉命下凡除妖的时候，一个会变形的太岁精藏在仙人收集的药材里，私闯昆仑想偷仙丹，被守卫的小仙童发现后通报各洞府，全力追捕。

本来以水墨的资历，并没有被委派去捉太岁精，谁知道她正在洞府里百无聊赖默写口诀的时候，那太岁精居然自己闯了进来。

比起写口诀，当然是捉妖精更有趣，所以她立马就追了上去，一路跌跌撞撞的，竟然误闯了一个界洞，被传送到月宫里，并认识了嫦娥。

嫦娥成仙后极度思凡，没多久就想要脱下羽衣变回凡人，可当时天界刚刚展开禁制，颁布了禁止与凡间交往的法典，以玉皇大帝为首，维护天界法典的天庭六御认为嫦娥这是在跟天庭作对，间接打元始天尊的脸。

玉帝要拒绝嫦娥，但她本来是领到赏赐才飞升的，如果直接拒绝功臣就显得天庭太过霸道，所以他和嫦娥立了个赌约，只要她能砍断月宫里的天树，就允许她脱掉仙籍下凡。保险起见，玉帝还在她身上下了道禁制，令她伐树成功之前永远不能离开月宫。

嫦娥应了赌约，用她擅长的分身仙术制造了一个使者吴刚帮她伐树，但无论怎么砍，天树始终屹立不倒。

水墨受到赤霞真人那些故事的影响，对凡间也是很有好感的，一听嫦娥的遭遇就觉得天庭太不要脸，居然欺负一个功臣。

她想帮嫦娥的忙，却不得其法，这时那只太岁精冒了出来，很有义气地表示他也讨厌天庭，也要帮嫦娥的忙。

那太岁精性格活泼有趣，很对水墨的路子，他说自己并不是有意要做贼，是那个采药的小仙不好，在他睡觉的时候把他当成药材带到天界的……水墨心想太岁在修士眼里的确是良药，便信了他的话，还听了主意认为天火能克天树，于是跑去盗天火烧树，结果树没烧成，却差点烧了整个月宫，连天庭也受了牵连…… 一想起那些蠢事，水墨就想找个地洞把自己埋了。

她摇摇头，将那些讨厌的情绪甩出脑袋，把精力重新放在水镜上。

一个、两个、三个……

水墨在地图上仔细记录冒黑烟的方位和时间。

虽然燕羽元没有解释，但她又不笨，想了这么长时间，已经猜到他们为什么要来这里干这事了。

提示有两点：

第一、朱邪刚刚到连缈家里不久就施了法阵走了，还让她烧尸，而不是把尸体带回九宫山查探，这说明他驾轻就熟，可能不是第一次遇到这种情况。

第二、连坊失踪前拿走了家里所有的钱财，这说明凶手贪财，那么他就不会只对一个人下手。

所以他们要看看有没有其他家也在烧屋子，就能找到跟连坊一样的受害者。嘿嘿！居然能跟上赤霞的脑回路，我真是太聪明了。

水墨的脑海里浮现出数不清的鲜花与掌声，歪着嘴笑得十分花痴。

日落以后，燕羽元终于醒了，看到她的记录十分满意，听到她的分析更是目露惊艳：“很好，有赏。”

水墨高兴地用手抹起刘海儿，凑到他跟前踮起脚。

燕羽元不解：“干什么？”

“不是要赏吗？”水墨指着光裸的额头：“有赏就是要亲亲的意思啊。”

“谁说的？”哪个这么不要脸教她这种东西？

水墨望着他。

用亮晶晶的眼睛持续望着他。

燕羽元不敢置信：“我说的？”

“嗯！”

他明明记得自己连女孩的手都没牵过，居然有过这么流氓的黑历史？

“只有亲额头，没别的地方了吧？”他突然介意起来。

“没。”水墨好奇地问：“你还想亲哪里吗？”

“哪里都不想亲！”燕羽元顿了顿，清清喉咙又问：“只有要亲额头，没拉手、搭肩、抱抱吧？”

水墨摇摇头。

他松了口气。

自己也不明白为什么会感到松气。

“那还亲吗？”水墨抱怨道：“我手都举酸了。”

“酸就放下来，以后都不亲了！什么破毛病！”

燕羽元骂骂咧咧拉动机关，等树屋降落到地面，步履生风地跑了出去。

依照地图上的标识，他们一家家找下来，最后真的问出一户开舶来商品铺的人家。铺子老板失踪了有半个月了，也是卷走了家财，报了官却毫无线索，最后只有去九宫山求助。掌门朱邪亲自来了，同样是让他烧房子，把灰尘供起来。

那已经是三天前的事了，老板儿子心疼屋里的货物，硬是把东西倒卖完了才烧，结果就被水墨瞧了个正着。

燕羽元问：“你爹失踪前是不是也说要去见普贤真人？”

那家儿子点头：“是啊。”想了想又道：“今天我给父亲办葬礼的时候，一个生意上的前辈也来了，让我宽心不要难过，还说他很快也会去见普贤真人。”

“那位前辈住在哪儿？”

他指着街尾的思乡酒坊：“那边就是。”

……

燕羽元和水墨立即赶到酒坊，刚进门，正好听见屋里传来一道呻吟。

水墨抓住燕羽元，念了道轻风诀，刷地一下从窗口飞了进去。可房里空荡荡的，根本没有人。

他们找遍了柜子和床底，又敲击地板，确定下面没有地下室。

正当他们怀疑是不是听错了方位，要换个房间再找时，又一道惨叫声从空气里传来。

水墨忽而想起什么：“鬼符！”

燕羽元连忙从腰袋里掏出一个手掌大小的罗盘，按下机关，罗盘上立刻显现出这个房间的平面图，床铺和家具都用简易的笔画勾勒出来。

这个罗盘是一个探测鬼符的法器，只有在符驱动的那一刻才能探到气息。

嗡……

悬梁上首先出现一道鬼符。

嗡……

接着是东面墙的字画后。

嗡……

罗盘继续颤动着，从法器中释放的瘴气接触到发动中的鬼符，立刻和它起了反应，并在平面图中显现出一道红点。

水墨施出一记二级火莲诀，想烧掉墙上的鬼符，谁知那道符竟把她手里射出的火焰反射过来，差点烧掉她的小辫子。

嗡……

最后一道颤音过去，罗盘里密密麻麻已经聚集了数十个红点。

“这是符阵。”水墨苦着脸说：“以我现在的法力对付不了它。”

“那就去找朱邪来帮忙。”

“来不及了。”她指着墙上那张鬼符，它正从下往上慢慢褪色，发白。

当鬼符由黑转白，这是要达成目的失去效用的节奏，等到符阵启动完毕，就算朱邪来了也只能在这里捡到几片废纸而已。

“那怎么办?”

“虽然破不成阵，兴许能入阵，只要找到这家酒坊的老板就能知道害他的到底是谁。”

“好!”燕羽元想了一会儿就答应了，不过为了保险起见，他还是拿出几根火流棒从窗户放了出去，提前通知救援。

水墨趴在床上，从枕头边上找到几根细长的头发，系在手腕上。然后站在符阵里，右手在左手掌中画了一道替身符。

燕羽元目睹火流棒飞到空中，瞬间绽放出绚烂的烟火，烟火的图案是一个骷髅头加两根交替的骨头，无论在华夏还是海外番邦，这都是最浅显易懂的危险信号。

火流棒持续的时间为一个时辰，足以引起九宫山的注意。他转过身，正要叫水墨开始准备，却见她已经站在阵中，脚下还开出一道诡异的裂缝，里面流淌着他在入鬼市时见到的那种暗色漩涡。

下一秒，水墨整个人都掉进裂缝里，不等燕羽元反应过来，里面又抛出一个人来。

那是一个身材细瘦、四肢纤长的男人，浑身赤裸，正像触电一样紧紧蜷缩着四肢，后背不停地抽搐着。

他的脖子上起了一个小红包，看到这红包，燕羽元立刻想起连坊尸体上那个恐怖的肿瘤。

裂缝转眼就合上了，燕羽元一惊，冲过去伸手一抓，结果却抓了个空。

“喂!”他喊了一声，心里有些发慌：“喂——听不听得到，回答我一声!”回答他的只有地上男人的呻吟。

燕羽元回头看向墙上那道鬼符，转眼它已经褪得只剩一条黑边。

要是符阵停止，不仅朱邪来了没辙，水墨也很可能被封在阵里一去不回!

怎么办?

燕羽元的身后激出冷汗。

怎么办?

他的右手开始微微发抖。

他按住那只手，竭力宽慰自己。

冷静下来。

没事。

就算她真的不见了又怎么样?

他们才认识多久?哪怕以前有什么过往他也不记得了，吞再多碧落果也不可能想起来。

一个陌生人而已，不用那么担心。

燕羽元闭上眼重重吸了口气，再睁眼却见鬼符已经彻底变白，罗盘上的光点也纷纷消失了。

他的脑中顿时一阵空白，接着，他像疯了一样跪在地上，用拳头狠狠捶着地面。

“给我回来!”

他边敲边喊。

如果他尚有理智，肯定知道这样根本不可能重新唤回失效的符阵入口。

可他现在根本意识不到自己是在做无用功，只是发自本能地想要把水墨给找回来。

正当燕羽元狂躁地捶地的时候，两道光影从窗口飞进来。

一人见到屋内的情景，挥手扔出一条绳子，捆住了燕羽元的两只手。

他回过头，只见两个身着道袍的人站在那里。

他在连缈家里见过这两个人，对其中一个的名字记忆颇深：“朱邪?”

朱邪狐疑地拧起眉头。

他旁边依旧跟着那个小道童，束住燕羽元的绳子就是他抛出来的。此时他并不说话，只是酷酷地盯着燕羽元的脸。

朱邪道：“之前在衙门我见过你，你是连缈的客人。”

燕羽元没想到他当时坐得离窗户那么远，光线还那么差，也会被他留意到。接着，朱邪用一种半命令的语气说：“现在，把这里发生什么事一字不落地讲给我听。”

时间紧迫，燕羽元无心计较朱邪的态度，只把他和水墨来这里的过程详详细细讲述了一遍，并将他和水墨的身份润色为游走四方的闲散修士，把他们调查鬼符的原因说成是为帮助“挚友”连缈查找真相。

燕羽元以前是靠经商赚钱养家的，和三教九流的奸商打多了交道，早就练出了撒谎不打草稿的本事，他这一通话编得天衣无缝、流畅自然，所以朱邪一点没有对他起疑，只是在他描述那个裂缝的时候插了一句：“你是指界洞?”

燕羽元听到这两个字心头一跳。

他当然知道界洞是什么，只是以前并不知道它长什么样子。

自天地初开以来，洪荒世界便划分出各种界域，有天界与下界，下界又分为人界和妖界，除外还有大大小小的秘界、界中界，还有人为布置的结界。

界与界之间的官方入口叫做界门，例如燕羽元和卢长舟进鬼市时走的通道，它们大多数是自然形成的，又经过了后天维护，十分稳定。

而非官方的，人为或者妖为私自开辟就叫界洞，它的危险性奇高，稍不留神就会失控，迷失到混沌边缘。

“你能重开那个界洞吗?”

朱邪转头看向地上的人，几张符刷刷打下去，那人一僵，接着全身都软化下来。

他向前走了一步，右脚的鞋底发出一阵蓝光，接着一个法阵从脚下蔓延开来。燕羽元盯着这一幕，猜想朱邪穿的鞋肯定是件法器，再看他从头到尾，无论是发箍耳饰领口腰带……造型都很讲究，想必这些也是特制的法器。

男人摊在法阵里，呼吸渐渐平缓，表情也越来越恬然安详。

半晌，他咂了咂嘴，打起了响亮的呼噜。

“……”

燕羽元瞪着眼睛：“他睡着了?”

朱邪说：“无论是连坊还是其他死者，他们都曾在梦里见到普贤真人，所以我认为这个界洞就开在受害者的梦境里。”

正如燕羽元猜测的，连坊的死并不是特例，而是一出连环剧。

人的梦境本身就是一个界，在梦中开界洞，既独立又私密，而且一旦梦醒界洞也会关闭。正因为这样，尽管朱邪猜到了这个手法，可每次事发时他见到的已经是尸体，死人是不会做梦的，所以他才迟迟找不到界洞，而这是他第一次遇到刚从符阵里出来的幸存者。

不得不说，这两个散修无意中帮了他一个大忙。

他抬起手，掌中伸出一柄半透明的长剑，朝着男人的脑袋狠狠劈去。

剑身插进男人的太阳穴，却并没有皮开肉绽、血肉横飞的场面出现，他依然睡得十分安稳，甚至还很荡漾地流起了口水。

空气里忽然发出嗡的一声，出现了一条细细的缝。

燕羽元凑近观察着那条缝："这么小，能进去吗?"

"你以为开界洞有那么容易?"朱邪不悦地说："再等一会儿，它会变大的。""可我朋友还在里面，再等下去她会不会出事?"

朱邪说："她用自己当替身换这个男人，方法虽然蠢了点，但悟性和实力还是有的，不会连这一时半会儿都撑不住。"

燕羽元听他这样夸赞，倒有些怀疑水墨是不是真的是他教出来的。

也许他只是教了她几句口诀，帮她启蒙？后面的修为全靠她自己开金手指炼出来的?

"……喂。"他回过头，不耐烦地看着小道童："你这绳子是不是能收回去了?"

绑他一下也就够了，绑这么半天，有病啊?

小道童这才收回了绳索，不屑地哼了一声。

朱邪拍了拍他的头，介绍道："这是玄寅。"

燕羽元决定把态度放低调一点，免得不小心惹到瘟神："我叫燕羽元。"

第六章　骗局

水墨站在一个白色的长廊里。

天花板和墙壁都是雪白雪白的，每隔一步就挂着个灯笼，就连灯笼里的火光也白得发亮。

她从没见过这么白的房子，洁白纯净，一尘不染，仿佛打个喷嚏都能把它给玷污了，任何肮脏龌龊都能在这片纯白里无所遁形。

她低下头，看着脚下齐膝的白雾。

正常的雾无论多浓也得有个层次，能见度再差都能看见面前的东西，可这片雾却密得感觉不到流动。就像是一间密不透风的白盒子，屏蔽了所有黑暗。

她往前走了几步，脚上绊到什么东西，捞起来一看是套衣服。

完完整整的一套衣服，腰带系着蝴蝶结，右边还挂着一个小葫芦装饰，葫芦上写着：思乡酒坊。

这是酒坊老板的衣服。

水墨感到不解，腰带系得好好的，衣服是怎么脱下来的？

而且为什么非要脱衣服？是为了穿上另一件衣服吗？

忽然想起在医馆里听到的话。

难道普贤师叔真的在这里，身上还带着羽衣?!

这时她感到脚下轻微颤动了一下，她连忙在掌中写了一道感应符，单膝跪地，把手掌按到地上。

颤动只是那么一瞬，并没有再来。

她并没有着急，过了一会儿举起手翻看掌心，里面的符文已经变成一个箭头。水墨朝着箭头的方向慢慢走去，一路上弯弯绕绕，打了好几个转，最后来到一间石室的门口。

她听到石室里传来人声，于是蹲下来把自己藏在白雾中，布了一个水镜，窥探里面的景象。

那石室很大，高得看不清顶，空中飘浮着许多小灯笼，星星闪闪的，多看一下眼睛都会生出重影。

石室周围摆了一圈莲花台，上面坐着十几个戴着斗笠的白衣人，盘着腿正在打坐。他们的背很驼，脸色青白，双目无光，犹如行尸。

正中央有一道金字塔形的石阶，石阶尽头是一个平台，上面铺满了金银珠宝。一个戴着面具的人坐在珠宝堆上，正拿着本账册一面写写画画，一面自言自语，听声音似乎是个女人。

“刚刚又死了一个，不过没关系，他的钱已经进了我的口袋。”

过了一会儿，她又说：“我知道找普通人很容易死，但他有钱啊。”

“废话，钱当然很重要！”

“好吧，下次找妖怪也不找弱鸡了。”

水墨越听越奇怪，她这好像不是自言自语，而是在跟什么人对话。可除了她以外里面明明没有第二道声音，这是怎么回事？

正觉得奇怪，面具人突然抬起头。

“有人闯进来了。”

被发现了?!

水墨赶紧收回水镜，再度估量身上的灵气值。

惨了，根本不够使出法诀，难道要肉搏？

她的体质可是弱得连一点肌肉都不长的啊。

“正愁材料不够就有人送上门了，给我杀！”面具人狂妄地喝道。

莲花台上的白衣人纷纷站起身，整齐划一地朝门口跑来。他们跑步的动作奇快，动作却非常僵硬，四肢就像装了机关。

水墨攀着墙壁爬上天花板，手脚并用撑在一个夹角里，默默自我催眠：看不见我，看不见我，看不见我……

结果那群白衣人真的无视了她，笔直朝走廊外跑去。

面具人也一个纵身飞了出来，跟在了他们身后。

“……”

水墨纳闷地看着他们的背影。难道她就这么没存在感吗？

再一想，那个戴面具的说的是有人闯进来，她又不是人，她是神仙。这样一想就释怀了。

可会是谁闯进来了呢？

该不会……

水墨的眼前闪过燕羽元的脸，立刻跳到了地面。

这时，她的脚下突然又是一阵颤动。她回过头，发现台阶上金银珠宝堆砌的小山正在滑坡。

那里面会不会藏着羽衣呢？

水墨很想过去看看，可眼前显然是燕羽元比较重要。她着急地在墙上画了一道定位符，对着里面的金山银山道：“等着，待会儿再来找你！”

……

轰——

朱邪几道五级爆破符打过去，迷宫般的墙顿时被轰出一条道来。

燕羽元跟在他的身后，看他嘴角带着狞笑，一副炸得很爽的样子，哪里有掌门的风度和威严，根本就是个暴力狂！

“走快点。”

道童玄寅在后面踢了他一脚。

掌门可忍，跟班可不能忍。

他侧身抓住玄寅的衣领，毫不客气地把他往前一扔，而后笑容可掬道：“嫌慢请你走前面，谢谢。”

玄寅瞪了他一眼，正要发毛。这时朱邪后背的剑匣忽而发出齿轮转动的声音，接着，几柄长短不一的剑从里面飞出，悬浮在他的头顶。剑尖往前，指向斜下方，刷的一声刺了下去。

一道凄厉的尖叫声后，一个白衣人从白雾里冒了出来。他的肩上插着两把剑，流出又黏又黑的血。

玄寅抬脚猛地踢，又一个爬行在白雾里的白衣人被掀到了墙上。

燕羽元惊悚地看向脚下的白雾，从无极袋里摸出一根黑色细棍一甩，棍子一节节伸长，戳到了地面。

这根棍子叫无极杖，是他的得意之作。电杖刺到敌人后会自动断开，化作钢索把对方绑起来，并释放出强力电流。而且电杖层层叠叠，总共有一千节，可以循环使用，既轻便又不占空间，是居家旅行的保命良器。

不过朱邪强悍的战斗力让他的得意之作根本没有发挥的机会。

他穿梭在走廊中，脸上带着冷笑，气势如虹，不管几个人围攻过来，都被他张狂的速度瞬间虐成了渣渣。

玄寅出手的时候也不多，只贼贼地对飞到他跟前的落败者补上几脚，表情蔫儿坏蔫儿坏的，就像是生着触角的小妖魔。

燕羽元近距离目击着这压倒性的一战，心脏不自觉地怦怦作响。

他感到自己浑身的血液都在高涨，发热，似乎有种深埋在骨血里的激战本能，悄悄在他的心底苏醒。

“别动！”

正想着。

燕羽元忽然觉得他的脖子有点凉。

侧过头，只见一把冰刃正架在他的肩上。

朱邪和玄寅都往这边看了过来，眼神不约而同流露出几分鄙视。

什么情况？

他被挟持了？

就算抛开遇佛杀佛的朱邪不谈，他们三个人里还有个不足一米五的矮子，柿子找软的捏也不该找上他啊。

面具人握着冰刀，抵着人质对朱邪道：“如果你们再敢动一下……啊啊啊啊！”

燕羽元反手握着无极杖，脱出的枝节牢牢缠住面具人的身上。

她被电得浑身抽搐，突然化作一道残影，从空中消失了。

燕羽元低头想找她是不是藏在白雾中，这时朱邪道：“不用找了，她是这个结界的界主，现在应该已经回到维持结界的符阵里了。”

说完，他若有所思盯着他手里的东西：“这个法器你是从哪里得到的？”

燕羽元说：“我做的。”

散修有很多种，专攻炼器的也不少见，他觉得这点没必要藏着掖着。

朱邪沉默了片刻，又道：“你之前好像说过你姓燕，是天上飞的那个燕雀的燕？”

“是。”他又重复了一遍自己的名字。

“你出生在哪里，父母叫什么，是做什么的？”

“我出生咸阳，我爹叫燕大栓，我娘叫陈招娣，他们都是务农种地的。”

这个身世是涂金珠帮他伪造的，燕大栓和陈招娣确有其人，他们生过一个儿子，欠了一身赌债失踪多年，于是她们花钱买下了他的户籍，方便燕羽元读书考试开店做生意。

朱邪听完一脸兴趣缺缺的模样，倒是玄寅讽刺地看着他："大栓，招娣？他们的名字这么土，怎么会给你起个这么有仙气的名儿？"

"谢谢，我也觉得我的名字比你的好多了。"

玄寅龇牙咧嘴地瞪了他一眼。

这时，长廊里骤然发起一阵剧烈的震动，接着墙壁居然开始缓缓移位。

"怎么回事？"燕羽元问。

朱邪说："界主正在改变结界的形态，如果不找到符阵把它毁掉，我们很可能会被困住。"

这时地面又是一晃，然后猛地朝下倾斜。

燕羽元和玄寅猝不及防地往下掉，朱邪回头看了眼已经越来越狭窄的长廊，也顺势滑了下去。

他刚刚站稳，一道玫红色的影子倏地从旁边袭来，把他撞到了墙上，脑袋磕得嘭的一声响。

……

"水墨?!"

燕羽元按不住面上一喜，上上下下打量着她。很好，没缺胳膊没缺腿——倒是会祸害人了。

水墨欣喜地围着他打转，边转还边在他身上摸来摸去："你怎么也来了，有没有碰上那些穿白衣服的？他们没伤到你吧？"

"没有。"他按住她的肩膀，让她消停下来，心里本能地放松了，就没有嫌弃她的动手动脚。

朱邪捂着头上的包，纳闷儿地看着这个奇怪的偷袭者。

水墨这才注意到他：“咦，你也来了?”

他挑眉道：“你知道我是谁?”

“知道啊，在连缈家我见过你，当时我在窗户边上吃葡萄，你还回头瞪我来着。”

他的眉毛挑得更高：“我没瞪你。”

事实上那时候他看的是燕羽元，因为他在他的身上嗅到了法器的味道。

朱邪是个法器控，在修仙界人才爆炸的时代里他能成为公认的实力第一，正是因为他身怀无数法宝，并懂得怎样将它们利用到极致。他是天下法器的伯乐，身体里仿佛装了一个法宝探测装置，整个修仙界只要是被他看中的法器，无论用什么方法、花多少时间他都会弄到手。

不过除了法器以外，他对其他气息也是很敏感的，可为什么当时他没有注意到这个距离他更近的女修？如果说那时他是被法器分了神还可以理解，可现在他是在敌人的结界里，处处危机四伏，他的战斗敏感度早已调到了上限，然而刚才被撞之前，他居然完全没发现有异物靠近?

“你用了归虚诀?”

归虚诀是一种散尽灵气的法术，效用极为阴狠，通常只有两种修士会使用它。一是当修仙门派里有弟子犯了重法被逐出师门，掌门为了不让他用自家门派的功力祸害他人，就会用归虚诀彻底废了他的修为。

二是有高级修士将一种修行方式走到瓶颈，再也看不到精进的机会时，会破釜沉舟散掉灵气从头修炼。虽说重修的根基起点比普通人的修行要高，但牺牲巨大，成功率渺茫，所以很少有修士敢于冒险。

水墨点点头，算是默认。

其实她根本不知道什么是归虚诀，只是偷了普贤真人炼制的归虚丹，散尽仙力才突破禁制下凡。不过她虽然生性跳脱，却不是傻子，知道说太多暴露神仙的身份没有好处。

朱邪又问："你师承何处？"

水墨抱住燕羽元的手臂："师承这里。"

"我是指的启蒙恩师。"

"就是他啊。"

看着朱邪眼里的惊诧，燕羽元莫名地有种长脸的感觉。

朱邪的心里的确很意外。

如果这两个人真是师徒，以他们现在亲密的表现，绝对不可能曾经闹到要用归虚诀的地步，而且这个燕羽元看起来根本没什么修为，不可能会这么高级的法术。

这么说，她是重修？

重修者虽然一开始法力不高，但体内往往遗留着重修前的某种天赋和特质，或许能隐藏气息就是她的特质……

"掌门，时间不多了。"他正要深究时，玄寅突然开口提醒道。

朱邪回过神，抬起右手掐了一道手势，然后动作凌厉地将手指挥向前方。

一只只长着翅膀的金色眼珠子从他的剑匣里涌了出来，整齐有序地飞向长廊的两边，犹如受过严格训练的工兵。

一个眼珠子飞到水墨的跟前，她好奇地眨眨眼，眼珠子也学着她眨了眨。

水墨郁闷道："它的睫毛比我还密还长！"

燕羽元说："那是因为它的主人审美品位比较挑剔。"

这一点从朱邪完全不输给皇亲贵族的穿着气质就看得出来。

“他们在找什么？”

燕羽元还来不及答，玄寅便难得热情地回道：“我们在找界主，她现在在通过符阵操纵结界。”

水墨想了想：“界主？是不是戴着面具、说话声音是女人、很喜欢钱那个？”“喜欢钱？这个我不清楚，但应该是吧。”

她说：“我知道她在哪里。”

朱邪回过头，他身旁那些金眼珠工兵也纷纷转身，几百只眼珠子齐刷刷看着她。

燕羽元被盯得毛骨悚然，水墨却毫无压力地想，那么爱钱的人，在逃跑之前一定会先去收拾她的金山银山吧。

有了水墨的定位符，他们只消片刻就抵达了面具人的石室。不过此时的石室早已不是她之前见到的样子。齐膝的白雾已经散开，明晃晃的灯笼全都散落在地上，莲花台中心不时地喷出滚烫的蒸汽，噗噗噗的声音听起来格外瘆人。

室内的温度高得惊人，人一走进去，皮肤上立刻蒙了层水雾，就连呼吸也变得潮湿和黏稠。

之前的金山银山已经失去了踪影，金字塔台阶黯淡得有些阴森。

水墨看着脚边的一个灯笼，踮起脚尖往外一踢，那灯笼飞到半空，转瞬间涨得通红，然后轰地炸开了。

她回头看了一眼燕羽元，说：“脚滑了。”

“……别闹！”

朱邪甩了下手，上千张符箓同时从他的袖子里飞出来，扑到灯笼上，瞬间将它们冻成冰砖。

几把长剑从剑匣飞出，奔向两旁的莲花台，精准迅速地卡住了机关。那恼人的蒸汽声总算停止了。

这时金字塔台阶突然分成了两半，露出一扇门。

一头红色的巨兽从门内走出来。

巨兽约有一人高，浑身布满了鳞片，脑袋和四个肉爪毛茸茸的，看起来就像一团火，背后还甩着一根灵活得跟蛇似的尾巴。

如果只看侧面，这大家伙还算有几分呆萌，可一看它的脸却不由得开始毛骨悚然。

因为它长着一张人脸，一张跟普贤真人雕像一模一样的脸。

水墨的第一反应是：假的吧。

普贤师叔那么爱面子，怎么可能变成动物，还手脚并用在地上走路？

燕羽元的反应同样是：假的吧。

虽说他没看到普贤真人的雕像，但哪有人的脸长得这么棱角分明，像用刀刻出来的？

而朱邪的反应却有些微妙。

普贤真人是从九宫山白鹤洞飞升成仙的，自从上了昆仑以后便再也没有下凡过。他成仙时还没有九宫门这个门派，但不妨碍九宫门把他树立成榜样招牌，不仅把他飞升的白鹤洞打造成旅游景点，还在嫦娥镇给他修了座石像，供人膜拜敬仰。

久而久之，人们逐渐以为普贤真人其实是九宫门弟子，进而迷信九宫山不仅是灵山，还是仙山。而九宫门自己则把他认作了开山老祖，当年朱邪初入门时资质并不高，正是因为先代掌门无意中一句：此子长相酷似普贤真人，与本派有缘——才得以破格入门。

之后朱邪就得了小普贤的外号，直到成年后五官渐渐长开，在门派中的地位越来越高，才没有人敢再这么叫他。

此时看着这张与自己神似的脸安在一只巨兽身上，朱邪难免怔忪了一瞬。谁料只是眨眼的工夫，那人面兽居然已经到了他的面前。

燕羽元挥出无极杖，人面兽的尾巴甩到前面，不痛不痒地把钢索推开。

朱邪这才回神，秒速念了道剑诀。一排大剑降落到他的面前，化作盾牌挡住了人面兽的肉爪子。

剑盾被肉爪一抓，瞬间变得通红，有几只剑甚至开始变形。

朱邪察觉到这怪物法力惊人，喊道："玄寅，十息锤!"

"是!"玄寅闻言，从口袋里掏出一把小木锤，双手用力一握。木锤放大出几倍的阴影，在空中形成半透明的巨锤。

这把锤子叫十息，是一件高级法宝，可以通过定住对手的影子，让对方在十个呼吸的时间之间无法使用法力。

玄寅举着十息锤，对着人面兽一阵敲敲敲。巨兽不痛不痒，毫无感觉，但挥出的爪子却再也没有熔炉一样的温度。

朱邪就在这十息之间念了一句长咒，在空中布下法阵。

法阵中，地心的重力膨胀了二十倍，人面兽被牢牢吸到了地面，半张脸都快被压平了。

朱邪的右手化出一把长剑，正要往人面兽头上砍去——

"不要!"

面具人从台阶后跑出来，跪倒在朱邪面前："求你别杀它!"

朱邪用剑锋划破她的面具。

她抬起头，露出一张毛茸茸的兽脸。

人面兽在下界并不罕见，有不少妖怪在吃人时会为自己化上一张人脸，迷惑对方。还有种食人花天生就长了一张人脸，看似亲和却吃人不吐骨头。

可兽面人，无论是在演绎故事还是现实经历里都不常见。

水墨好奇地打量着眼前的兽面人，她的脸很像猫科动物，皮肤上长满了火红色的短绒毛，和地上的人面兽毛色极为相似。

她的脑子里升起一个念头："你们该不会是换了脸吧？"

兽面人幽怨地看了她一眼，没有回答。那眼神似乎是有什么说不出的苦衷。水墨又问："普贤真人到底在哪里？"

兽面人道："我就是普贤真人。"

水墨目瞪口呆："不可能！"

普贤师叔一向性格威武豪迈，说话声音大得跟唱歌似的，怎么可能这么小媳妇？

朱邪冷哼道："胆敢冒充普贤真人在此设天仙局骗钱，是不把我们九宫门放在眼里吗？"

她紧张地反驳道："我真的是普贤真人，我手上还有羽衣可以作证，不信你们穿上它试试能不能——啊！"

朱邪突然放出一股剑气，将她震晕。

水墨着急道："她还没有说完，你为什么不让她继续说下去？"

"救人要紧。"

朱邪飞身跃到台阶上，将指尖在剑身上划了一下。

血从伤口溢出，落在地上，一个庞大的鬼符阵立即显出形来。

他没有立刻毁掉符阵，而是挑剑在地上画起了图案。

燕羽元不禁问："你要干什么？"

"让符阵重新认主！"

朱邪的话音刚落，那些符文发出白光，一片片飞了起来。

数不清的符文像蝴蝶一样舞动在朱邪身体四周，随着他的指令又重新落回阵中。

地板再度晃动起来，石室外传来一阵阵轰响。

半晌，当震动止息，一缕阳光穿过了石室的大门。

朱邪抬起头道："我已经把结界的出口开在了九宫山脚下，你们可以回家了。"水墨气闷道："我不要回去，我还有话想问她，我……"

燕羽元担心她讲漏嘴，抓了一下她的手臂阻止她继续说下去："我们是为了连缈才蹚这摊浑水的，如果不能找出真相给她个交代，我们绝不会离开。"

"是吗……"朱邪低头想了想。

水墨和燕羽元紧盯着他，突然感到眼前一片黑暗笼罩，接着身体涌起强烈的失重感。

燕羽元的屁股先是一阵钝痛，接着胸口又挨了一下。

等到视线恢复清明，他发现水墨正压在他的身上，手肘正好杵着他的胸。

他愣了愣，把她推开，一面揉着胸口一面打量四周。

他们已经被朱邪推出了结界。

尽管只在结界里待了还不到半个时辰，外面的天竟然已经亮了，他们正躺在一个臭烘烘的巷子里，四周全是刚准备开工的乞丐，正端着碗，好奇地打量着他们这两个天外来客。

水墨站起身，摊开手掌一看。

那个箭头还在。

她匆匆朝着箭头的方向跑去，出了巷子来到大街上，只见前方有一座高耸的大山，顶峰直入云霄。

这时，一排自动行走的木牛流马从旁边经过，每匹流马上都坐着一个人，他们都穿着具有嫦娥镇特色的长袖彩服，腰间挂着一小瓶桂花酒，显然都是远来游玩的旅人。

一个相貌清秀的青年向导正热情地领着大家朝山走，边走边介绍："在你们正前方的这座山就是我们嫦娥镇的名山九宫山，它不仅是昆仑金仙普贤真人飞升的故乡，还是整个华夏灵气最旺盛的修仙圣地。九宫山的主体现全面向游客开放，等我们攀上山顶，抬头仰望，将看到九座漂浮的岛屿，也就是传说中的九宫浮地。上面坐落的就是鼎鼎大名的修仙门派——九宫门。虽然我们不能登上九宫浮地，但就是近距离看那么一眼，也能沾到一点点仙气……”

游人渐渐走远，水墨正要跟上去，到九宫门里找朱邪问个清楚。

燕羽元追了过来：“别急，朱邪摆明了想甩开我们隐瞒些什么，就算我们现在追上去也无济于事，不如去找连缈来帮我们出头。”

第七章 画皮

水墨和燕羽元回衙门的时候，连缈正在为父亲准备后事。

家里已经没钱了，她让卢长舟帮忙当掉自己的嫁妆，请了葬仪班子布置灵堂，还买了一口最上等的棺材。对于葬礼流程，她只有一个要求：尸体必须由她亲手火化，不需要任何人帮忙。

卢长舟看着她强打精神忙来忙去的样子，非常心疼，对那个明知道连坊死在家里，却还骗连缈的朱邪也恼火起来，甚至想去找他算账。

“虽然论武力我肯定打不赢他，但我可以去卧底，去九宫门的厨房做饭，然后在朱邪的食物里下药什么的……”卢长舟义愤填膺地说。

连缈摇了摇头：“算了，也许他是为我好。”

但凡做子女的看到最熟悉的生父变成怪物都会没办法接受，朱邪选择不让她知道真相未尝不是一种委婉的体贴。

她这样劝卢长舟，其实更是在劝自己。

不过，当水墨和燕羽元到来，告诉他们结界中发生的一切，卢长舟顿时无法淡定了。

“我就知道他没有那么好心，如果他只是为了顾及阿缈的情绪，大可以悄悄把岳父的尸首带走火化，等她心情平复再找个借口把骨灰送过来。否则她不明不白地烧掉岳父的尸首，事后要是知道真相该有多残忍？

“这里面肯定有阴谋！”卢长舟恨恨地补充道。

水墨附和地点点头：“没错，他长得就很阴谋。”她还很计较朱邪把他们扔出结界的事。

燕羽元听了好笑："怎么个阴谋法？"

她没想到还会被反问，便跟着回了一句："怎么个阴谋法？"

"……"燕羽元说："我觉得他是不想把这件事闹大。"

水墨一听也煞有介事道："对，他不想闹大。"

"……"

燕羽元叹了口气："先不谈我们在石室里打倒的那些白衣人是从哪里来的，就说嫦娥镇这么一个小地方里，据我们所知的就有三个人受骗，还是两死一伤。要是朱邪能早点发个消息提醒大家，让人们梦到普贤真人就要小心上当的话，事情绝对不会发展到今天这么糟。"

"嗯，他是坏人。"水墨总结道。

连缈犹豫不定。

卢长舟说："我知道你心地善良，但你难道不想为岳父讨个公道吗？"

连缈沉默了。

刚刚燕羽元说朱邪不想这件事闹大，其实她这样隐忍不计较，也是有这点因素在里面。

连坊不仅仅是她的父亲，还是前任驸马。当初他与公主和离本来已经成了后宫的笑谈，现在又死得这样凄惨和……窝囊。要是这件事传了出去，不仅会伤害到父亲的名声，还会牵扯到很多人的颜面问题，所以她才会仓促决定举办葬礼并亲自火化。至于她下一步该做什么，她一时间也没有精力去想。

现在知道水墨他们曾经见过真凶，连缈明白自己必须面对这个问题了。

父亲是她最亲的亲人，比那个生下她却只顾着自己享乐的文兰公主要亲，比那个给了她郡主头衔的皇帝要亲。

没了钱，她还可以回皇宫享受锦衣玉食，但没了父亲，这世上就不再会有人这样真心地疼她了。她不能让这个最疼自己的人死得不明不白。

“好。”

她终于下定决心，回到房里拿出一块御赐金牌，这是她被削去郡主头衔，离开皇宫之前得到的补偿。

虽然说九宫山是修仙圣地，备受朝廷和百姓的敬重，但它毕竟不是天庭，仍在华夏领土以内。

普天之下莫非皇土，她要拿这块御赐金牌撬开朱邪的嘴。

……

要登上九宫山顶有两种方法，一种是徒步，另一种是乘坐鹤道。

所谓的鹤道是由一种飞行法器组成的代步工具，每个法器都做成了鹤状小船，里面能容纳五六个人。鹤船由灵气自行驱动，将纵横九宫山的一条灵脉作为轨道，保持低空飞行登上山顶，其间能游览到山中的大部分风景，既能发挥自然资源，又能让普通人体会到飞行的快感。

乘坐鹤道是要收费的，价钱还不便宜，一天下来经营的收入比九宫山整个月的门票钱加起来还高，但这依旧抵挡不了游客不远千里来尝鲜的热情。

鹤道出名后，不少修仙门派眼红九宫门坐等收钱，也曾设想能如法炮制，但直到今日世间还未出现第二条鹤道。

当水墨坐进鹤船后，发现后边的那条船里又坐着之前遇到的那群旅人，那名年轻向导依旧在做讲解：

“你们想不想知道设计出这条鹤道的人是谁？他就是九宫门的天才炼器师——燕南。传说燕南是当今九宫门掌门朱邪的师兄，朱邪所用的法器全部都由他亲手打造，其中有很多甚至是法宝级别的。而且这个人非常亲民，不仅造法器给修士用，还会造法器给普通人用，例如我们嫦娥镇的地标——通天大树屋，还有我们来这里的时候坐的木牛流马，还有……”

燕羽元听到这里，不由得分了会儿神。

他从小在造机关法器上就很有天赋，虽然大娘不喜欢他捣弄这些，但二娘银珠却是默默支持的，经常在私下里给他找些法器秘籍给他看，老三宝珠也磨不过他，帮他收集了不少稀有材料。

他看的那些秘籍都是手抄本，上面也没有作者的名字，所以他一直不知道这个神交已久的偶像到底是何方神圣，直到昨天他在连坊房里看到那几本法器书。刚开始因为是印刷本没认出字迹，后来他越看越觉得这思路非常熟悉，最后往首页一看，发现那本书作者叫做燕南。

水墨听那个向导把燕南吹得天上有地上无，还夸他是古今第一炼器师，不由得碎碎念道："要说古今第一炼器师，其实应该是另一个人。"

燕羽元从胡思乱想中回过神，问："谁？"

"蓬蒙。"

卢长舟和连缈都被这名字给炸了一下。

连缈皱眉道："你是指掀起逆天之战的魔皇蓬蒙？"

"嗯。"水墨点点头，道："你们知道金乌灭世的故事吧？"

卢长舟回答："当然知道，要不是后羿射掉了九个金乌，人间早就毁了。"

其实不只是人间，整个上古世界都差点被那十个金乌毁掉，所以后羿射日的功绩才被烘托得那么伟大，让元始天尊感激得给他开外挂成仙。

"后羿射日的那只弓，就是他的徒弟蓬蒙打造的。"

"那为什么那些神仙不把羽衣送给他，却给了什么事都没干的嫦娥？"卢长舟问。

水墨想了想："他运气不好？长得太讨厌？"

她也不知道这里面有什么内情，只知道那两件羽衣是元始天尊炼造的心血。他把羽衣转交给天庭发放，结果玉帝在天庭里开了个内部会议，转手就把羽衣送给了后羿和嫦娥。在月宫遇到嫦娥时，她曾说过她得到羽衣时也是很受宠若惊的，毕竟她对射日没有实质性的功劳，顶多是在后羿练功的时候给她洗衣做饭外加打气。

燕羽元问："那把射日弓后来去了哪儿？"

"没了，据说它沾了金乌的邪气，所以被毁了。"

燕羽元的心里闪过一个猜想，难道说天界原本是打算把羽衣赏给蓬蒙，却发现他造的射日弓太厉害，既能射杀金乌，也能威胁到自己，所以才故意把他封杀了？

如果真是这样，也难怪蓬蒙心里不平衡。

他看向水墨，想起她这已经是第二次提起蓬蒙的厉害之处："难道你很欣赏蓬蒙？"

"怎么可能？！"水墨瞪大眼反驳道。

她可是神仙，怎么会欣赏神仙的死对头？她之所以认可蓬蒙厉害，完全是因为赤霞真人封印了他很了不起很神气很威武好不好。

连缈这时插口说："蓬蒙也算是拯救苍生的大功臣，却什么也没有得到，这样的确很不公平。"

她到底是经历过宫斗阴谋的人，很快就跟燕羽元想到一起去，并把蓬蒙定位在被强权欺压却求助无门无奈造反的角色上。

水墨说："可那又不是后羿的错，他要是不服气应该去找玉帝算账才对啊，为什么要迁怒自己的师傅？没有后羿，光有射日弓也不可能灭掉金乌。"

"他杀害师傅或许是出于一时激愤和嫉妒，这也是人之常情，而且后来他的确率领众妖对天界发起反抗。"

燕羽元听她们的对话，忽然发现真正欣赏蓬蒙的原来是连缈才对。听她言下之意，似乎是认为蓬蒙的行为非常英勇和大无畏。

水墨沉默了片刻，说："可在逆天之战里，死掉的大多数都是无辜的人类和妖怪。"

其实在她第一次听到蓬蒙的经历时也曾和赤霞真人探讨过他的善恶。

刚开始，她也对蓬蒙的遭遇有些许同情，但当赤霞真人向她描述他在下凡除魔时所见到的惨状后，就不这么想了。

玉帝固然冷漠，没有风度，还小心眼儿，但没有人求着蓬蒙去射金乌，也没有谁许诺过射了金乌就能成仙。就算没有得到羽衣，蓬蒙也可以通过修炼飞升成仙，虽然那过程要漫长许多，但未尝不是对他心智的一种磨炼。

而且就算没拿到羽衣，蓬蒙还是得到了其他的奖赏，例如延寿仙丹，还有对炼器师来说很珍贵的稀少材料。总而言之，他虽然受了偏见和委屈，却远远并没有被逼到走投无路非要造反的地步。

可结果呢？他不仅杀了后羿，抢走羽衣，还为了对抗天界把下界搅成了比金乌灭世更加可怕的炼狱。

闲谈间，鹤船已经飞到了山顶。

他们站在悬崖边上，仰望着上空的九宫浮地。

“要怎么上去？”卢长舟问。

燕羽元去翻无极袋，想找找看有没有能派得上用场，却瞥见水墨闭上眼睛，正深深吸了口气。

云雾低低地遮盖了天空，阳光像沙漏里流淌的细沙一样从白云之间缓缓流淌下来，稀稀疏疏落到了水墨的脸上，几缕白烟缠绕在她的周身，仿佛要将她托向天际。

燕羽元不由得看她看呆了。

水墨并不知道自己正在被参观，因为她正全神贯注梳理着体内的灵气。

九宫山果然灵气旺盛，只在鹤道里跟随灵脉走了这么一圈，她的灵核已经逐渐充盈起来。

她睁开眼，将手指握成圈放在嘴边，吹起了口哨。

口哨声响起的同时，一道道金色炫纹从她的嘴角飘出来，飞向上空。

没多久，空中传来一声清亮的鸣叫。

周遭已经有游人在喊：“那是什么？”

燕羽元抬起头，只见两只黄鹤从云端飞来。

不是纸鹤，不是木鹤，不是船鹤，而是活生生的、货真价实的黄鹤。它们的体型比普通的成年鹤要大上许多，翅膀展开几乎有两个成年男子的长度。

青年向导激动地喊道："是仙鹤啊——仙鹤降临啦!!"

黄鹤越靠越近，似乎是不满向导的大嗓门吵到自己，突然冲着他的方向用力地扇了几下翅膀，顿时一股飓风涌去，把他和几个游客都卷进了树丛里。

水墨停下口哨，说："是灵鹤。"她纠正了向导错误的说法。

黄鹤在他们的头顶盘旋了片刻，上下舞动的翅膀在空气里掀起汩汩气浪。

水墨抓住其中一只黄鹤的脚，它的脚趾顿时像蔓藤一样无限伸长，顺着她的手臂一直爬到她的腰间，然后打了几个圈将她牢牢固定。

她看向其余三人，说："照我的做，它们会把我们带到九宫门去。"

燕羽元知道许多修仙门派出于避世或者虚荣，喜欢把老巢建在凡人难以抵达的地方，为了方便一些级别低的新进修士初入门派，他们会圈养几只灵兽当门派向导和坐骑。眼前的黄鹤显然就是九宫门养的灵兽，不过这些灵兽一向认主，从不搭理外人，没想到水墨居然有能耐把它们叫下来。

燕羽元边想边握住水墨抓住的黄鹤的另一只脚，很快他的手臂和腰也被缠住了。

卢长舟和连缈互看了一眼。

连缈说："我先来吧。"

卢长舟扔下拐杖，抢先抓住另一只黄鹤的脚……

等他们准备好，水墨又吹了一声口哨。

两只黄鹤振着翅膀，带领他们四个人飞了起来。

燕羽元的脚尖离地，视线离地面越来越远。鼓鼓的清风灌进他的耳朵，吹走了满身的躁气，只留下无尽的清爽。

黄鹤很快突破云层，云雾以上，到处都是飘浮的山峦，就像一座座空中岛屿，寻着莫测的轨迹缓慢漂移着。

有的岛上布满了山林，有的岛上盛着一汪清泉，有的岛上布满火热的沙丘，还有的岛竟然如深冬般白雪皑皑……时空和四季的法则在这里仿佛失去了作用，各种光景如同浮光掠影令他们目不暇接。

这时，一阵壮丽宏伟的轰鸣传入他们的耳朵，他们抬起头，透过黄鹤的头颅，看见一条银川似的瀑布，仿佛自九天而来，直入忘川。

当他们靠近瀑布，依稀能见到水幕的背后是一片庙宇群，暗黄色的楼宇在湛蓝的天幕下显得沉静和神秘。

黄鹤停在了一片空地上，将他们放下后飞走了。

连缈望着眼前这片庄严巍峨的建筑，还有高耸的朱门，忽然觉得自己能够体会到父亲年轻时从这扇门落魄出走、往后日夜后悔的心情。

身而为人，有谁会不被这磅礴奇景所迷惑，有谁会不对九天之上抱有向往？

嗡的一声。

他们面前的地上出现了一道法阵，并竖起了圆形的光圈柱。

水墨说："是界门。"

朱邪的身影出现在界门中，连缈一见到他，立刻反射性地拿出那块御赐金牌，仿佛只有它能够保护自己。

朱邪竖目扫了令牌一眼，皱眉问："你想要什么？"

"真相，我要知道我爹到底是怎么死的。"

水墨扯扯连缈的袖子，补充道："顺便让他治腿。"

旁边的卢长舟愣了愣，才意识到要治的是他的腿，顿时对在这种关头还能想到他这个边缘角色的水墨分外感激。

"进来吧。"朱邪并没有考虑太久，便从光柱里消失了。

水墨站进界门，其余三人也跟了进去。

一阵强光和眩晕过后，他们已经来到朱邪所在的殿堂里。

殿堂中央有一个大熔炉，朱邪正站在炉边往窗口观望，神情阴沉严肃。

燕羽元和连緲还在观察四周，水墨却想也不想跑到炉边，伸头往里看。

炉膛内被烧得通红，几具骷髅交缠在里面，全身连骨头都要被烤化了，可脖子上却还保留着一个畸形的肿瘤。

她问："这些是在结界里的白衣人？为什么要烧他们？"

朱邪说："这次修仙骗局里的受害者，除了你们在酒坊里遇到的那个，其余已经全部身亡。"

燕羽元联想到他之前彪悍的战斗作风："不是因为你出手太重才这样的吗？""是因为羽衣。"

水墨和燕羽元一听到这个词，都打起十二分精神注视着他。

朱邪头也不回道："玄寅，拿过来。"

那个牛气烘烘的小道童走了出来，手里捧着一本薄薄的册子，到了连緲面前。

"你不是想知道是谁害死了你爹，这就是凶手招供的内容，你自己看。"连緲迟疑了片刻，心情沉重接过那本册子，翻开——

这份口供的主人就是水墨他们在结界中遇到的兽面人。

她叫蓝烟，是个苦命的孩子。五岁时老妈因为嗜赌欠下一身债，老爸为了还债很没良心把她卖给一个假道士。

那道士是个骗子，仅有三脚猫的功夫，却伪装成神医四处招摇撞骗。他买蓝烟是看中她好看，把她女扮男装，说成是仙童下凡，放到那些上当受骗的人家里镇宅子，骗完镇宅费后再偷走对方家里所有值钱的东西。

不过这年头有真材实料的修士太多，骗局很容易就会被揭穿，一被揭穿就要挨打，每当这时假道士都是丢下蓝烟就跑，等人泄愤够了把她扔到巷子或者乱坟岗里，再胡乱用药把她救回来，继续利用她行骗。

有几回假道士没逃过，也被打个半死，好了以后忍着肉疼买了只小灵兽回来，叮嘱蓝烟好好把它养大，长壮了既能当行骗道具，又能当保镖。

虽说要好好养，可假道士从来也不给蓝烟和灵兽吃顿饱饭，他们两个终日忍受着主人的虐待，相依为命一路扶持，培养出很深的感情。

蓝烟长大后生得越发好看，有次假道士无意中盯着她的侧影看了很久，发现她长得很像嫦娥镇的那个普贤真人雕像。

假道士从她的脸嗅到商机，不惜花血本找了个偏门大夫，要把她的脸彻底整成普贤真人。

那大夫简直不把她当活人，完全不顾她的疼痛，冷血地在她脸上骨头上动刀子，还用铁面具把她的头罩起来。

后来有次她疼得哇哇大叫的时候，那只灵兽挣脱了铁链冲进来，把大夫和假道士都咬死了。

邻居发现尸体后报了官，官府一来，一看现场就把蓝烟和伤人的灵兽都抓了起来。

蓝烟带着一脸的伤被关进了牢里，半死不活坚持了好几个月，每次清醒时就大声问那只灵兽在哪里，后来一个狱卒看她实在可怜，告诉她灵兽没死，被县太爷带走了。她一心惦记着灵兽，凭着毅力撑了过来，还借着监牢失火的机会逃走了。

她没有逃太远，而是趁着夜色找到衙门附近，却正好看见一个人拖着麻袋从后门出来，袋子下面的破洞里露出了她熟悉的灵兽的尾巴。

她激动地冲上去用石头砸了那人的后脑勺，然后抢了麻袋要逃。

那人转身就着月色看清她的脸，惊讶地喊了什么。

蓝烟没有理会，拼了命把麻袋拖到树林里打开，发现里面装载的是那只灵兽残缺的尸骸。

那一刻她的心冰冷无比。

她抱着灵兽的尸骸在林子里呆呆坐了三天三夜，只觉得生无可恋。

她来到河边，准备投河自尽，却在看到河面上的脸那一刻呆住了。

原来她的伤口经过几个月的复原，已经完完全全变成了普贤真人的模样。

蓝烟终于意识到那天晚上被她打破头的人喊了什么，他喊的正是普贤真人的名字。

她开始调查那个人的身份，发现他是狱卒口中的县令，她从衙门附近的乞丐群里打听到县令名叫连坊，原本是驸马，非常痴迷于修仙，喜欢用动物炼丹。蓝烟知道灵兽是怎么死的了。

她想要复仇。

她这辈子不会别的，唯一会的就是从假道士那里学的行骗。可县令是个半吊子修士，有几分道行，光凭着她这一张脸能骗到他吗？

正当她走投无路时，一个云游道士来到面前，说他可以帮她复活灵兽。

道士给了她一件羽衣，说只要她抱着灵兽的尸骸穿上羽衣，七天以后就能把自己的命分给灵兽一半。不过，他也提醒她这羽衣不是原版，而是他自制的，成功率未必高，还可能会留下一些未知的后遗症。

蓝烟也怀疑过他会不会是骗子，但她连死都不怕了，还怕什么骗子，想了想便决定试了。

而后灵兽真的活了，不仅分走她的命，还跟她换了脸。

云游道士再次出现，对她的脸表示惋惜，并愿意做出补偿。

蓝烟要他教她法术，并给她更多的羽衣，还要求穿上羽衣的人成为她的傀儡。云游道士满足了她的要求，那之后，蓝烟戴上面具躲进了结界里，让灵兽伪装成普贤真人的化身行骗，几次尝试得手后终于让县令穿上羽衣，变成怪物惨死……

连缈越看这口供录越心惊。

她想起几个月前父亲的确“捡”回一只老虎似的动物，后来老虎不见了，不过因为父亲莫名其妙在衙门后巷被歹徒开了瓢，她的注意力全部放在给父亲养伤上，所以没有留意到这段插曲。

难道真的像蓝烟说的，她是为了复仇才害死她父亲的？

燕羽元也在旁边看了口供录，不禁疑惑道：“如果只是为了复仇，她为什么要牵连那么多无辜的人？”

水墨也说：“我进石室的时候听她在里面自言自语……不，应该是在跟她的灵兽说，她想赚钱。”

“为了赚钱就要杀人，那她和那个假道士又有什么区别？”

水墨想了想，说：“为什么非要有区别呢？她又没有励志要做个大好人。”

燕羽元一愣，这才发现自己的想法有些先入为主了。

他觉得蓝烟身世可怜，经历凄惨，不自觉就把她想成善良无辜的弱势群体，坚韧顽强，出淤泥而不染。这样一来无论她犯什么罪在道德上都是被逼无奈，情有可原。可在那样的环境里长大，她又怎么可能善良得起来？

因为钱被父母卖掉，她当然对金钱执着；在假道士的要求下装了这么多次仙童，她当然也学会了坑蒙拐骗；骗局被揭穿就要挨打，被打得多了，她又哪会对上当的人产生同情和好感？

在他们看来蓝烟伤害无辜是一种堕落，可对蓝烟来说，这也许只不过是弱肉强食罢了。只不过以前她是食物链上最弱的一环，而现在有实力去做强食的那一环。

连缈抬起头，嘴唇轻微颤抖着：“这么说，她杀我爹不是要给灵兽报仇，而只是顺便而为？”

朱邪漠然道：“你可以这么想。”

她心里一沉，只觉得胸口堵得慌。

她突然发现其实无论蓝烟的动机是为了钱也好，复仇也好，还是没有目的残害无辜，这些理由她都无法接受。

如果是放在以前，她未必能明白蓝烟为什么会义无反顾穿上那件羽衣，可父亲去世后她就懂了。当她对着棺材为父亲守灵的时候，和蓝烟抱着灵兽的尸骸静坐三天三夜的时候心情应该一样的，无论因何缘由，都没有人能够接受至亲的死亡。

"我能不能见见她？"连缈忽然问。

水墨听了也道："那我……"

她说到一半顿了顿，回头估量了一下自己和燕羽元之间的距离，然后往旁边挪挪，确定他没办法再阻止她说话才道："我也想见见蓝烟。"

朱邪斩钉截铁地回答："不行。"

连缈问："为何不行？"

"她现在还在接受治疗，任何人接近她都会有危险。"

"治疗？"水墨感到奇怪："她又没有受什么伤，为什么要治疗？难道你想治她的脸，可那不是羽衣造成的吗，要怎么治？"

朱邪讥诮地扯了扯嘴角："你们真的相信她穿的是所谓的羽衣？"

燕羽元边往水墨身边走，边问："难道不是？"

"当然不是。就算这世上真有什么羽衣，也应该在天上，而不会在这里。"

水墨不服气道："可是……"

燕羽元揪住她的辫子，她立刻表情讷讷地不说话了。

他问："那蓝烟穿的羽衣又是什么做的？"

"是画皮。"朱邪说。

燕羽元怔住："那不是妖怪才会穿的东西？"

"所以把它给人穿不会有什么好结果。"他望着炉膛内的尸骸，"这些画皮只有在她的结界里才有用，离开结界便废了。穿了画皮的人都会变成蓝烟的傀儡，通过鬼符开启的界洞去见她，变卖家财给她送钱，等到他们的家底被全部掏空，失去利用价值以后，就会被画皮杀死。我现在还不能确定这些画皮是怎么做出来的，有没有其他危害，只能先烧掉尸体，不让它继续害人。”

水墨苦着脸，对没有找到真的羽衣很不甘心。

连缈问：“你让我烧掉我爹的尸首，也是为了烧掉画皮？”

朱邪道：“是。”

听到这句凉薄的回答，她总算明白之前以为朱邪是为了她好的想法到底有多荒诞，简直就像是被人捅了一刀，还傻傻地要帮对方藏起凶器。

再想到就是这个人将父亲拒之门外，令他走向旁门左道，沉迷在对羽衣的幻想里，她的声音不由得带了几分恨意：“你明知道有人在设天仙局，为什么既不发出警示，也不公布真相？”

“我不想打草惊蛇。”

“打什么草，惊什么蛇？”

燕羽元却已经反应过来：“给蓝烟画皮的云游道士，还没有找到。”

如果没有这个关键人物出现，蓝烟根本走不到这一步。

他出现的时机实在太蹊跷了，而且又是送画皮，又是教她做鬼符，简直像是要怂恿她干坏事似的，到底有什么居心？

他看向朱邪，想从他的表情里窥探答案。后者正面无表情地看着那个炉子，不知道在想些什么。

火光映在朱邪的脸上，显得他眉间那道伤疤有几分狰狞。燕羽元倏地意识到一个问题：刚才的对话里有件很重要的事被朱邪狡猾地绕过去了。

他说那些穿画皮的人最终会被画皮杀死，可当他们进到蓝烟的结界里时，那些人明明还活着，倒是和他打了那一场后看起来性命堪忧。

他并没有否认除了画皮以外他也是造成他们的死因之一，那说来说去，他们还不是被他给杀的？

第八章　太岁

就当燕羽元犹豫要不要彻底拆穿他的诡辩时，朱邪转过头，淡笑道：“时候不早了。”

他这是在下逐客令了。

连缈咬咬牙，又拿出那块御赐金牌，坚持道：“我必须见蓝烟一面。”她不能光凭一本口供录就相信他说的全是真的。

朱邪看着那块牌子，目光不屑。

他之所以把他们放进来，并不是忌惮连缈的身份，而是不想他们在外面乱说话。

修仙大派历来不受朝廷和世俗约束。他们吃的是灵田灵谷，穿的是灵纱灵衣，用的是灵符法器，就连同行之间的流通货币也是灵石。哪怕修墙补瓦需要用到银子铜钱，还有鹤道、斋菜特产类的经营在养着，这一块九宫山的收入不仅可喜，而且还是免税的，自古以来不管怎么改朝换代，皇帝老子都不会把手伸到修仙大派里。为什么？因为皇帝老子也想成仙。

“时候不早了。”他还是这句话。

连缈的表情顿时狼狈起来。

她虽然曾经贵为郡主，却从来不会自恃身份去欺压别人，而第一次这么做了却被狠狠地打了脸，这种感觉让她非常难堪。

这时燕羽元问："你留下蓝烟调查可以理解，但酒坊老板呢？你打算把他留多久？就算要治疗，也该先通知他的家人吧。"

连缈经他这一提醒才想起来，这次受害的可不只是她爹，还有许多嫦娥镇的本地居民也被朱邪给带回来了。

这些受害者都有亲人，就算人死了，烧了，还要把骨灰送回去给家属处理后事。何况这次还留下了幸存者，他总不能仗着是掌门就把他软禁在这里吧？她打定主意道："在嫦娥镇下一任县令来之前，我有责任留在这里照顾嫦娥镇的百姓。"

朱邪皱起眉头。

他知道他们是在找借口。

他虽然不悦，但也没什么好顾虑的，不过是多几个人在这里蹭吃蹭喝，只要好好看着他们也不会犯什么事，毕竟九宫门可不是随便谁都能撒野的地方。

"想留下就留下。"他终于松了口。

水墨又补充道："还要治腿。"

被忽略了很久的卢长舟再度感动得心里泪哗哗的。

这点小事朱邪也答应了。他找人安排了他们住宿，让人带去治伤的药材，并允许他们去探望了酒坊里的老板，不过他现在还昏迷不醒，根本问不出话来。

等四个不速之客终于赶走之后，朱邪眼看着炉子里的尸骸渐渐烧成灰烬，让守在一旁的玄寅拿来一个木箱。

木箱里摆着几十个小瓷瓶，每个瓷瓶上都贴着标签。他看也不看熟练地取出一个瓶子打开，掐指一弹。一道蓝色的水柱从瓶口飞出，飞向熔炉的顶端，从气孔里流了进去。

水柱浇在尸灰上，很快显出一道蓝色的炫纹，站在他旁边的玄寅偷偷摸摸地往里面打量。

朱邪发现他的小动作：“想问这是什么？”

他也没不好意思，大大咧咧地说：“之前你从连坊尸体上取下画皮烧了以后，好像也往灰尘上倒过这些符水。”

“这不是符水，是太岁精的血。”

“太岁精？传说中吃了能长生不老，还治百病的那种妖精？”

朱邪说：“能治百病只是民间谣传，但能延寿倒是真的，他们天生就有万年的寿命，而且是存在肉身里，弄一块下来吃掉能够长寿，而且他们的肉身再生速度很快，伤口没多久就会长回来。”

玄寅满脸惊奇道：“这么好？那为什么不把他们通通抓起来做长生药？”

“因为找不到，太岁精的身上没有半点妖气，而且外形千变万化，就算变成人走在街上也不会被发现。”

造物主给了太岁最大的威胁，自然也赐予了他们最好的保护。

“那岂不是从来没有人见过太岁精？那怎么知道他们是不是真的存在？”

朱邪看了眼渐渐消失的蓝色炫纹，说：“传闻魔皇蓬蒙之所以能不死不灭，就是因为他曾经抓了上百个太岁精，对太岁这个族群来说那几乎算得上是灭族的打击了。现在虽然很难找到活的太岁，但还有极小一部分蓬蒙留下的太岁尸体被保存流传下来，被修士们拿来研究炼丹制药。”

“那这些画皮……”

“虽然很少，但里面也有太岁的成分，只是暂时还不能断定到底有什么作用。”

“哦。”玄寅点点头。

“把这些都收拾了吧。”朱邪说着，身形一闪，回到了自己修炼的洞府。

他的洞府很大，就像是一个展览馆，上百个铁架整齐排列着，上面琳琅满目全摆着法器。

在修仙界里曾经流传着一句笑话，把华夏所有门派的法器堆在一起也比不上九宫门的仓库，而整个九宫门的仓库都背在朱邪的剑匣里。

朱邪的剑匣就像是个无底洞，随时能掏出各种法器，这是因为他的剑匣里开了一个界洞，连接着他的洞府，所以无论他到了哪里都等于背了一个行走的法器库。他来到洞府最深处，打开架子上的抽屉，从里面取出一本书，翻到其中一页，里面赫然画着鬼符的符文。

他又掏出在酒坊里找到的鬼符，还原上面的符文，和书中的符文对比。

两幅符图，一模一样。

……

九宫门浮岛，一栋坐落于山谷的木屋里。

太阳一落山，两个小道童端来饭菜往桌上一摆，顺便送上《九宫门门规》道：“天黑以后请不要随意走动。”

其实就算他们不提醒，他们也不可能走动到哪里去。因为这偌大的浮岛前不着村后不着店的，放眼望去只有数不尽的灵田。

木屋总共有两栋，一栋是守灵田的道童住的，水墨他们被安排进另一栋里。屋里有三个房间，还有一个连着温泉水的澡堂，设备齐全便利，用来度假是个温馨舒适的地方，但对于专程来九宫门打探情报的人来说却等于被隔离了。

桌上的饭菜闻起来格外香，但连缈胃口不好，只填了两口就饱了。卢长舟虽然饿，但看她下了桌子也连忙放了筷子跟去，哪怕说不上话，能默默陪在她边上也是好的。

水墨倒是吃得津津有味，因为这些菜都是灵田里长出来的，对仙气已经枯竭的她来说非常受用。

燕羽元也看出这饭菜有点名堂，不由得对屋外的灵田起了几分兴趣。

过去他从来没有接触过修仙门派，研究了这么久的法器，却连一个同道之人都没见过，可以说一直是在闭门造车。

但自从来了嫦娥镇后，他屡次被运用在市井里的法器所惊艳，之后来到九宫山，更是被那条鹤道所震撼。再加上得知自己视为圣典的法器书作者就是鹤船的设计者，他不禁对那个所谓的天才炼器师燕南起了几分好奇。

“接下来我们该怎么办呢?”水墨已经把碗吃得干干净净，正咬着筷子困扰地看着他：“普贤真人是假的，羽衣也是假的，我们该去哪里找真的?”

比起她一脸遗憾，燕羽元却没有那么失望。

他从一开始就没有想过羽衣会那么容易找到，甚至做好以此为目标长年寻找的念头。对他来说今天来这一趟并不算全无收获，至少他知道蓝烟背后有个会画鬼符、会做古怪画皮的神秘人物，他的画皮能复活一只灵兽，能让蓝烟和灵兽变脸，能让连坊变异并要了他的命——除此以外他的画皮还有什么作用，会不会和真的羽衣一样，能把妖怪变成人?

到了晚上，他们开始分配三个卧房的归属。

燕羽元心想以连缈那出身肯定从没跟人合住过，就让她跟水墨一人一间，他自己则跟卢长舟凑合凑合。

水墨一听不乐意了：“我要跟你睡一起。”

听到这话，卢长舟和沉浸在伤感里的连缈都诧异地看着她。

燕羽元也被她这直白的一句话搞蒙了，什么情况？不是说只有亲过额头吗？

“你得给我讲故事，不然我睡不着。”水墨又说。

连缈和卢长舟的表情这才自然起来，联想到她没心没肺的跳脱性格，把她的话当成孩子气的要求。

“讲，讲，讲你的头！”燕羽元被她的大喘气搞得相当不爽，直接把她往房里一推，关上门道：“睡觉！”

水墨正想往外走，被他猛地这么一关门，鼻子都快撞歪了。

明明赤霞真人就很喜欢给她讲故事，不管是人间趣闻还是仙界老大们的黑历史，她不听他甚至还缠着给她讲。怎么现在换成燕羽元就变样了呢？

转生什么的，实在是太讨厌了。

……

夜里，浮岛上空星光熠熠。

水墨睡得正香，突然被捂住嘴，睁眼一看，居然是连缈趴在她边上。

连缈对她“嘘”了一下，小声说：“你能不能带我去找蓝烟？”

在被朱邪那样打击之后，她怎么也没办法再忍下去。她想趁夜悄悄去见蓝烟，但凭她的力量根本离不开这座浮岛，又怎么去找蓝烟被关在哪里？

她不知道水墨有多大的能耐，但白天她能招来灵鹤上九宫门，肯定是能帮她的。

“不行啊。”结果水墨拒绝了：“这座岛已经被下了禁制，我们出不去的。”“你不能把禁制解开吗？”

水墨摇摇头，她被灵鹤送进这座岛的时候就试过了，这禁制既复杂又强悍，就算她没有散尽仙力的时候也拿它没有办法。

连缈失望地坐到床上，忍不住落下两行泪。

水墨一看她这样就不知道该怎么办好。

天界是没有七情六欲的，所以神仙都不会哭。她从来没哭过，以前还好奇眼泪到底是什么东西，结果赤霞真人告诉她，在凡间，眼泪，尤其是女子的泪水，是一种能融化人心的武器。

一想到这句话，水墨不由得摸了摸胸口，唯恐连缈再这么哭下去真把她的心给化掉了。

“要不我去找找看有没哪里藏着界门，能通向别的岛？”

连缈没有回答她，依旧静静伤着心。这伤心里既有对父亲的思念，也有白天被朱邪欺负狠了，却无力还击的委屈。

“那我去找了。”

水墨说着，默默溜出了房间。

离开木屋后，她漫无目的地在灵田上走走看看。

虽说要找界门，但实际上她也不确定这个岛上到底有没有界门。如果有，灵田这么大要找到什么时候？就算找得到，没有界钥怎么开启界门？

正烦恼着，她的脚下突然一空，跌进一个黝黑的坑洞里。

这一跌，她还来不及反应就糊里糊涂摔到了地上，一跤下来摔得七荤八素，好半会儿眼前的星星闪闪才消失。

不对！

这种感觉不是跌坑，是穿了界洞！

她意识到这一点，连忙凭着本能瞬移了几步，唯恐刚刚落地就有陷阱机关什么的攻过来。

结果机关倒没有，却听见一道声音说：

“你还记得我提醒你的这招啊？”

听到这句话，水墨愣了愣。

她抬起头，等视线逐渐恢复清晰，只见不远处站着个小孩。

这不是——朱邪身旁打杂的那个道童玄寅？

“你在跟我说话？”

她边问边往四周扫了几眼，发现这地方是个溶洞。墙壁发出幽幽的绿光，把洞内照得一片亮堂，地上的石笋晶莹通透，在光芒的衬托下把这里点缀成一个水晶宫。

“是朱邪让你把我带到这里来的？”

水墨满肚子疑问，她这算是被暗算了吗？为什么啊？难道朱邪发现她是神仙，想抢走她的仙骨？

玄寅慢慢往这边走。

水墨不动声色在掌心聚起了灵气。

突然，玄寅的脸皮像被吹涨的气球一样扭曲起来，颧骨时不时突出一个大包，鼻子时高时低，眼睛则像陷进了漩涡里。

就这么诡异地扭了一通，等他的脸皮重新稳定以后，五官已经完全变了一个样子。原本平凡的单眼皮变成了大桃花眼，塌鼻梁变成了番邦人才有的鹰钩鼻，厚嘴唇变得又薄又粉嫩，和略带婴儿肥的脸蛋搭配在一起，十足的小美男胚子。水墨愕然地望着这张童稚却俊美的脸，一腔怒意瞬间从胸口涌上了喉咙：“是你?!”

眼前的小孩儿，正是那个把她引到月宫认识嫦娥，假惺惺要跟她做什么朋友，然后骗她盗取天火烧月桂树，最后害得赤霞真人被削去仙骨的死太岁精！

“是我。”玄寅答道。

他一步步走到水墨的面前，然后扑通一声，跪了下去。

玄寅的这一跪，姿势十分虔诚，弯着腰，双手和额头都贴着地面，动作认真得就像是在祭祀拜神。

水墨没有被他的举动吓到，而是比了比距离，非常顺手地掰下身旁的一根石笋，朝着他的后脑勺狠敲下去。

“哎呀！”玄寅抬起头，苦着脸道：“你怎么打我？”

“打的就是你！”她啪啪啪又是几下，边打边问：“你干吗不躲？”

玄寅刚开始还本能地闪避了几下，后来干脆跪在那里生生挨着：“我不躲，只要你能消气，打多少下都行，打死了都行。”

“这可是你说的，打死了都行！”水墨换了只手，作势往掌心虚呸了一下，像是预备使出浑身力气。

玄寅深吸口气，挺起胸膛准备接招。

谁知石笋上突然生出一道道炫纹，而后噗的一声，燃起汹涌的焰浪。

“你犯规！！！”玄寅悲愤地指控，而后刺溜一下跳起来，转头就跑。要是被这一攻击砸中，他肯定半年都爬不起来。

水墨将石笋往下一挥，火红的焰浪立即化作飞鸟扑出，朝着他身后追去。

玄寅左躲右闪，可那火鸟却像长了眼睛，死死咬着他不放。

就在火鸟快要咬住他后背的时候，他的身影突然晃了一下，接着化出几十个分身来。

火鸟咬住其中一个分身，吭哧吭哧啃得干干净净。

水墨掐掐手指，又念句法诀。

玄寅那几十个分身见了，慌忙朝她一拥而上，齐齐跪地求饶。

“别打了！别打了！我是来跟你认错的！”

水墨狐疑地看着他其中一个分身：“认错？你？”

“我错了，真的，真的，我知道错了。”又一个分身答道。

水墨其实只是摆摆架子吓唬人，也施不出什么大法术了。现在看着他灰头土脸的样子，不说心软，但最初的那股气确实也发泄得差不多了。

天树已经烧过了，赤霞真人也已经不是神仙了，可造成这一切的罪魁祸首并不是只有太岁精一个。

如果她没有自作主张去帮嫦娥，如果她没有傻乎乎去相信一个妖精的话，如果她在闯祸之前能问赤霞真人一句，事情就不会变得那么糟糕。

最最错的不是别人，而是她自己。

水墨很早就已经想明白这个道理，但她没有地方可以认错，因为赤霞真人已经变成了凡人，而且完完全全地忘了她。

玄寅悄悄观察着水墨的反应，小心翼翼地说道：“我不是有意要骗你的，我也没有想到天火会那么厉害，看到月宫烧成那样，我当时真的很害怕，所以才不小心……逃跑了。好吧，逃跑不是不小心，是故意的，但盗天火真的不是故意的，那时候我好不容易交到一个朋友，只想在你面前逞逞能，吹吹牛，没想到后果会那么严重……你能不能原谅我？”最后一句，已经带了几分哀求。

玄寅的这番道歉是发自肺腑的。

太岁在这世上本来就是很稀缺的族群，在经历了蓬蒙的大清洗后更是濒临灭绝。

千年来，他习惯了独来独往，没有亲族，也没有朋友。水墨是他交的第一个朋友，虽然她是他最讨厌的神仙，但她也是他遇到过最最特别的神仙。在这个世上无论是谁只要知道他是个太岁精，就算不打他肉身的主意，也很难用平常眼光看待他。只有水墨，从一开始就把他当个普普通通的妖精看待，要笑就笑，要打就打，要骂就骂。

他打心底里想交这个朋友，没想到最后给搞砸了。

水墨走到一边，坐到一块蘑菇形的乳石上：“你怎么会在九宫门，还做了朱邪的道童?”

玄寅见她没有要再打的意思，几十个分身噗噗噗全消失掉了，站起来说：“他以前那个道童在除妖的时候被吃掉了，我冒充成那个道童的双胞胎弟弟混了进来。”

“你可是太岁，就不怕他拆穿你的身份吃了你?”

“放心吧，除了昆仑金仙还没有谁能认出我的真身。再说我跟他以前用惯的那个道童长得像，又聪明又懂得摸他的心思，他现在可信任我了，简直把我当贴心小棉袄。”

水墨见他刚才还在装可怜，马上就一脸骄傲在那里炫耀，不禁有些郁闷。

她为了下凡连仙气都废了，现在只能用些三脚猫的法术，可为什么这个小骗子却能混得这么好呢?

玄寅对水墨出现在这里也是好奇不已的：“你为什么会下凡，是因为烧月宫被罚吗?”

“我来找赤霞真人。”

“谁?”

水墨叹了口气：“连你也不记得他了。”

自从赤霞真人被除去仙籍，他身为金仙的前尘往事好像被抹布擦掉一样，就连普贤师叔也不记得他了。

虽然玄寅在天界没有和赤霞真人碰过面，可水墨经常跟他提起他：“你还记得我们在月宫的时候，我说过我有个很好很好的师傅吗?”

“师傅?”玄寅仔细回想：“好像有听过，好像又没有。”

“他转生变成了凡人，我要找到羽衣，把他带回昆仑。”

听到她还是要回昆仑，玄寅不禁有些失望。他上次去天界完全是误打误撞，如果水墨回去，他要想再找她玩就很难了：“你指的凡人是跟在你身边的那个燕羽元？”

“嗯，他现在不知道我是谁。”

玄寅沉默了片刻，收起失落说：“如果你真要找羽衣的话，我们来九宫门的目的可能是一样的。”

“你也找羽衣？”水墨立马摆出一副“不许跟我抢”的脸色。

“不，我在找蓬蒙。”

蓬蒙当年捉走了上百个太岁精，可自从他被封印以后，没有人知道那些太岁在哪儿，是死是活。

这些年来，玄寅一直在四处找寻亲族的去向，最终见到的却都是太岁的残骸。一次次失望后，他决定亲口向蓬蒙问一问，他的族群到底被他藏到了哪里？

“当年蓬蒙就是被封印在九宫山，所以妖界才会把鬼市开在嫦娥镇。现在人界修士的发展实在太旺盛了，对妖族的打击很大，他们都希望魔皇能够从封印里出来，带领他们找回逆天之战时的荣光。”

“这可不行。”水墨严肃道：“我绝对不会帮你解开蓬蒙的封印。”

她就是再想找到羽衣，也不能拿三界六道的生命开玩笑。

玄寅对她翻了个白眼：“这种事就算你想帮也没辙，而且我也不想他出来啊。”

蓬蒙是他们太岁一族的大仇人，要不是实在没有办法，他绝对不会想去找这个混蛋。

他已经在九宫门卧底了一年多，却连蓬蒙被封印在哪里都没搞清楚，要是那么容易能把他的封印解开，妖界早就从鬼市集体攻上来造反了。

水墨想想也是这个道理：“好吧，那你现在有什么线索？”

她要的羽衣正是蓬蒙穿过的，如果能找到他，的确有可能问出羽衣的去向。

“你知道九宫浮地的每寸地方都被下了禁制吧，这几千年以来，每隔一段时间这些禁制都会随着道术的发展升级，每隔一年掌门还会对禁制进行更新维护。但只有蓬蒙的封印地外面的禁制近二十年来一直没有被动过，设计那个禁制的人是朱邪的师兄燕南，他不仅知道蓬蒙被封印在哪儿，还能解开禁制见到他。”

“哦哦？那燕南在哪儿？我们去找他试试。”

“死了。”玄寅说。

“……”水墨揉拳头：“你是在耍我吧？”

“没有没有，本来是死了，但现在又有新情况。蓝烟设的天仙局不只嫦娥镇这一例，在其他城里也发生了相似的案例，据其他修仙门派的情报，这些设局者背后都藏着一个幕后高人，朱邪好像在怀疑这个人就是燕南。”

“那只要问问蓝烟不就知道答案了。”

玄寅说：“没用的。”

其实昨天朱邪把水墨和燕羽元赶出结界之后，刚刚认主的符阵就开始暴走了，原来那阵里还设置了一个小机关，一旦易主以后维持不了多久就会自爆。

朱邪想把结界里的人全部带出去，可他压制着灵兽的法阵刚刚松开，灵兽突然发威向他咬来。为了节约时间，他只有把灵兽给砍了。

当他们撤出结界后，蓝烟和白衣人身上的画皮就像得到了命令一样开始噬主，最后朱邪只抢下了蓝烟的命。不过活下来的蓝烟已经没有了身体，只剩下一颗生着兽脸的脑袋，一颗不会说话也不会睁眼的脑袋。

朱邪将她的脑袋放在法器里，尝试挖掘她的意识，最后从她的记忆里掏出了那本口供录。

“难怪不让我们见她。”水墨总算懂了。

口供录里记下来的东西已经是朱邪能挖掘出的全部信息，就算现在让连缈见到蓝烟也不可能再跟她对话，只会被她的样子给吓到。

从脑袋里挖记忆这种事实在是骇人听闻，朱邪不想让事情经过传出去，影响九宫门的声誉。

“那……我们现在算是和好了吧？”玄寅期待地看着她。

水墨撇撇嘴：“先把账记着，以后再算。”

玄寅知道她这一说，就是真的不再怪他了：“那我先回去卧底了，有机会再碰头，可别叫错我的新名字。”

“啰唆，滚吧。”她顿了顿，又道：“哎，回来，你还没说燕南是怎么死的？”

……

玄寅走了以后，水墨也从溶洞回到灵田上。

头顶依稀传来几声鹤鸣，她抬起头，仰望着璀璨星河，一时间心绪有些怅然。

昆仑的天空看不到星星，唯有在七夕时能俯瞰银河的流动。赤霞真人曾带她看过银河，也曾给她讲述牛郎织女的往事，那时候她不明白他们的故事有哪里值得感动的，就算是天各一方，一年不还能见一面吗，神仙的寿命那么长，等个一年又算得了什么？

可等讲故事的人不在了，她才知道一个时时能见到的身影、能听到的声音突然见不到到底有多可怕。

她每天都在等，等着赤霞真人披着羽衣回来找她，等到时间长得仿佛看不到尽头，仿佛再多等一会儿就要溺死在里面……

然而来到凡间以后，那漫长的时间一下子就被缩短了。

眨眼之间就发生了好多的事，她见到了燕羽元，认识了连缈，认识了卢长舟，现在还见到了一个老朋友，当然也是老仇人。

时间变得不再那么可怕，虽然也有不开心的事发生，但站在这里，她觉得一切都会变好。

“喂！”

这时，身后有人在叫她。

水墨回过头，只见燕羽元正朝着这边一路小跑。

他和赤霞真人有诸多不同，但那张脸、那道身影却依旧如初，在银河映照之下，她不由得就看痴了。

“叫你怎么不回答！”燕羽元已经到了她的面前，刚要开骂，却听到她说：

“我以前怎么没有发现赤霞长得这样好看？”

他感到莫名其妙：“你说谁长得好看？”

水墨没有回答，而是野心勃勃地想，虽然现在只有一张脸，但很快她会把他的全部统统找回来。

她说：“我觉得我们应该留在九宫门，帮朱邪找到那个会画鬼符的道士。”

燕羽元完全摸不清她的思维是怎么从花痴跳到正事上来的，但她这建议正好和他不谋而合：“不如我去拜燕南为师？”

“他已经死了。”

“……死了？”

“到妖界收集法器材料的时候，被妖怪给杀了。”

燕羽元非常遗憾。这么厉害的人怎么就死了，怎么不等等把技艺传授给他再死：“那我们拜朱邪为师？”

水墨马上嫌弃道："我师傅只有赤霞一个。"

什么赤瞎黑侠的，昨天在结界里不是还说我是她师傅？她怎么就这么善变？

又想到她刚才夸赞别人好看，燕羽元心里很不高兴，没好气地说："那我拜他，你拜我，反正能留下来就行。"

第九章 手环

第二天，玄寅来到木屋里，一听燕羽元要拜师，马上哈哈哈大笑三声：“不行，你太老了，当不了道童。”

修仙这档子事，先天资质非常重要，年龄越小开始奠基越好，要是错过了根骨最好的成长期，后面是怎么也追不回来的。

大部分修仙门派培养弟子都是从招道童做起，当道童不只要修炼，还要打杂、出苦力，琐碎事一堆，但资质特别好的苗子往往会被师傅挑到身边来，从小跟着历练，成才的机会很高。

九宫门的道童里，混得最好的就是玄寅，因为他跟的人是掌门。不过朱邪挑中他跟资质一点关系都没有，只是看中他机灵会伺候人。

玄寅不打算告诉燕羽元真相，一想到水墨以后要被他拐回天界，他就看他非常不顺眼，逮到机会也要埋汰他一下。

拜师不行，应聘打杂的位置也有道童干了，还有什么借口能留下来？

燕羽元摸摸腰间的无极袋，突然有了主意：“那我卖个法器总行吧？”

在结界里朱邪战斗时他就已经看出来，他那个剑匣和他的无极袋一样，里面都藏着很大的空间。当时他不计成本，毫不吝啬地将一件件法器用得淋漓尽致，这说明他是个非常重视法器的修士。

不想玄寅又再度泼他的冷水：“全修仙界的法器加起来也比不上我们家掌门的私库，你的法器又能值几个钱。”

燕羽元想了想，道：“或者我可以帮他的法器升级改进，还可以帮他维修。”既然燕南已经不在了，总需要有人去维护和改进他的法器吧？

玄寅被他的死缠烂打搞得头疼，水墨在他旁边假咳了一声，用口型说：该算账了。

他立刻明白只要办成这件事，他过去害了她又落跑的那一页就能彻底翻过去了。

没想到和好的机会来得这么快速和突然，玄寅心头一喜，马上屁颠屁颠地去朱邪那里走后门拍马屁了。

朱邪听到燕羽元想拜师给他改法器，倒还真的起了几分兴趣。

自从燕南死后，九宫门里的炼器师他一个也看不上眼，去别的门派找高手既怕丢了九宫门的脸，又担心招来奸细泄露门派的秘密。久而久之，他只能自己打理洞府里的法器。不过他能做到的也只有基础维护，至于改进，那是炼器师的专利。

之前燕羽元拿出的那个无极杖，虽然样子丑了些，但功效却很有趣，朱邪觉得可以给他个机会试试。

他拿出一个沾满锈迹的手环，这是燕南送他的第一件法器，已经坏了很多年，一直没有机会修好。

玄寅把手环交到燕羽元手里，一再强调道：“这件法器对我们掌门来说很重要，要是你敢弄坏了，哼哼！”最后两个字，威胁的意味非常明显。

燕羽元无奈地说：“它本来就是坏的。”

“没事，我来给你帮忙。”水墨积极地维护着燕羽元。

他怀疑地看着她：“你会做法器？”

“完全不会。”她炯炯有神地说。

“……那你给我打下手。”

“没问题。”

玄寅听他们一唱一和这么亲密，不禁又郁闷起来：“需要什么材料到时你列个单子给我，我去帮你领。”

说话时，连缈从房里出来。

她又是一夜无眠，眼里泛着血丝，眼圈也青了。

她打算再去看看那个幸存者，守在他旁边，直到朱邪失去耐心，答应她和蓝烟相见为止。

水墨不好暴露在玄寅那里得到的消息，只能委婉地说她相信口供录里的内容，见不见得到蓝烟也改变不了什么。

燕羽元也觉得此时与其去磨朱邪，倒不如发挥连缈本身的特长：“你为什么不到衙门查查看？”

连缈一愣，马上反应过来，如果蓝烟曾经被控杀人，衙门肯定会留下案底记录，还能找当初报案的人核实问话，是不是真的一查就清楚。

她是个聪明人，如果放在平常不会这样疏忽大意，只是这几天打击太大，身心俱疲，神经又绷得太紧才会大失方寸。

经燕羽元一提醒，连缈这才审视起她这两天来的举动，六神无主拿着金牌来到九宫门，面对朱邪的冷言冷语毫无招架之力，冒冒失失让水墨帮她找蓝烟……这样冲动莽撞，简直连她自己都快认不出自己了。

“你没事吧？”卢长舟见她的脸色比刚才更糟了，不禁担忧。

连缈的身子晃了晃，退到椅子边坐了下来。

她得想想，好好想一想。

衙门的案底是要看的，可看了以后呢，如果证实口供里的都是真的，她要杀了蓝烟报仇吗？

她这样表情不定，让一圈人围着关心。

玄寅却对这些婆婆妈妈的不感兴趣，跟水墨打了声招呼要走：“记得快点修好，越早越好。”

卢长舟不解地问燕羽元那道童在说什么，听到他想给朱邪修法器，好奇地问：“你打算以后都留在这里？”

他点点头：“那个做鬼符的道士还没找到，放着这种人到处走实在太危险了，我得看着朱邪抓到他才放心离开。”

这当然只是借口，但卢长舟信了，他越发觉得燕羽元很有正义感，是个大好人：“不如我也在这里找点活干吧。”

他的脚已经好得差不多了，也想出一份力。即便无法为岳父讨回公道，也要阻止其他人继续受害。

连缈也意识到，就算杀死蓝烟，这件事依旧没有结束，因为在她背后还藏着一个挑拨布局的人。那个人知道蓝烟想复仇，所以给了她一记助力。他的目的到底是什么，难道他和她爹有仇？

连缈想到这一点，越发觉得非要查出真相不可。

她看向卢长舟，将御赐金牌交给他：“帮我回一趟衙门，让他们查案底，再让他们送一封信回宫里，加急。”

卢长舟立即道：“好。”

只要是连缈的要求，他向来是不会拒绝的。

却听连缈犹豫了片刻，又道：“然后你就留在镇上，不用再来九宫门了。”

他表情一怔：“我不回来，你怎么办？”

“等到查明真相以后我自会下山。”这件事当中有太多隐忧，她不想把卢长舟牵扯进来。她已经失去了父亲，不能再失去另一个对她好的人了。

卢长舟却无法理解连缈的心情，看着她疲倦的脸色，此时他的内心也是疲惫不堪。

不久之前他还向连坊提亲，却因为身价贫寒被瞧不起。再不久之前，他为了让岳父对他刮目相看去闯鬼市，虽然最终没有得到收获，但看到连缈为他的受伤而担忧便觉得这些都是值得的。他甚至乐观地想大难不死必有后福，连死都可以不怕，他们之间还有什么障碍可言？

可现在连坊死了，阻止他们在一起的唯一壁障消失了，他们两个之间却似乎被无形地划出一道深深的横沟。

也许只是时机不对，等她报了父仇，一切都会好起来？

卢长舟宽慰着自己，吸了口气，笑着答应道："那我先走了，你好好照顾自己。"

……

卢长舟走后，连缈主动回到房里睡觉。

她知道再硬撑下去对身心都没有好处，与其像没头苍蝇一样四处乱窜，不如先养精蓄锐，再做打算。

而燕羽元则和水墨一起窝在房里，研究起那个奇怪的手环。

以成人男子的手腕来说，这个手环的半径有点小，水墨伸手比了比，想拿起来戴着试试。

"等等，还不知道它是干什么用的，如果不是武器，是用来绑人的怎么办?"

"那就这么看着，也看不出来啊。"

"不要催。"

要研究一个陌生的法器，必须先知道它的炼成材料是什么。

燕羽元又观察了一会儿，把手环拿到鼻子边上闻了闻，然后拿来一张雪白的宣纸在外面擦了擦，结果连擦了几遍宣纸都没有变色，

他又从无极袋里取出一个工具包，拿小刀在手环外重重地一刮，结果铁锈没刮下来，反倒是小刀被弄豁了口。

看来这些看似陈旧斑驳的锈渍并不是真的锈渍，而是刻意覆盖在上面的。

他用磁石围着手环转了一圈，没有感觉到丝毫吸力——铁元素，不对。

接着，他又拿出几根牙签大小、色彩各异的蜡烛，一根根点燃，把蜡油滴在手环上。无论每一滴碰到手环，手环都没有变色——钢元素，不

对；合金，不对；碳也不对。又施了几种测试法，排除掉玻璃、金刚石、玉石、琥珀、乌金……

这个过程跟开荒一样重复，但燕羽元并不会觉得枯燥乏味。

反倒是水墨看他弄来弄去，半天也没轮到自己，忍不住很小声很小声地插嘴：“你在干什么？”

燕羽元一本正经地说：“看看它是用什么做出来的。”

“舍晶啊。”

他错愕地转过头，瞪大眼看着她：“你怎么知道？”

水墨把手放在手环上摸了摸：“我用过舍晶做的法器，感觉跟这个一样。”

“就这么摸一下，你就能感觉出来？”

燕羽元知道不同的法术体系运用在法器上时会有非常微小的差别反应，有的使用者可以凭借这种体验去辨别法器的材质，甚至在作战时运用这一点去攻克对手手里的法器。不过要做到这一点，不仅需要对各种材料全面而深刻的了解，还有长达数十年，甚至数百年使用法器的经验，还要拥有与生俱来的天赋灵感。

她才多大，怎么可能这么简单就做到？

“不是只摸一下，还要打几个法阵进去。”水墨竖起手掌，燕羽元眼前一花，觉得她指头上的螺旋似乎在旋转？

他抓住她的手，拉到面前，眨了几次眼调整焦距，这才发现她每个指肚上都重叠着好几个指甲大小、半透明的法阵。

水墨在昆仑里是资历最浅的小仙，为了弥补她在法力根基上的不足，赤霞真人把对她的修炼方向放在了法器上。高级的法器能提升修士的实力，这一点毋庸置疑，但要怎样完美运用法器其实同样是一门学问。

虽然赤霞真人洞府里存放的法器大多都是法宝级别了，但水墨还是一步一个脚印，从最基本的法器上学起的。当然，赤霞真人并不想把她塑造成炼器师，她也明显没有那个天赋和耐性，但她至少需要了解每个法器的成分和构造。而这个用法阵来辨别材料反应的法子，就是水墨嫌背书太麻烦，拉着赤霞真人一起研究出来的。

燕羽元因为水墨的这项本事有些激动："能教我吗？"

"很难的，要学上千个法阵和几万个符文。"她从上到下扫了他一眼："而且你现在又这么弱，连灵气都不会用。"

"……"他静下心来一想，也是，有那三个狐妖祖宗在家里，他是不可能去修炼灵气的，就算学到这个方法也不能用。

不知道不用灵气，用妖气能不能驱使这些法阵，那样的话他可以找银珠和宝珠帮忙："要不你把法阵的秘诀告诉我，以后我需要的话可以找人帮我弄？"

"为什么要找人？你有我在啊。"

"你现在是很好用，但又不能一直跟着我。"

"我当然要一直跟着你，一直一直，一直一直！"她每重复一个一直，就把语气加得更重。

燕羽元看她说得那么认真，只觉得又感动又好笑："你是打算缠着我一辈子吗？"

"两辈子。"

"还带数的？那为什么不是三辈子，不是都说三生三世吗？"

"那个还是不要了。"转生是很麻烦的，要转回去很辛苦好不好，不能再来第二次了。

燕羽元看她这明显嫌弃的表情，除了觉得她的脑回路果然难以理解，还有点难以名状的郁闷。

都对他花痴成这样了，为什么还要加个折扣？这种感觉简直像是有人把个大彩蛋放在他怀里，又在外面系着层网绳，仿佛随时都要把彩蛋给拖走，真不顺心。

哎，想这些干吗。

燕羽元摇了摇头，把注意力重新放在手环上。他得抓紧时间，就像玄寅说的那样，只有快点修好法器才能得到朱邪的重视和信任。

舍晶是土系精灵的化石，例如镇宅石碑，小路边人为立起的土地神像，河底的镇水石柱……它们在吸收天地灵气、享尽世人祭拜后会开窍成精，但当人们遗忘它时就会自动衰竭，变为化石。

土系法器，看来应该是用来防御的。

不过保险起见，他还是问了句："能看出它是用来干什么的吗？"

水墨撇撇嘴说："都坏了。"

"好的你就能琢磨出来？"

"可以啊。"她理所当然地回答。

燕羽元的心脏在胸口里猛撞了一下。

顶尖的炼器师最需要的不是上等稀缺的材料，而是能将他做的法器运用到极致的人。

蓬蒙可以炼造出射日弓，但没有后羿别说准头，旁人可能连拉开这把弓都做不到。燕南在普通人眼里或许是个奇人异士，但能在修仙界得到天才炼器师之名，必须归功于用他的法器的人是修仙界第一的朱邪。

只有当最好的法器配上最佳的使用者才能变器为宝，两者缺一不可，但过去的燕羽元从来没有和这种人相遇的机会。

以前他做的法器要么是普通人能用的小玩意儿，要么是给妖怪用的，但妖族其实并不是很看重法器，因为他们的身体天生就是武器。所以他拿去鬼市卖的那些大多也是注重娱乐性的新奇玩意儿，可哪个炼器师会满足于只做小玩意儿？

每个炼器师都想自己的法器被封为法宝，就拿蓬蒙来说，如果他没有成为魔皇，光是炼出射日弓就够他子子孙孙几十辈子拿来炫耀的了，还有嫦娥镇的大树屋、九宫山的鹤道，哪怕燕南死上几百年，他留下的造物依旧不朽。

虽然以燕羽元的身世注定不能出名，但不等于他没有这种向往和野心。

他拿出一个长方形的盒子打开，里面放着一支毛笔，笔身黑灰色为底，外面布满了银粉，仿佛是漆黑里苍穹璀璨的银河。笔尖无色透明的长毛，不似狼毫那样刚硬笔挺，也不像绒毛那样细腻柔软，而是像柳叶一样坚韧，像冰凌一样通透纯粹。

水墨看着就挪不开眼了："是银河。"

燕羽元一愣，这才发现笔上的银粉的确很像星河："如果你能用好它，以后我们就叫它银河。"

水墨把笔抓在手里，良久，说道："是辰砂、云丝和鸣水打造的。"

他的心脏不由得又撞了一下："没错。"

"我能拿出去试吗？"她看了眼这间房，太小了。

"你去吧，我得留下把这个手环拆解开，你待在旁边只会碍事。"

水墨撇了撇嘴，不过看看手里的笔，还是很高兴地跑出去了。

燕羽元往她离开的方向看了许久，慢慢地捂住胸口，好一会儿才放下来。

如果现在他的面前放了块镜子，他会发现自己的脸上布满了笑容。

……

这一觉，连缈睡得很沉。

她做了个很长很长的梦，梦里的她变得很小很小，小到父亲那并不宽阔的身影能把她重重罩住，帮她挡住窗外的暴风骤雨。

那是几岁的时候？三岁？五岁？

在华丽堂皇的殿堂里，文兰公主和几个皇妃贵妇坐在一团，画着艳丽的妆，喷着刺鼻的花露水，表情献媚地讨论着王孙贵族交际圈里的风流韵事。

这时连坊从门口路过，一个得宠的妃子把他叫进来，要他表演几个有趣的法术。

文兰公主的表情顿时有些难看，却又敢怒不敢言。连坊笑呵呵地跑了进去，像街头的杂耍艺人似的一面吆喝着，一面表演，也不管周围的掌声到底是真心还是取笑。后来一个跟她同龄的小皇孙拿着碗跑到妃子面前，笑闹着要她们打赏。妃子们毫不吝啬拿出银两首饰，碗里装不下就往连坊的身上扔。

那些小皇孙小公主常常笑话她，说她的爹是街头骗子，跟来宫里卖唱的戏班子是一个娘生的。

他们把她锁在修葺中的小楼里，找人用钉子钉住门窗，在外面又笑又骂。后来空中响起惊雷，他们一窝蜂全跑了。

那天是京城百年一遇的大暴雨，整个晚上打雷闪电都没停过。

小楼被风吹得咯咯作响，雨水从钉着木板的窗户里飘进来，连缈的两只脚都泡在水里，水从地板慢慢升上了小腿。

刚开始她只是哭，后来哭声都被掩盖在雷鸣里，她反而哭不出来了。她拼命地抱着窗沿，让脚远离水渍，生怕水里游来毒蛇和毒虫。

即便是在梦里，那种恐惧和绝望依旧那么清晰，就在她以为自己会这样死在梦里时，连坊抓住她的肩膀，把她抱起来。

大雨依旧没有停，连坊带在身上的伞被吹坏了，只能跟她一起在小楼里躲雨。

他用木条做了个板凳，把连缈放在上面，自己则背对着窗口，堵住外面飘来的雨滴，给她表演法术。

连缈看得非常专注，她觉得父亲的法术厉害极了，那些妃子和皇孙都是瞎子和笨蛋，才没看出连坊的厉害。

不过他们看不出来也没关系，她可以把这个当成秘密，藏在自己心底，不告诉任何人。

后来她长大了，在柱子后面看到连坊和文兰公主吵架，或者说是公主单方向的怒骂。

文兰公主因为被皇妃取笑，一把火烧了连坊的丹房，嘲讽他一个耍小把戏的骗子，居然还想成仙。

连坊什么也没说，只是默默地在废墟里整理着自己的东西。

夜里，连缈走到父亲的身边，问他为什么一定要成仙呢？

连坊抬头望着天空说，天大地大，他只是想去见识一下世界的究极。

后来听到他们和离的消息，连缈站在皇帝身边，看着远处的高高的围墙，忽然就很想说：我想和父亲一起，去看看更广阔的天地……

连缈醒来的时候，眼前仿佛还残留着父亲的背影。

她忍不住伸手在空中虚抓了一下，但很快意识到那只是幻觉。

有那么一瞬间她在想，也许父亲离开九宫门并不是因为被排挤，而是他自己要外出游历追寻；他当上驸马并不是贪图富贵，而是想体验宫内的生活；等到凡尘俗世的荣耀与悲喜他都看够了，他又想去看看神仙过的日子，虽然他最终没能如愿，但谁又知道他现在是不是已经去了某个她不知道的世界……

这时窗外传来一阵嘈杂，打断了连缈的思绪。

她抹了抹眼角的泪渍，起身走到屋外。

天边已经挂着晚霞，看来她一觉居然直接睡到了黄昏。

木屋前是一片稻草田，九宫浮地灵田里的稻草和山下的不同，稻秆又粗又大，还不到季节就早早收割了。

她来这里的时候草墩子还整整齐齐码在田里，可现在却到处乱成一团。

玄寅正站在其中一个草墩上，一只手叉着腰，一只手指着前方，语气暴躁地喊着：“你们还算是九宫门的人吗，我看你们根本人都不是，是稻草，只是稻草吧！既然是稻草你们还在那里磨磨蹭蹭干什么，还不快挖地把自己埋进去，浇浇水晒晒太阳吸点灵气，没准长个几百年还能成精，成了精再修炼也比你们这样笨手笨脚的来得快……”

他骂得十分不留情面，把底下几个道童弄得满脸通红，尴尬不已。

连缈回头看见燕羽元站在边上，表情专注地望着稻田的方向。

她正想去问问发生了什么事，突然听到哎呀一声。

一个腰带上写着“土豆”两个字的道童倒在了地上，被什么东西往旁拉了几米远，然后轰地一声不见踪影。

玄寅发出尖叫：“啊啊啊，笨土豆，你干吗在那里布陷阱，都被她给看穿啦！”

这些道童每个人都有自己负责的那块灵田，为了方便管理，会在腰上系着灵田的种类。玄寅哪记得住这些小人物的名字，所以平时都十分理所当然地拿腰带上的字叫他们。

“黄瓜，黄瓜别急着救人，先准备攻击！茄子布墙防御！番薯也不要慌，她刚才用了法器，顺着灵气找源头，把她给揪出来！”

黄瓜听令，使出几把飞剑悬在头顶，蓄势待发。茄子双手合十吟唱发诀，脚下张开法阵，法阵里竖起一道道冰墙，将他们保护在其中。

番薯则快速掐指捏了个追踪诀，几个发着青光的小虫从他指尖跳到地上，迅速地朝刚才土豆被拽走的方向爬去，一嗅到味道立即化作蝴蝶飞向目标。

黄瓜的飞剑立刻朝着那个方向射了出去，却见昏暗的空中亮起了一条闪烁的光带。那光带转瞬即逝，如同流星在飞剑旁边画了一道圆弧，然后几把剑调转方向朝着几个道童飞来。刚刚布好的冰墙就这么被撞破了大半。

玄寅瞪大眼睛，嘶声喊道：“后面！”

连缈眨了下眼，只见水墨不知从哪里突然出现，半浮在空中冲向那些道童的背面。

她的衣服本来是玫红色的，此时却染上了晚霞的颜色，简直和天色融为一体。

连缈忍不住靠近燕羽元问：“她的身上怎么会……”

燕羽元说：“是手环，她的手腕上戴的法器能折射光线，起到隐形的作用。”

舍晶根据舍主生前的形态会变成不同属性的化石，而制造手环的舍晶非常坚硬，易变色，不易变形，当它遇到弱电流就会分解成颗粒，每个颗粒都会吸收周遭的环境色，就像变色龙。

燕羽元推测这块舍晶原本应该是座山神的石像，屹立在云端之上，与日光和闪电共处了千年，成精后经常受到妖怪的觊觎，所以修炼出变色的能力。

这手环将舍晶的特质发挥到了极致，它会像尘雾一样遍布在佩戴者的气场里，为她复制周遭的光线以达到隐身的效果。

不过要控制舍晶的颗粒也不是那么容易的事，这需要施法者将体外的灵气场控制得流畅而稳定，让舍晶均匀地吸附在上面，而水墨恰恰做到了这一点。

即便是在移动的时候，水墨的身影依旧像透明的泉水从空中淌过。

道童们手忙脚乱出招应付，都被她在近身之下用几个法诀给击倒了。

玄寅气得火冒三丈：“真没用，都给我滚一边去，让我来！”

他从草墩上往地面一跳，却突然被抓住了脚，身子一歪倒挂在半空中。

他伸头望向抓着自己的倒影，气急败坏道：“掌门，放我下来，我要去干掉她。”

抓住他的人正是不知何时站在草墩旁的朱邪。

水墨正把黄瓜、茄子、番薯都塞进草堆子，把他们弄成稻草人。忽然听到玄寅叫掌门，回头一看，只见朱邪正似笑非笑地盯着她，就像盯上青蛙的毒蛇。

她叉着腰，胆大包天地说："怎么，你也想来挑战我？"

朱邪把玄寅往边上一扔，说："可以一试。"

连缈不由得紧张起来，燕羽元的表情也有些严肃。

水墨又说："你的法器那么多，有点不公平啊。"

朱邪说："我不用法器跟你打。"

她又不好意思道："用一两件还是可以的，因为我也要用啊。"

朱邪却很坚持："你随意，但我不用。"对付一个刚刚重修的女修，没有法器也不在话下。

水墨立马又不客气了："连符也不用？"

"可以。"

"那你把那个剑匣拿走，给……"她往旁边扫了一眼："给他保管。"她指着燕羽元："不然我怎么知道你会不会使诈？"

朱邪也看了燕羽元一眼，见他的眼神意外，不像是跟她串通好的。

不过他们确实也没办法串通，因为朱邪会出现在这里本身就是个意外。

他虽然把法器交给燕羽元去修，却只是抱着试试的心态，以为至少要十天半个月才能出结果。可事实上才半天的时间，他的剑匣就和舍命环起了共鸣。

舍命环这个既悲壮又浪漫，却和法器本身的功用扯不上半点关系的名字是燕南起的。会叫这个不是因为它的主材叫舍晶，而是因为当初朱邪为了替燕南从妖怪手里抢到那个山神像，差点跌入悬崖舍掉了性命。

他的剑匣和法器仓库是绑定在一起的，所以舍命环一发动他就立刻感应到了。

看到损坏多年的法器被一个小女孩使得得心应手，朱邪内心的情绪非常复杂，就像多年前亲眼目睹燕南死去时那样复杂。

当玄寅叫嚣着要和水墨拼命的时候，他也对她起了几分兴趣。

他把剑匣从背后取下来，抛向燕羽元。

水墨的要求虽然没大没小，但以一场对决来说并不过分，因为有些法器不需要拿在手上也能用。他虽然是个掌门却一向相信着兵不厌诈，被这样怀疑在他看来反而非常合理。何况这剑匣早已打上了他的魂印，只认他一个主人，除了他以外没有人能开启。

燕羽元接着剑匣，只觉得它很不符合那厚重的外形，抱在手里非常轻。

几个在玄寅指挥下输得一塌糊涂的道童已经灰溜溜走到一边，好奇地往这边看着。

“那我们就数一二三开始吧。”水墨刚说完就闪不见了。

连缈尴尬道：“她怎么不数？”

“换成我也不数。”燕羽元倒是很赞同她这种小狡猾。

朱邪显然不把她的小伎俩放在眼里，只取笑道：“用我的法器来对付我？”

他像在散步一样往前走了两步，突然伸手往三米远外的草墩一抓。虽然隔着三米远，但他伸手的同时手臂发出蓝光，凝聚成一只大手伸长扑了出去。

蓝手刚伸进草墩，突然被一股气流给冲断了。

朱邪回过头，只见水墨站在另一个方向，有点意外地看着这边：“你没走过来啊？”

舍命环从草墩里滚了出来。

原来她已经料到朱邪会锁定手环的方位，所以把它塞在那里引他上当，可惜朱邪用了一招长掌诀，手虽然过来了，身位却不如她的预期，所以她的这次偷袭失败了。

虽然失败，但朱邪的心中却是一凛，发觉自己似乎有点小瞧她了。

他扫了眼水墨的手，她此时正握着根笔杆，应该就是她刚才偷袭时用的法器。

燕羽元扶着大剑匣，紧张地盯着灵田里的战斗。

水墨暴露了自己以后也没有再藏，而是将笔一甩，笔身立即伸展到两米，成了一根长棍，往地面狠狠一击。

朱邪因为提防她的法器没有上前，但见她的法器变形，立即在面前结出防御法阵。

长棍打在地上，地上仿佛长出三条黑蜈蚣，唰唰朝朱邪冲去，“蜈蚣”经过之地就像被岩浆淌过，燃起汩汩的白烟。

水墨没有等待这一击的结果，因为她知道朱邪肯定能防得住。她就是要趁他防御的时机冲上去。

三只“蜈蚣”逼到了朱邪的脚底，冲到防御阵上，隔着一堵光墙爆炸开来，直到将法阵震碎。

朱邪的视线被火光和白烟挡住，立刻选择浮空，同时右掌聚起蓝光。

水墨冲过法阵的碎片，握着长棍直通向朱邪的胸口。

朱邪却早已预料到她又要偷袭，掌中打出凌厉的冰花冻住了她的长棍，同时另一只手使出长掌诀，抓向水墨的脖子。

“哇！”水墨大叫一声，扔下被冻结的棍子不管，闪身跑了。

朱邪正在奇怪，那长棍忽然又缩回成笔杆，被一股外力给带跑了。

第十章　银河

朱邪眯了眯眼睛，发现带走笔杆的是一根透明的细丝，想来那应该是那支笔的笔尖。

他倒没有急着反击，而是有意放慢节奏，想看看水墨拿着这法器还能玩出什么花样来。

水墨看他站在那里，摆明要放水，也没有生气觉得自己被小瞧，反而像逮到便宜似的偷笑起来：“既然你想看，我就让你见识见识。”

她将笔当成发簪插在头发里，然后抬起双手飞快结起了印，一道道发光的符文从她高速跳动的指尖里飘出，很快又像被戳破的水泡似的碎裂开来。

朱邪刚开始还在思索那是什么法术的结印，到后来发觉她的动作快得连他也看不清了。

晚霞不知不觉间已被暮色填满，灵田内的光线也越变越暗。

这时半空中突然亮起一簇银光，像流星一样飞速坠落，在浓墨般的背景里划过一道闪烁的残影。

朱邪头也不回挥手打出一个防御法阵，银光撞在法阵上，倏地消失不见。可紧接着越来越多的银光涌现出来，纷纷朝着他刺去，却都被轻而易举地抵御了。

“我可不想欣赏流星雨。”朱邪一面说，一面用手在空中画起符箓，动作快得就像是要和水墨竞赛手速。一道道符文从他手中窜出，写到最后他大手一挥，用指尖捏住符文向空中一抛，密密麻麻的符文汇聚成一个大得惊人的“现”字，往下一沉没入了地面。

原本隐藏在空中的云丝纷纷现出原形，在朱邪和水墨站立的这四个草墩当中的空间里，透明的丝线早已织成了蛛网。

一簇簇银光顺着云丝流走着，星星点点，如同在苍穹飞舞的萤火。

这时水墨笑着说：“不是流星雨哦——”

她扬手抓起头上的毛笔，轻轻一挥，星光顺着丝线在空中舞起了波浪，交织成一条绚丽而璀璨的光带。

连缈惊愕地捂住嘴：“好美。”

燕羽元的眼眶发热，口中轻声呢喃道：“是啊，美得我都快要爱上她了。”

他定定地凝视着水墨的身影，脸上呈现着不自知的迷恋。

朱邪却没有为这花哨的美景所震惊，而是冷笑着写了一串长符，符字瞬间在他手中融合一把两米长的红色光剑，朝着光带的中央劈去。

当剑身劈入光带，就像一脚踩进了凝滞的沼泽，再也挥不下去了。

朱邪皱了皱眉头，忽然警觉到一个可能性。

他凝神探向自己的灵核，发现体内的灵气正以流星般的速度被迅速吸走！

他立即松开光剑，眼看着剑身像被吞噬一样没入光带中。

“不是流星，是银河。”

水墨趁着他失神之际抓住破绽冲向他的面前，瞬间将银河收入掌中，凝聚成剧烈的光球。

燕羽元忽然感到手里的剑匣嗡嗡震动起来。

轰地一声，水墨手中的光球打在一把金属伞架上。

不知何时握着伞的朱邪往后退了半米远，直到鞋底踩出一个引力法阵才堪堪稳住了身体。

四周的草墩都被气流震散，水墨手里的笔再度摇身一变，化作长矛从伞架中间刺了进去。

朱邪将伞架收了一半，卡住长矛向外一抛，水墨一个不稳，和长矛一起被震得跌倒在地。

她摔在地上后第一个反应就是骂："你犯规!"

朱邪坦然地点点头，没有半点不好意思："嗯。"

"不要脸!"

玄寅一惊，赶紧在朱邪发怒之前冲过去，指着水墨吼道："你才不要脸，要不是我们掌门放水等你放大招，你早就输得投胎一百遍了。"

朱邪走上前，按住玄寅的头。

玄寅立刻收声，忐忑不安地瞧着他的脸色。

朱邪捡起了之前掉落的舍命环，说："你的法器很有趣，但是布阵和启动需要的时间太长了，如果有这个手环辅助也许可以弥补这个缺陷。"

他说着把舍命环往水墨身上一扔。

她伸手接住："这算什么，耍赖赔款?"

"我不想收徒弟，不过如果你们真的想留下来，我可以暂时忍耐一段时间。"

燕羽元闻言怔了怔。

水墨还有点不明白。

玄寅则松了口气笑道："笨蛋，掌门愿意指点你们了，还不快过来磕头感恩，以死谢罪!"

朱邪看向燕羽元。

他不由得挺直了背："以死谢罪是不可能的，不过我的确想留在这里修行，成为最顶尖的炼器师。”

水墨说：“我已经很厉害了，才不需要你指点。等到他做出更厉害的法器，就算你耍赖我也会赢你。”

朱邪点了点头：“拭目以待。”他抓手一挥，剑匣自动飞回他的手上。

连缈眼看着他转身离去，冲着他的背影不甘地握紧了双拳，又慢慢松开。

燕羽元将水墨从地上拉起来，若有所思地帮她理了理头发，说：“先把笔给我，过几天再给你。”

水墨有点不情愿地把笔还回去。她现在正缺灵气，有这个能吸灵气的法器真的很受用啊。

连缈往这边走了过来，由衷地赞叹道：“水墨你好厉害啊，什么时候也陪我练一练手吧。”

他们不约而同转头看着她，很是怀疑道：“你?”

“不要小看我，我虽然不会法术，但武功并不差。”她取下腰间的玉佩，握在左手里，右手突然握拳击了上去。

当她把左手摊开，只见玉佩已经碎成了颗粒和粉末的混合物。

“我从小就学功夫了，还曾和京城的武状元打个平手。”

燕羽元咽了下口水，终于明白她为什么打扮有些中性，眼角眉梢还带着几分英气。

皇族对培养小孩要求很高，男孩必须文武双全，女孩则要琴棋书画样样精通。可连缈对书画并不感兴趣，而是把一半的精力用在了武学上，她知道只有自己足够强了才不会被那些趾高气扬的皇孙欺负，于是很刻苦地锻炼自己。

不过看到水墨与朱邪的一战，她才明白光有身手是远远不够的。她甚至有些羡慕地想要和水墨交换，希望能向朱邪还以颜色。

燕羽元观察着连缈的表情，比起之前的莽撞和焦虑，她变得冷静了也开朗了，似乎已经走出了内心的瓶颈。

“你还好吧?”他问。

连缈淡淡地笑了笑：“我没事。”

……

几天后，蓝烟的大脑停止运转，从结界里带出的幸存者终于还是去世了，不过水墨从思乡酒坊救回的那个老板却清醒了，虽然样子有点破相，精神倒还不错，对自己上当的经过也还记得个大概。

酒坊老板是个生意人，无亲无故，既不信风水，也不痴迷修仙这类虚无缥缈的事。

以前他曾是嫦娥镇的首富，建立了“思乡”连锁商行，还垄断了整个嫦娥镇码头的生意，但后来他得了一种难以启齿的怪病：梦游。

如果仅仅是普通梦游还好，偏偏他每次梦游时都会化作杀人狂，直到鲜血溅满了脸才会罢手清醒。

他府邸里的丫鬟和小厮成了最初的受害者，他花钱厚葬了他们，给了他们亲属大笔赔偿金，然后订造了一个铁笼子，睡觉之前都会把自己锁起来。可一睡过后他又被鲜血的腥热给惊醒，发现自己站在笼子外面，为他管理钥匙的侍卫躺在地上。

他不敢去看病，更不敢报官，怕自己的名声和信誉会毁于一旦。他用尽方法隔绝自己杀人的机会，结果依旧次次都会被鲜血溅醒。

渐渐地，他开始怀疑自己不是得病，而是中邪了。

他不敢去九宫门求助天师，因为他们掌门朱邪见妖必除是出了名的，他怕他被当成妖怪给除了。

思前想后，他以私人会友的名义把嫦娥镇县令连坊请到了家里。作为镇内名商，老板过去和连坊打过几次交道，知道他擅长道术，还私下给几个富商友人治过病，疗效甚好。最难得的是连坊没有官架子，嘴巴又紧，无论能不能帮到他，至少不会是骗子，也不会到处乱说。

他以替朋友问病为由，委婉地向他询问这类症状的治法，连坊听后神神秘秘给了他一沓符箓，说会有高人帮他。

老板把符箓贴在家中，果然不再梦游，而是梦到了普贤真人的兽型化身。

在梦里他还见到了连坊，他领着他和一群人坐在莲花台上，聆听普贤真人的教化，后来他发现那些人竟有大半都是他生意上的好友。

在真人身旁还有个戴着面具的女人，自称是普贤在凡间的弟子，而这次普贤以化身出现在凡间是为了找有缘人炼化羽衣，如能炼化成功便收他为徒，飞升到天界。

老板穿上那件羽衣，就跟着了魔似的对他们的话深信不疑，他变卖了所有生意，只留下了自己白手起家的酒坊，一心想要炼成羽衣飞升成仙。哪怕是好友相继失踪，他还以为他们是成仙去天界拜普贤真人为师了。

老板说起那时的经历也是满脸的愕然和恶心："我真不敢相信自己居然会上这么蠢的当。"

水墨说："这又不是你的错，穿上画皮以后你也控制不了自己啊。"

连缈上前向老板鞠了一躬："抱歉，如果不是家父给你那些符，就不会……"

老板摆了摆手，不在意道："与你爹无关，是我先找上他的。"

燕羽元沉思道："要说错，也该是从你梦游杀人开始。我想这应该也是有人安排的吧？"他看向坐在旁边喝茶的朱邪。

朱邪放下茶杯，说："要伪造出梦游杀人，哪怕不用妖法，普通人加上一点迷药也能做到。"

谁都能够做到，范围就被拉大了。

燕羽元说："可至少蓝烟不能，她的脸变成了那样，怎么可能出来活动？"

老板说："我也不记得开始梦游前有接触过戴面具的女人。"

水墨问："那你有没有见过道士？"

他想了想："我曾经和一个道士同乘过一条船过桂花江，他的长相还记得个大概。"

连缈说："我马上去找个画师来……"

"不用。"燕羽元道："我会画。"

作为炼器师，画图是最基本的技能。

于是老板口述，他画图，几分钟的时候勾绘出那名道士的相貌来。

朱邪远远地看着他画出的白描，握着杯子的手开始微微颤抖。

玄寅留意到他的反应："掌门，你怎么了？"

他扬起惨淡的笑容，眼神却异常阴霾。不等玄寅再问，起身离开了房间。

水墨和玄寅交换一个眼神，都怀疑这画里的人就是燕南。

要证实这一点非常容易，就算朱邪不说，九宫门里认识燕南的大有人在，玄寅只消拿着画问几个人，就确信了他们的猜测并没有错。

燕羽元对这个结果吃了一惊："燕南，他不是死了吗？"

玄寅说："没见着尸体，谁知道是不是诈死。"

水墨举着双手揉太阳穴，努力地开动脑筋："会不会有人冒充他？"

燕羽元也不太能接受偶像一下子黑化成大反派了。可那个"有人"为什么要冒充他？用他的名义骗钱？还让蓝烟去整出个什么普贤真人？这说不通啊。

他们在这边商量的时候，连缈最先有了决定，她要拿着这幅画回嫦娥镇衙门，通缉燕南。

连缈当天就和老板一起离开了九宫门。

水墨知道她要走，很不舍得地送了她一路，连缈也反复叮嘱要她时常下山看她。

燕羽元对她们这腻腻歪歪的很不耐烦，等人一走就拉着水墨的辫子说：“还没看够啊，又不是生离死别，用得着这么夸张吗？”

水墨做出深思的表情，煞有介事地思考了很久。

“行了，不是要你回答。”燕羽元打住她的无用功，拿出一个准备已久的木盒出来，故作随意道：“送你的。”

她打开一看，发现那支银河笔已经被改成了一支发簪，款式质朴，却充满了灵气：“好漂亮。”

燕羽元按捺着心底的愉悦将发簪给她戴上。发簪插进她的发髻里，就像在乌丝上洒了层银粉，配上她略带花痴的笑脸：“是很漂亮。”

他由衷地夸赞道，心里有什么东西在这一刻似乎变得不一样。

……

桂花江是嫦娥镇上最大的一条江，江面最宽处有三千多米，主干环绕大半个嫦娥镇，支流贯穿着十几个湖泊，最终汇入大海。

它不仅是嫦娥镇重要的外运通道，也是本地渔民的聚宝盆。别说是船队，就是卢长舟这样只有一艘小船单干的打鱼人也能轻松温饱达小康，买房置业。只是比起县令千金，这点身家就远远不够看了。

自从下了九宫山后，卢长舟并没有消沉太久，很快就投入了工作。

他希望自己能在连缈振作起来以前多赚点钱，为她规划更好的未来，然后把她娶回家。

天气本来还不错，只半天的时间卢长舟就收获不菲，准备打道回府。

可船刚转向的时候突然遇见了一阵妖风，浪头打进了船舱里，冲走了双桨，江底的激流更是将渔船一路拖到湿地里。

卢长舟狼狈地摔在鱼堆中，一群小鱼拍着尾巴打他的脸，还有的借机钻进他的衣服，弄得他又疼又痒。

“发生什……啊！”

才刚抱怨一声，一条小鱼就蹦进了他的嘴里。

“呸呸呸……呕！”

他冲到船沿边一阵猛吐，然后用袖子擦了擦嘴，结果弄得满脸的鱼鳞。

这时有人递来了一块布：“给。”

“谢谢。”他抓住布往脸上擦了一把，却发现这块布毛茸茸滑溜溜的，而且居然还会动的?!

卢长舟愕然张开眼，发现手里抓着的是一条紫色的……什么东西？尾巴？

他正要转头看看这尾巴的主人是谁，突然感到脸上一阵刺痛，身上也变得异常酸麻。

一汩汩紫烟从他的毛孔钻出，他的身体就像是在架子上高温烘烤的鱼，肌肉和脂肪被迅速蒸发，皮肤迅速干枯下来，留下细瘦的骨头和一层层皮褶子。

一缕缕头发从他的肩膀滑落下来，原本茂密的青丝变成稀稀落落的白毛。

当疼痛消退，他愕然地张口，还没说话就吐出了黄牙。

卢长舟颤颤巍巍撑着窗沿，看向清澈的河面，河中倒映出他的容貌：一个年近九旬，头发花白，长满老人斑的羸弱老叟。

“怎么会这样？”

他惊恐地问道，连声音也变得苍老和喑哑。

这时不远处传来水花的声音，卢长舟抬起头，只见江上有个穿道袍的男人，正如履平地般踩在水面上。

那人长着一张看不清岁数的俊脸，个头不高，下巴稀稀落落留着胡茬儿，有股桀骜不驯的味道。

卢长舟还记得这个人，几个月前他在附近捕鱼遇到乱流，飘到这片水域，遇到这道士因涨潮受困在湿地里，于是顺便把他载回了镇上。

当时他翻看了他的渔网，在里面发现了一个奇怪的画轴，还说这画轴如果去鬼市卖会很值钱——

“是你把我变成这样的？我到底哪里得罪你了？”

道士说：“不是我，是她。”

卢长舟艰难地直起身，只是动一动就听到脊椎嘎嘎作响。

他顺着道士所指的方向转过头，只见船边坐着一只紫色的狐狸。

那狐狸比寻常的野狐个头要大一些，脸型非常漂亮，浑身的毛像是抹了油似的光溜顺滑，两只眼睛细长锐利，里面写满了浓浓的憎意。

“她叫涂九珠，是涂山氏狐族最小的公主，十九年前被你爹卢江欺骗和抛弃，现在是来找你算账的。”

涂九珠盯着卢长舟的眼睛，瞳孔里闪烁着危险的电流：“那时候你说人类的寿命太短暂，没办法承受生离死别的痛苦，宁愿终身孤老也不想留下遗憾，所以才不能和我在一起，可现在你不仅娶了妻子，还有了儿子。既然你骗我，我要诅咒你的子孙后代一旦爱上一个人就会立即变老，让你的家族世世代代承受孤老离别的痛苦。”

说着，她在空中一跃，竟像鱼一样投入了江中。

卢长舟呆愣了许久才反应过来：“她把我当成我爹了？”

道士说：“对寿命漫长的妖族来说，人类血脉的传承就像是一次重生，在她的眼里你和你爹并没有区别。”

“那我该怎么办?”

“好自为之。”道士说着，化作一道眩光消失了。

江面上顿时只留下卢长舟一人。

……

就在卢长舟因为老爹的风流债遭遇无妄之灾时，水墨、燕羽元和玄寅正在木屋里讨论那个神神秘秘的“燕南”。

玄寅自到九宫门卧底以来绞尽脑汁想要找到蓬蒙，在得知九宫浮地的禁制都由燕南定制以后，便已经在门中打听起关于他的一切。

燕南并不是九宫上代掌门的入室弟子，虽然挂着个弟子的名头，却常年在外面搜寻材料，好几年才会回九宫浮地一次。

二十几年前，妖界为了迎回魔皇蓬蒙，向凡间掀起了一场浩大的反击战，参与战争的不仅有九宫门，还有各大派的精英道长。

上代九宫掌门以山洪暴发为由和县令合作，转移了镇内所有居民，并布下重重禁制，结果妖界在桂花林中找到一处界门潜入嫦娥镇，并用自杀性攻击强行冲破禁制，直入九宫山，杀死了掌门。

朱邪在那一场战役中强势地击败了妖界的第一波战队，冒着必死之心要和他们同归于尽，关键之时燕南赶来，和他一起将敌人杀回界门，在门外布下禁制。而那还是朱邪和燕南这对师兄弟的初次见面。

九宫门和各大派都在那场战役中损失惨重，九宫掌门率先牺牲，和朱邪一起入门的师兄弟更是全数惨死，一时间九宫门乃至全修仙界上下都动荡不安。

这时燕南出面稳住了大家的阵脚，推举在这场战役里大放异彩的朱邪做新任掌门。本来以朱邪的年纪和经验来说这本来是个非常不靠谱的提议，但他们刚刚经历了一场苦战，虽说没让妖界解开蓬蒙的封印，却让他们在嫦娥镇内占领了一个界门，而界门的背后就是后来的鬼市。

虽然燕南在界门外布下禁制，但谁也不知道什么时候妖怪军团会冲破禁制，重返凡间，此时九宫门正需要一个战斗力强、英勇果敢、能大杀四方的人来镇住场子，于是朱邪就这样被推到了台面上。

起初修仙界并不看好这个赶鸭子上架的掌门，可燕南为他量身定做了一件件法器，将他的潜力激发到了极致。从那时起朱邪像是要报复同门之仇，又像是要立威，开始见妖即杀。但凡哪里闹了妖灾，无论归不归九宫门负责他都会立刻赶去，不问经过不问理由，只用最快的速度将妖怪屠杀得干干净净。

虽然有少数修仙门派质疑他的做法太过偏激，不给那些并不害人的妖精留余地，但更多门派则因为那场大战与他同仇敌忾，暗地里为他鼓掌叫好。

朱邪丝毫不管这些外来的声音，始终我行我素恪守着自己的原则，哪怕不能冲进鬼市去把妖界搅得天翻地覆，也要吓得他们一步也不敢出来。

九宫门人也纷纷被他的气势折服，心甘情愿拜他为掌门。燕南却在此时功成身退，再度恢复了昔日神龙见首不见尾的作风，只是每次回来都会带几件新的法器，丰满朱邪的羽翼。

后来燕南不知怎么的，从朱邪手里救了一个妖怪，两人因此翻脸，再然后燕南就被那个妖怪给吃了。

最后这一段消息非常简略，没几个人知道中间的详情。当时和朱邪一起目睹燕南被吃的道童吓得当场晕倒，来来去去只记得那点事。再后来这个道童也死在妖怪手里，玄寅才能借机上位。

燕羽元看着眼前的法器手记，问："是什么妖怪吃了他，这总该看得出来吧?"

玄寅突然摆出一副就是要吊你胃口的表情："这个来头可就大了——是涂山氏的狐妖。"

燕羽元庆幸自己没有在喝茶，否则非得一口水喷出去。

"为大禹治水的那个涂山氏啊。"水墨倒是听说过这个氏族。

上古时代华夏大地洪水为患，帝尧任命禹负责治水，禹为了寻求治水之法来到涂山，求助于涂山氏狐族，并爱上了族王九尾白狐，娶她为妻。后来大禹被天界封神，成为罕见的与妖族联姻过的神仙，就连涂山狐族也因为治水有功被人戏称作狐仙。

涂山氏族的狐妖非常特殊，天生就是两栖动物，既能在陆地也能在水中生存，甚至会根据喜好把行宫建在水下。他们操纵水的本事虽然比不上龙族，不能招雷下雨、翻云移海，但控制一两条支流湖泊还是不在话下的。

玄寅说："听说涂山的九公主涂九珠曾经和人类相恋，甚至还卷款私奔了，不知道这两件事有没有关系。"

"涂……九珠?"燕羽元顿了顿，略带紧张地问："为什么要叫九珠，这名字有什么讲究?"

"狐王喜欢收藏珍珠，给女儿起的名字都带了个珠字，什么金珠银珠宝珠璃珠果珠珍珠……"

燕羽元眼前一黑，觉得自己就快昏倒了。

他虽然知道三个狐母来自涂山氏，却从没听说过她们是公主啊!

"要是涂九珠真跟燕南是一对，那他肯定没死，说不定是为了骗朱邪假死。"玄寅认真地分析："不过也可能不是涂九珠，而是金珠、银珠或者宝珠，这三姐妹以前在妖界挺活跃的，尤其是涂宝珠，专门喜欢勾引白脸书生，在凡间惹了一堆风流债，可这十几年她们就像突然蒸发似的，一点绯闻都没有。"

燕羽元没有心思去想为什么玄寅会知晓妖界的八卦，而是因为他这几句话想起了一件事。

在蓝烟的结界时，朱邪曾问他的父母是谁，出身哪里。

当时没有在意，可现在回想起来，他这个问题问得很有深意，尤其是问他姓哪个“燕”的时候，信息量巨大啊！

如果说燕南真的做了涂山氏狐族的上门女婿，有没有可能他们曾经生了一个孩子？有没有可能这孩子姓燕？有没有可能……他就是这个孩子？

他重新拿起那张白描画像，走到镜子边上，对比着画像的脸型和五官，然后发现他和燕南乍看之下虽然不相像，但如果把五官拆开来看，眼睛、鼻子、嘴巴都能找到些许相似之处。

不会吧……燕羽元的心里有乱流在奔腾。

难道说他是燕南的儿子？

第十一章　狐王

自从得出那个爆炸性的推测以来，燕羽元的脑袋就变成了一个蜂巢，一群蜜蜂嗡嗡嗡嗡地窜来窜去不得消停。

水墨则时不时和玄寅凑在一起交换消息，甚至预谋去涂山氏那里找出燕南，看能不能收买他得到蓬蒙被封印的坐标方位。

不过刚讨论完去涂山要做的准备和流程，水墨突然想："要是燕南还在嫦娥镇怎么办？"

虽说他假死的这些年可能跟狐族在一起，可最近出现的地方还是嫦娥镇啊。

玄寅也刚刚反应过来："要不还是去镇上找找？"

"朱邪肯定也在找，他有那么多手下，肯定找得比我们快。"水墨想了一下，说："其实如果我去求朱邪，他会不会让我见见蓬蒙？"

她并不了解燕南是个怎样的人，也不能确定他会不会帮他们见蓬蒙。相比把希望寄托在他身上，直接去找朱邪结果还来得快点。

不过玄寅肯定是不敢去的，他一个太岁，在修仙界第一人身边卧底当道童已经心跳一百八了，再问出这种禁忌的问题惹他怀疑就完蛋了。

水墨去问倒不怕身份暴露，朱邪再厉害也还是个凡人，神仙比凡人要高一个级别，没办法分辨仙气和灵气。但朱邪肯定不会单独让她和蓬蒙讨论羽衣，要是知道她有这种目的，也不会轻易让她如愿，毕竟在下界只有那么一件羽衣，谁又不想要呢？

而且朱邪讨厌妖怪，燕南却不讨厌，怎么看都是他好说话点。

水墨想通了这点，也打消去朱邪那里揭开底牌的念头："不如去鬼市买消息，问问看有没有涂山氏狐族来嫦娥镇了，要是问不到，至少得知道燕南娶的是金珠、银珠还是宝珠。"

燕羽元本来还在和满脑子的蜜蜂做斗争，听到她珠啊珠的，回头看了过来。

水墨和玄寅已经讨论完了，正蹲在草地上头碰头数蚂蚁。

一大排蚂蚁从他们中间走过。

玄寅说："三百二十五只。"

水墨说："三岁以上的有九十只。"

玄寅指着其中几个方向："这几只是雄蚁，其余都是工蚁。"

水墨说："错了错了，这里有只雌蚁。"

玄寅捏住那只蚂蚁仔细看了看："真是雌蚁。"

"输了吧？"

他掏出一块灵石，塞进水墨手里："赏你买糖。"

燕羽元觉得这一幕无聊得简直不能直视，也不知道这个鼻孔朝天的道童什么时候竟跟水墨关系这么好了？

他本身也是个擅长交际的人，鱼龙混杂都能游刃自如，但那都是场面上的交情，要说真正和谁混得无话不说，一个也没有。

他的秘密太厚重，无法告诉任何人。

如果说有谁能分享他的秘密……

燕羽元忍不住看向水墨，他不知道她讨不讨厌妖怪，但至少是不会怕的。

如果他能找到羽衣，让三个娘成人，他很愿意把水墨介绍给她们认识，因为她是第一个让他想要敞开心扉去信任的人。

不过如果她们三个真的是狐族的公主，还会愿意为他舍弃身份，做个性命不足百年的凡人吗？

话说回来，他的爹要是燕南，那他娘岂不就是个狐妖？

那他还算是根正苗红的凡人吗？不会也有一半妖怪的血统吧？

那他找什么羽衣？直接去涂山跟她们一起当妖怪不得了？

可要是去了涂山水墨怎么办？他的法器岂不是没人用了。

燕羽元越想越混乱，只想快点把这件事给搞清楚。

转眼中秋节就到了，通缉燕南的公告还没有结果，朱邪这边据玄寅所知也没有进展。

倒是连缈通过山下的道童传来了信，要他们下山和她一起过节。

燕羽元想到连缈刚刚丧父，过节时多个人陪她也是好的。而且他也想下山去看看，不知道涂宝珠她们有没有回来过。

水墨就更是高兴了，她还没在凡间过过节呢。

玄寅倒是也想过节，可这种日子九宫门必定要在镇内守禁制，以防鬼门（鬼市界门）里有妖怪出来作乱，他这样的身份只有老老实实做苦力的份儿。

“记得要给我买月饼啊。”他可怜巴巴地要求着。

“嗯，买最大份的。”水墨用头撞了下燕羽元的肩膀：“他给钱。”

燕羽元没有把她的头挪开：“再把你卖给那个布坊，不就有钱了。”

她想了想：“也好。”

……

中秋是嫦娥镇最热闹的节日，受欢迎度丝毫不输给春节，因为这是嫦娥的节日。

在这一天，镇内至少要开三个夜市，除了赶夜集还有一系列活动，例如祭月烧香斗，舞火龙，燃宝塔灯，设月饼宴，还有抛帕招亲……

就连九宫山也会很应景地在这一天放起焰火，今年有一半的焰火还是燕羽元设计制造的。

为了避免夜里人多路不好走，过了午时燕羽元就和水墨下山了。他倒不至于真吝啬到拿她去卖脸换钱，而是找了家店把在九宫门做的小玩意儿卖了出去，这些法器的材料都是玄寅给的，可以说是无本生意。

水墨在店外等他，忽然觉得老有人往她这边看。

她装作不在意，转身却一个转移来到巷口，只见一个戴着斗笠的驼背老头子站在那里，见她突然闪过来被吓了一跳。

“你找我?”水墨问。

老头子反射性地想跑，想了想又折回来，摘下斗笠说：“是我。”

“卢长舟?”

卢长舟吃了一惊，缓慢地说：“这样你也能认出来?”现在连他自己照镜子都快认不出自己了。

“你怎么老了?”她好奇地问。

那好奇不是看到恐怖的事被震惊或者害怕，而是像几日不见看到老友，发现他长胖了，感慨一下。

她这样的态度让卢长舟紧张的情绪松懈下来，心里不禁一酸：“我被我爹给害了，我，我……”

水墨见他支支吾吾的，问：“要不要去找连缈?”

“不要!”卢长舟激动道：“千万别让她看到我这样子!”

“那我们换个地方说?你等等，我去把燕羽元叫过来。”

对燕羽元，卢长舟是信得过的，所以这次他没有反对。

水墨回到那家铺子，到里面一看，燕羽元竟然不在。她问老板刚才来卖东西的人去哪儿了，老板说他有事，急匆匆走了。

难道是在找我?水墨出了店门往街道两旁打量着，还是没见到燕羽元的身影。

奇怪。她虽然走到巷口，但他要是出来了，侧个头就看得到她啊。

难道他不是在找她，而是有别的事离开了？

卢长舟伸着脑袋往这边望着，样子有些着急。水墨怕他等太久，只好先过去，反正他们约好了晚上去连缈家，到了那里总会碰头的。

……

另一头的巷子里，燕羽元正在追一个女人：“等等！”

那人回过头，赫然是快一个月不见的涂宝珠。

她还是那张脸，没有换新的画皮，脸上的绒毛比以前露得更多了，裙子底下一条红尾巴扫来扫去。

“等什么？想害我被九宫门的禁制给逮到吗？”

燕羽元踌躇地回头，往街上望了一眼，却没有见到水墨的身影。

这种时候不被她发现应该会更好，但他还是忍不住想看到她，仿佛只要现在走开，以后就再也见不到了。

“死羽毛，快点！”涂宝珠催促道。

燕羽元无奈地跟上她的脚步，心里却沉甸甸的，有点透不过气。

涂宝珠把他带到桂花江边上的一艘大船里，进了船舱才放松下来。

燕羽元看看四周：“大娘和二娘没来？”

“她们还在涂山，我是自己来的。”

“你这样安全吗，你的画皮都烂了，不会被九宫门的人嗅到妖气吧？”

涂宝珠取下头上的兜帽，两只尖耳朵从头发里竖起来：“没事，到了桂花江就好了，最近这片江水也不知道怎么回事，竟然能吸走妖气了。”

把瘴气加妖力统称为妖气，这其实是人间修士的说法，不过她移民凡间多年，也入乡随俗了。

“这艘船是谁的？”

“亲戚的，借来用用。”

他随口道：“哪个亲戚，涂山氏狐王，还是公主？”

涂宝珠愣住，表情意外地看着他：“你怎么知……”

她顿了顿，忽然间意识到什么：“不对，你身上的灵气怎么会这么重？我都来嫦娥镇两天了，现在才见到你的人，之前你都去了哪里？”

燕羽元没有回答，此时再见到涂宝珠，他控制不住又想起那天被灌黄泉酒的情景，心中不免有些五味杂陈。

“你个臭小子，不会跟那些天师搅在一起，把老娘给卖了吧？”涂宝珠用玩笑的语气道。

燕羽元却没有配合她逗笑，而是说：“你觉得我会吗？”

涂宝珠怔了怔。

她觉得儿子今天的样子很不对劲，好像藏了许多心事。虽然他从小就是个心思重的孩子，但只要她问他总是愿意有商有量的，而不像这样藏着掖着……阴阳怪气？

想到这个词她就忍不住打了个哆嗦，心里有种不祥的预感：该不会上次黄泉酒灌太多，把他玩坏了吧？

燕羽元看她一脸世界末日的表情，终于勉强扯了个笑容：“我随便猜的，怎么，还真是？”

“猜的？”涂宝珠松了口气，狠狠捶了下他的背：“混小子，乱猜什么，没那回事！”

不是每个狐狸都英明狡猾威武霸气，至少涂宝珠就不是。

她把她的智商全用在男人堆里，每天想的就是万千草丛过，片叶不沾身。在男人面前她百般手段，可只要一到了儿子面前立马歇菜，一点心眼儿都不留。

涂宝珠甚至自作聪明地给他的古怪找了个理由：“是不是我没带你去鬼市，还不告而别，让你郁闷了？”

燕羽元点头：“郁闷死了。”

“这也不能怪我，大姐一向不许你沾这些的。”

燕羽元懒得跟她计较，转移了话题问：“你怎么没换画皮，还是买不起?”

“这回不是。”她的脸色变了变，目光凝重地说：“最近在鬼市上卖的画皮有点问题，大姐让我们暂时不要碰。”

自从上次开鬼市以来，有少数买了画皮的妖精出现了异常症状，搞得大家妖心惶惶的。

其实不只是画皮，最近整个妖界的感觉都和以前不大一样了。原本只在七月十四高涨的瘴气迟迟没有减弱，反而越发旺盛，各个部族之间的气氛非常浮躁，而人间以往兴旺的灵脉也开始出现异相，冥冥之中似乎有什么变故在悄然酝酿。

不过涂山氏族向来是中立派，无论对天界、人间还是妖族的争斗都置身事外，所以这些也用不着涂宝珠去担心。

她这次之所以回到嫦娥镇，是因为她最小的妹妹涂九珠不见了。

涂山氏狐王子嗣成群，但能继承狐王地位的永远只有一个，不是法力最高的那个，也不是最有才干的那个，而是生了九条尾巴的那个。

涂九珠一生下来就注定会是下届狐王，理所当然地受到了全族的爱戴，不过在涂宝珠眼里她完全就是个幼稚偏激的死小孩。

她极少离开涂山，但只要一出来必定就会惹事，上次就喜欢了一个人，闹得落到九宫门手里差点没了小命。这次干脆在狐王的小金库搜刮了一通，卷款出走了。

金珠和银珠回涂山后，因为她们翘家多年被狐王罚关小黑屋，她谎称自己是被老大、老二陷害拐走的，谁知狐王要她将功补过，出来找妹妹。

当涂宝珠想着死小孩咬牙切齿的时候，燕羽元不动声色地说：“前两天我去买法器书，遇到一个九宫山的天师，他说我长得很像他师叔燕南。”

涂宝珠看着他，疑惑道：“哪里像了，我怎么看不出来?”

燕羽元心头一紧，克制着激动问：“你认识燕南?”

"认识啊，他是我们涂山氏的大恩人。"

"什么恩?"

"大概十几年前还是二十年前，涂山氏的狐王继承人来桂花江玩，结果迷上一个渔夫，还暴露身份被朱邪给抓走了，是燕南救了她。"

渔夫？燕羽元不解。

不是燕南和狐妖不得不说的爱情故事吗？怎么又冒出来一个渔夫？

还有，她提起燕南的语气这么轻松？没有半点儿子揭发了身世秘密的尴尬和惶恐?

涂宝珠丝毫没有察觉到他的纠结，而是很快进入了情场老手的模式，很三八地点评道："那个渔夫长得又不帅，身材跟气质倒是不错，一身古铜色的皮肤是个亮点，脸上的疤也很有男人味，声音很有磁性，又擅长花言巧语，把我们那个脑子缺弦的继承人唬得晕头转向的，差点要把他娶回去当王夫。还好那渔夫有自知之明，三两下把她骗走了，她到现在还以为那渔夫不和她在一起是为了她好呢。"

燕羽元一点也不关心什么渔夫，他只想知道："那燕南呢，他是涂山氏的恩人，有没有借机娶个狐族公主回家?"

涂宝珠略带遗憾地说："我倒是问过他来着，不过他说他有喜欢的人了。"

燕羽元心想她肯定是倒追人家，结果失败了："他喜欢谁?"

"我哪知道。"

"那他有孩子吗?"

"他有没有孩子跟我有什么关系？我又没看上他。"涂宝珠欲盖弥彰地说完，把他们刚才的对话重新过了一遍，终于后知后觉地发现："你不会怀疑他是你爹吧?"

燕羽元听她的语气就明白自己是多想了。

打从一开始他怀疑上燕南就是因为玄寅的神推理，既然他没有入赘涂山氏，也没跟涂宝珠有过风流债，这怀疑也就没有道理了。

他放松了心情，也不知道是释然还是失望："我们是一个姓，而且都是炼器师，二娘又曾拿他的书给我，还把署名的那页撕掉了……这么多的疑点，我会多想也很正常。"

涂宝珠哈哈笑了几声，表情怀念道："燕南确实送过书给狐老二，那时她很喜欢法器，想要拜燕南为师，被他几本书给打发了。可惜狐老二拿了书也看不懂，后来大姐把你捡回来，想起个名字又不认识人间的字，就随手拿了狐老二的书，把书上的名字全撕下来，挑了一个给你。"

"那些书上的署名不一样？"

"燕南在九宫门以外用过很多化名，燕羽元只是其中一个。"

原来是这样。

他心里憋的最后那一口气也吐出来了。

虽然耍了次乌龙认错了爹，但得知自己的名字是从燕南那里借来的，他的心情还是非常微妙。就好像冥冥之中有什么东西把他和那个天才炼器师牵连在了一起。

当燕羽元无尽感慨的时候，涂宝珠则在旁边悄悄走了下神。

羽毛是燕南的儿子？真的会有这个可能吗？

尽管她满口笃定地说这名字只是随意借的，但事实上就连她当年也曾觉得涂金珠和燕南之间藏着什么猫儿腻。

涂金珠早不捡孩子晚不捡孩子，非要在认识燕南以后才捡，时间上也太蹊跷了。而且涂金珠捡孩子的时候她和狐老二都不在场，谁知道是不是真捡回来的？

不过就算涂金珠真的瞒了她们什么，她也不可能去质疑她。在涂山氏地位最高的是狐王，但在他们这一群兄弟姐妹中，最怕的还是大姐大涂金珠。

再说羽毛是谁生的又有什么关系呢？

涂宝珠看着他的脸想，管他是从哪个石头缝里钻出来，总之过去、现在、将来，都是我的儿子，谁也抢不走！

……

"涂九珠……"

"涂九珠……"

桂花江支流旁，水墨和卢长舟一面沿着江滩移动，一面冲着水面呼喊涂九珠的名字。

之前半个时辰里，卢长舟已经把事情的全部经过告诉了水墨。

在这次遭难以前，他从不知道自己的爹有招惹妖怪爱慕的本事，毕竟在他的印象里卢江只是个毫不起眼的老头子。

桂花江虽然是渔民的宝库，但资源再丰富打渔也总是个辛苦活，每天风吹日晒的，再好的底子都老得比寻常人要快。

卢长舟十岁的时候，卢江的眼角已经长满了鱼尾纹，下巴到耳垂还有道长长的疤，要不是肤色太黑给遮住了，那简直是破相的节奏。

长得不好看不说，他睡觉还打呼噜，再加上邋遢，万年脚臭，他一直觉得这世上除了他那个膀大腰圆粗腿宽胯的老娘，谁也不会看上这种男人。

他们夫妻俩算是什么锅配什么盖，感情倒也不输给那些神仙眷侣，后来一起去出海历练，遇到风暴做了水鬼，尸骨无存。不过说浪漫点那也是不求同年同月同日生，但求同年同月同日死。

当那只狐狸说她被卢江抛弃，他的第一反应其实是狐妖的眼睛都是瞎的吗？就算情人眼里出西施，她也该先挑拣一下西施的原材料吧。

不过事实是她没有吓唬他，也没骗他，他真的变成了老头子，一天，两天……始终没有复原。

他回到家，左邻右舍见了还当他是小偷或者流浪汉，他只有拿出钥匙当面开门才解开了他们善意的误会。

拖着这样的身体，他不可能再去捕鱼，甚至连门也不想出。就算别人都已经认不出他了，他还是对周遭投射过来的目光感到不自在，哪怕是看到人们在附近窃窃私语，他也会敏感地以为他们是在说他。

他也曾经挣扎过要不要把这件事告诉连缈，可当他走到衙门门口的时候，正好遇到皇宫来的轿子——原来连缈当初送急信回宫说明了一切，就是为了能继承县令的职位，方便追查这件事。

皇上怜惜她早早丧父，年纪轻轻就这么孝顺，不仅让她接管嫦娥镇，还恢复了她郡主的头衔。

尽管连缈并不看重这身份，但镇上的官员、商人、名流收到消息，还是络绎不绝赶到衙门去巴结她。看着一辆辆雍容华贵的马车跟轿子，再看看自己油尽灯枯的衰样，卢长舟的腿怎么也迈不出去了。

“哎，她怎么不出来呢?”水墨嗓子也喊疼了：“会不会不在这儿，回妖界去了?”

卢长舟垂头丧气道：“那岂不是永远都找不到了？”

妖怪的寿命那么长，谁知道她会消失多久？可他现在的样子一看就没几天可以活了。

“去找朱邪想想办法？他对妖怪那么拿手，兴许能治好你。”

卢长舟想了想，还是摇头：“不行，如果让朱邪知道这里有妖怪，肯定会杀了她。不管怎么样都是我爹先亏欠她的，她可以报复我，但我不能反过来害她，那样她也太可怜了。”

水墨想想也对：“她是很可怜，还很笨。”

“笨?”

“她说要诅咒你的子孙后代孤独终老，但你都老了，哪有机会有什么子孙后代，这还不笨?”

卢长舟觉得她抓重点的方式很奇怪，不过细想一下，也是这个道理。

他不由得笑了两声："你说得对。"

这时，水墨突然脸色一变，头上的银河簪一甩，用云丝绑住卢长舟，把他拉开三米远。

一道紫色的闪电劈下来，将他刚才站立的地方轰出一个深深的焦洞。

水墨回头看向桂花江，只见一只漂亮的紫狐狸踩在水上，满脸凶神恶煞地盯着这边，身上哔哩哔哩炸得直响。

"笨狐狸，你终于舍得出来了？"

涂九珠咬牙切齿看着她。

水墨问："你怎么不说话，是不是听不懂人话？没关系，鬼语我也会。"

她又用鬼话重复了一遍，才说到一半又一道闪电劈下来。

水墨早有警觉，拉着卢长舟瞬移到别处，然后用舍命环隐住两人的身形。

涂九珠的眼前顿时失去了焦点，既意外又茫然地左右张望着。

水墨的声音从一处传来："先不要打了，我们谈谈好不好？"

涂九珠毫不犹豫冲了过去，九条尾巴化作闪电劈向空气，结果却只撞到一个法阵上。

法阵像玻璃一样嘭的碎裂开来。

另一处又传来水墨的话："我不在那里，那只是个回音阵，你不要再乱打乱撞了，我们谈谈。"

又一道闪电劈来，果然还是一个法阵。

"谈谈吧，谈谈吧……"

"谈谈吧，谈谈吧……"

一时间，几十个地方都在重复她这句话，跟催眠似的闹得人脑袋发晕。

涂九珠哪里经历过这么无赖的阵仗，气得浑身都在发抖。

她俯下身，眼里酝酿起愤怒的风暴，原本服帖的毛发根根竖起，就像一个随时要引爆的炸弹。

呼——

她的脚下卷起了一股龙卷风，空气里弥漫着浓浓的焦味，就连桂花江面也开始涌起阵阵波澜。

就在她预备放出下一波猛烈攻击时——

“笨蛋!”水墨突然出现在涂九珠的身后，用云丝飞快把她裹成了茧：“不要在这里放大招，会被朱邪发现的。”

朱邪的名字亮出来，顿时让涂九珠想到一些很不愉快的事，原本暴戾的情绪也被打断了。

回过神后她开始挣扎，立马被水墨冲着她的屁股拍了一下：“都说了别闹，你怎么就这么不讲道理?”

涂九珠羞愤得都快哭出来了。

连狐王都没打过她，涂金珠虽然打过，但也不会打她屁股。

到底是谁不讲道理?

“我们谈谈好吗?”

涂九珠已经郁闷得不行，别过头不想理她。

“你不回答我就当你答应了。”

水墨就地坐了下来，卢长舟见状也跟着坐下来。

“这是卢长舟。”水墨语气正式地介绍道。

涂九珠恹恹地撩起眼皮，只见一个老头摆出讨好的笑容冲她打招呼，脸上的褶子拼成了一朵朵凋零的菊花。

“嗯……”水墨还想继续，却没了词，转头冲卢长舟道：“要不还是你来吧?”

他受宠若惊地直起背，然后冲着涂九珠跪了下去：“我先替我爹向你说句对不起。”

水墨看着他的举动，想起玄寅的道歉大法，莫名地觉得有点硌硬。

难道说这招真的百试百灵，她当初该不会是被那小太岁给糊弄了吧?

然而涂九珠明显不吃这套，看着他的眼神依旧冷冰冰的，不带一丝感情。

她曾经听过不少人类的花言巧语，结果却落得被人戏弄还蒙在鼓里，成为涂山氏族的笑柄。就算现在卢长舟把膝盖给跪穿了，她也不会再相信他的任何话。

卢长舟还跪在那里。

他这一跪不是演戏，也不仅是为了恢复青春，而是真心诚意地感到歉疚。

如果说换成别的人遇到这种事首先就会觉得不公平，郁闷为什么错的是他爹却报应到他头上？接着还会招天师来灭了这可恶的妖怪。

可卢长舟不是别人，他生来粗俗，但心思敏感，胸襟豁达。

他想到他爹娘这辈子恩恩爱爱，虽然没能善终，但死也是死在一起的。可涂九珠呢，从始至终都被抛弃在一边。

她是妖怪，分不清他跟他爹也是很正常的。人们常说妖怪凶残，吃人不吐骨头，可涂九珠恨卢江恨成了这样，却没有杀他，而只是让他变老。

也许对人来说骤然变老比死还要恐怖，但对妖怪呢？

妖怪永远不老，根本不知道变老有多痛苦，她这样报复他不是因为她心思毒辣，而是为了回击当初卢江的一句谎言。

所以在他眼里涂九珠并不可恶，反而有些可怜。

水墨也没把他拉起来，她问涂九珠："他要怎么样做你才能消气？"

涂九珠抿着嘴不说话。

涂宝珠之所以说她是死小孩，有大半的原因就是她这闷声闷气的毛病。

她宅在涂山的时候可以把自己关在水下洞府里，十几年不开一句口。高兴也好不高兴也好，她从来不吭声，被惹毛了就暗地里报复回去，把对方搅得翻天覆地也只冷冰冰回一个眼神，鼻子里"哼"一下，十分可恶。

上回在湿地里对卢长舟那番话已经是她这辈子说话字数最多的一次，足以证明她的怨念到底有多深。

"要不你杀了他吧。"

水墨说。

第十二章　心动

卢长舟吓得爬起来："不是吧？"

涂九珠翻了个白眼，没有理会这个提议。

水墨看着她的反应说："看来你是一个很有原则的妖怪，决定了报复方式就不会改。"

这句话倒合了她的意，甩了下尾巴当默认了。

水墨又以恨铁不成钢的语气道："那你怎么就不把原则执行到底，还留下这么大的漏洞呢？"

紫狐狸甩到一半的尾巴僵住了，显然想起了自己被诈出来的原因。

"其实你应该先把他变回去，让他年纪轻轻的跟未婚妻成了亲，有了小宝宝，再把他变成老头子，让他的妻子甩掉他，就像他爹甩掉你一样。然后等他的小宝宝长大，成了亲，有了小小宝宝，再把小宝宝也变老，然后等小小宝宝也长大了，成了亲……咦，要是小小宝宝是女孩儿怎么办，你是雌狐，女孩又不会甩你。"

卢长舟已经被小小小宝宝宝的绕晕了。

涂九珠却真的顺着她的话思索了一下，开了金口："女孩算了。"

水墨任重道远地拍了拍卢长舟的肩："生女孩，你就有救了。"

卢长舟风中凌乱。

这什么跟什么啊？

涂九珠瞪着他："去，成亲。"

她已经被水墨说服了，只老一个怎么够，要子子孙孙都老才解气。

水墨说："这不行啊，你得先把他变年轻，老头生不了小宝宝的。"

"为什么?"

为什么？水墨也迷糊了，她也是从赤霞真人那里听说人老了不会有宝宝，至于为什么，她哪里知道。

"成亲，被甩，去。"涂九珠冷着脸吐出这几个字，终于挣开云丝逃到一边，定定地瞪了卢长舟一眼才跳回水里。

水墨挠挠头，看着卢长舟笑了两下："要不，你去成亲?"

卢长舟老泪纵横。

他不该找这个脑回路跟妖怪长得一样的人帮他的，为什么帮来帮去事情反而变得更复杂了?

……

涂九珠没放出的大招没招来朱邪，却让同样在桂花江上的涂宝珠给感应到了。

她手里有涂九珠新换的狐毛，往燕羽元的法器里一放，只要她在方圆十里的水里用过妖法都能起反应。所以涂九珠和水墨分别没多久，就没有悬念地被她的三姐给捞到船上去了。

虽然找到了离家出走的死小孩，但涂宝珠的心情一点也没有放松，因为死小孩是半自愿上来的，随时都能再走。

她狼吞虎咽啃着燕羽元刚做的饭菜，不管涂宝珠在旁边怎么掏心挖肺地追问，她都很有原则的不搭理一下。

燕羽元在旁边看得都有点同情他的三娘了。

他打量着涂九珠，有些不敢相信这个摆着臭脸的家伙会是今后的狐王，瞧她吃东西那样子，从嘴巴到尾巴都是油，连一向风风火火的涂银珠都没这么邋遢过。

可她的确是下届的狐王，涂宝珠最小的妹妹，涂山王族的一员……

燕羽元表情一黯，默不作声地走出房间，站在甲板上望着桂花江出起了神。

他一直以为她们除了他以外再没有其他的亲人了。

这十八年来她们身边从没出现过别的狐妖。买画皮，躲天师，辗转在一个个城镇间讨生活的日子就是他们一家人的全部。

可现在他知道她们是涂山氏的公主，不仅有很多兄弟姐妹，头顶上还有一个狐王。

和涂山氏比起来，他这个非亲非故捡回来的养子又算得了什么？

涂宝珠已经被涂九珠气得连跟她多待一秒都要崩溃了，所以跑到甲板上来透气。

“想什么呢？”

燕羽元问：“如果有机会，你想做人吗？”

“想啊。”她说：“凡间的男人比妖界里那些有趣多了，再说我儿子也是人。”

“如果抛开我的因素，你还想变成人吗？”

涂宝珠愣了愣，也顺着他的目光看向水面。

这时九宫山刚好放起了焰火。

一簇簇烟花倒映在水里，留下绚丽的残影，很快又随风消逝。

“你以为我真的喜欢招揽后宫吗？”她自嘲地一笑：“如果我不是狐妖，可能你早就有个继父了。”

她并不是在当上养母以后才惹上跟人类男子相好的毛病，更年轻的时候她也在凡间有过情史，那男人毫不介意她是狐妖，非常宠爱她。可惜人的青春实在太短，等男人老了她就厌倦离开了。后来她再回到那片地方，得知那男人已经死了，而且终身没有娶妻，那一刻她是真真切切后悔伤心过的。

再后来涂金珠突然捡到孩子，决定到凡间养他，她和银珠一向做什么都追随大姐的，也凑热闹跑来了，没想到这一养居然就上了瘾。

在凡间这十八年，她们过得比在涂山氏的几百年都有滋有味，也比以前要更像是一家人了。她敢说放眼涂山，甚至是整个妖界，绝对找不到比她们更亲厚的姐妹，亲厚得就像人间的姐妹一样，而这一切都是因为有了燕羽元。

在这里她有更多的机会接触凡间男子，也越发羡慕起那种白头到老的感觉。

如果时间能够逆流，让她回到最初那个男人还活着的时候，她肯定愿意变成人，和他一起老死同葬。

“那大娘和二娘呢？”燕羽元又问。

涂宝珠说：“大姐的想法我一向猜不透，但我肯定她是很爱你的，至于狐老二，她的脑子里哪会有想法这种东西，大姐怎么样她就怎么样，多半大姐要是成了亲，她也要跑去做人家小老婆的。”

燕羽元抬起头，眼角有些湿润。

这大概已经是他能想到的、能听到的最好的答案了，但此时他却听得有些心酸。

这样真的好吗？

值得吗？

他自作主张去找什么羽衣，到底是为了满足她们的愿望，还是为了他自己？

恍然间，一张笑盈盈的脸从他的脑海中闪过。

他突然想起他还有个很重要的约会。

“我出去一下。”他急匆匆道。

“去哪儿？”

燕羽元已经小跑着下了阶梯，头也不回地说：“去见个朋友。”

他还有朋友？涂宝珠觉得很新奇。她还以为他这辈子都要奔着天煞孤星而去。

这时涂宝珠身边忽然闪过一道紫光，回头一看，涂九珠居然已经化身成一个十三四的小姑娘，穿着镶金丝的红礼服，满脸严肃，就像神台上的童女瓷像。

涂宝珠愕然指着她道：“你怎么会有画皮的？谁给你的？大姐说现在的画皮不能碰，你……”

涂九珠跳到了围栏上。

“哎，你要去哪儿？你可别说你也要去见朋友，押一百根尾巴，你绝对没朋友！”

涂九珠瞥了她一眼，说：“燕南给的。”

然后纵身跳到了地上，快步跑远了。

涂宝珠这次真是被吓到了。

燕南？

他不是死了吗?!!

……

嫦娥镇衙门里，连缈正在前院来回踱着步子。

小时候在宫里过中秋，她要坐在冷板凳上陪皇帝看一晚上的大戏，后来到了嫦娥镇，她要陪着连坊出席商贾名流的月饼宴，而今年的中秋她只请了水墨和燕羽元，虽然没找到卢长舟，但也在他门口贴了字条，结果到现在谁也没来。

屋里的饭菜已经热过两道了，看丫鬟们等得无聊，连缈已经让她们回去了。师爷也早就请辞回了家乡，几个要守夜的捕快在别院里小聚，不时还传来畅笑和碰杯的声音。只有她一个人在嫦娥镇最热闹的节日里落了单。

这时外面传来脚步声，连缈抬起头，看见燕羽元匆匆跑过来。

她眼前一亮，正要开口，却听燕羽元问："水墨呢？"

连缈愣了愣："她没有跟你一起来？"

燕羽元皱起眉头："那个小花痴，不会还在街上找我吧？"

他转身往外走，连缈忙说："她是不是迷路了？我跟你一起去找。"

"不用，你跟卢长舟在这儿等她！"

说完不等她回应就跑了出去，走时蹭了下大门，门被撞得晃了两下。

连缈看着门口，表情渐渐从错愕转而寂寥。

她转头打量着这座院子，从头到尾都只有她自己一个，哪有什么卢长舟？

她已经很久没见过他了。

这一刻，她突然很希望他能出现在自己面前。

……

燕羽元沿着他和水墨分别的那条街一路找下来，晚饭的时间过了，街上的人流越来越多，他挤在人群中艰难地往前走，越是找不到心里就越觉得慌。

那家伙没去连缈那里，到底去了哪儿？

这时附近传来阵阵哭声，一个小女孩跟大哥走丢了，一面哭一面努力往回走，结果被人群推搡到地上，手也被狠狠踩了几下。

燕羽元连忙过去把她扶起来，举到肩膀上坐着。

小女孩居高临下朝四处张望着，口里边哭边喊："哥哥，呜……哥哥。"

燕羽元听她哭得气都喘不过来了，情绪难免也跟着急躁起来。

那家伙，该不会找不到他跑回九宫山去了吧？

正想着，肩上的女孩咦了一声，然后整个人飞了出去。

燕羽元震惊看去，忽然瞥见半空中划过一道流星。

难道是?!

他不顾周遭的抱怨，硬是用身体开出一条道，朝着那个方向一路挤过去。

隔着重重的人头跟肩膀，他依稀看见一个头顶在那里晃悠，侧面的发髻上仿佛燃着银色的焰火。

“水墨!”

“在!”水墨直起背往这边看过来，看到他也是一惊：“啊!”

这时燕羽元已经冲出了人流。

两人不约而同道：“你怎么在这儿?!”

兴许是燕羽元的声音太大，把旁边的小女孩又吓哭了。

她的哥哥赶紧抱着她一阵安慰，顺带还朝这边瞪了一眼，然后向水墨道了声谢，抱着妹妹走了。

小女孩缓过气来，想起这大哥哥刚才帮过自己，冲着这边摇了摇手表示感谢。

他也笑着举起手摆了摆。

水墨左看看右看看，不解道：“怎么回事?”

燕羽元没有回答她，心里却想着：真巧。

在人群当中，一个人遇到了走失的小妹妹，另一个人立刻带来了寻找妹妹的哥哥。这种机缘到底有多少?

他重新打量着水墨，忽然很想找回那些被黄泉酒洗掉的记忆，找回他们的开始。

“走吧，这里人太多，换个地方说话。”

半晌，他往边上移了一步，发现有个老头子挡在那里便道：“老先生，麻烦让让好吗?”

水墨咳嗽了一声。

燕羽元见老头表情怪异，心里有些纳闷儿："老先生？"

卢长舟说："别叫了，再叫我肝都要碎了。"

水墨扯着他的袖子，忍着笑说："是卢长舟。"

燕羽元瞪大眼，满脸的震惊和不解。

卢长舟觉得比起水墨，这才是知道真相的正常反应，可他怎么看到这表情就这么想哭呢？

燕羽元和他们进了一家茶楼，要了个包间，听他们把整件事说个明白。

当听到涂九珠的名字时他的后背已经开始发凉，再听到当初勾搭她的男人居然是卢长舟的爹，他的心情就更加复杂了。

有些事巧了是缘分，有些事巧了却是灾难。

他没法说那个涂九珠他是认识的，论辈分还是他又一个小娘。

不过多亏了涂宝珠不久前的一通抱怨，他对涂九珠也稍微有了些了解，知道她不是那么容易沟通和对付的。所以在他们商讨该怎么办的时候，燕羽元建议道："要不就照水墨的点子来吧。"

或许从现状看来，水墨对涂九珠的劝解是弄巧成拙了，但她的话能说进涂九珠的心里，让她因此改变了主意，这本身就是个很了不起的现象。也许再这么发展下去，她真能误打误撞解开下届狐王的心结。

水墨得到他的赞同，表情很是得意。

卢长舟则是呆了呆，心想反正已经这样了，试试看总不会更坏吧。

"那，我要跟谁成亲？"

"这还用问吗，你不是有未婚妻？"

"可我不想让她看到我现在这样。"卢长舟自卑道。

水墨安慰他："连缈不会嫌弃你的。"

他还是摇头，结果把脖子给扭了，很辛苦地揉着他的老骨头。

水墨苦恼地拧起眉睫："要不，我来？"

卢长舟觉得这个提议不错，反正不让连缈知道就行。

“不行!”燕羽元想都不想就否决了。

卢长舟怕他误会，赶紧解释：“只是演演戏给她看，不算数的。”

“那也不行。”他一想到这两个人面对面拜堂的样子就觉得火大，再说：“水墨已经在涂九珠面前露过面，她又不是傻子，肯定猜得你们不是这种关系。其实何必要烦恼这个，花钱雇个人来也不难。”

“好吧。”这样他倒也能接受，只要别耽误人家女孩子的名声就好。

之后他们找了家青楼，让老鸨挑出几个看起来比较良家妇女的，水墨也掺和在里面要跟他们一起选，由于她是这个点子的贡献者，燕羽元也不好拦她。

于是乎六个烟花女子围着水墨笑笑闹闹，燕羽元却和卢长舟表情严肃地站在边上，进来送酒的下人见了，惊得差点把眼珠子瞪出来。

就在一个女人举着杯打算硬给水墨灌酒的时候，房门突然被撞开了。

连缈和一群捕快站在门口，表情不善地望进来，在看到被一群女子包围的人是水墨时，她也怔了怔。

就在不久之前，化作少女的涂九珠拜访了嫦娥镇衙门，开门见山地告诉连缈，她的未婚夫已经变成了一个老头，现在跟水墨在一起。

涂九珠走后，连缈带着部下四处搜寻他们的下落，由于这组合的特征非常明显，没多久便有人传来线报，她一收到消息立马就带人赶来了。

连缈的目光往燕羽元旁边一扫，看到了那个恨不得挖个洞把自己埋进去的老头子。虽然相貌变了，但气质和神情却非常熟悉。

青楼里的人已经留意到这边的动静，越来越多的人跑到走廊上看热闹，有人远远瞧见屋里有个老头子，顿时嘲笑起老头子居然也来喝花酒。

卢长舟听了越发无地自容，他没想到他这辈子头一次光顾青楼会是在自己已经有心无力的时候，更没想到他会被连缈逮个正着。

这真是太太太太丢人了。

连缈留意到周围的议论，没有当场拆穿卢长舟的身份，而是让捕快把他们三个全部带回了衙门。

一路上卢长舟心里七上八下的，连水墨也被连缈的表情震得不敢跟她搭话，畏畏缩缩凑在燕羽元边上。

他们像犯人一样被押进衙门大门，连缈遣走那些捕快，回头看着老头子。

卢长舟对上她的眼睛，慌忙地别开头。

忐忑之间，他的老花眼望见院子里的公告牌上贴着一张画像。

“咦?”他说：“那不是跟涂九珠一起的那个道士?”

燕羽元和水墨也看了过去。

他指的那张画像，恰恰是被通缉已久的燕南。

……

第二天，一场朴素的婚宴正低调地在月老庙中举行。

新郎长得玉树临风，只是浑身散发出一股尖锐凌厉的气息；新娘生得端庄秀丽，只是眉宇之间依稀有几分僵硬。

一个打扮得像月老似的老道士为他们念诵祝福的祷文。

水墨龇牙咧嘴地在旁边听着，她是这场婚宴唯一的亲友团。

而携手站在月老像旁的一对新人，是燕羽元和连缈。

成亲点子本来是水墨出的，但等燕羽元把事情经过告诉涂宝珠之后，剧本立马就被她刷刷全改了。

原本涂宝珠还沉浸在燕南死而复生的震惊里，但听说涂九珠把当年那个渔夫的儿子变老了，立马笑得全身的毛都差点从画皮里钻出来了。

死小孩就是死小孩，谈个恋爱也不开窍，这种时候当然应该让专家出马来给她上一课。

所以现在的剧情是连缈目睹了卢长舟的老相，震惊害怕恶心嫌弃甩了他，而且为了杜绝后患先下手为强找了个新男人闪电成亲。

老道念完祷文，捏起符水洒在新人的头顶。

水墨的目光幽怨得都能化成飞刀戳过去了。

她觉得她现在的心情就像是做了一顿最美味的餐点，却被别人拿着碗给抢走了。

燕羽元感觉到身后那股灼热的视线，并没有回头，而是挑起嘴角狡黠地一笑，不知道为什么，他很享受水墨的这种幽怨。

这时庙宇的大门突然被一股气流给冲开。

披着少女画皮的涂九珠飞进庙堂，踢走一盆昙花，踩在高高的花台上，她的手里提着气喘吁吁的卢长舟。

连缈回过头，望着他们露出惊讶的神情。

涂九珠冷着脸道："成亲，跟他！"她指着卢长舟。

回到嫦娥镇后她已经观察这个人很久了，知道他和连缈是公认的一对，所以在决定将子子孙孙的诅咒计划贯彻到底时，就去向连缈告知了真相。可为什么她才一转眼就要跟别的男人成亲？

涂九珠被这个不符合她原则的意外发展给气坏了，她在附近找到跟鸵鸟一样垂头丧气的卢长舟，硬是把他带了过来，要把剧情给扭转回去。

连缈瞟了卢长舟一眼，不屑地笑了笑："他已经变成这个样子，我怎么还可能嫁给他？"

涂九珠愣了愣，依旧强硬道："我不管，你们一定要成亲！"

她把卢长舟拽到连缈面前，然后回头瞪着燕羽元。

她完全搞不懂这个被涂宝珠称作儿子的人为什么要跟卢长舟的未婚妻搅在一起捣乱："衣服，给他，否则让宝珠打爆你。"

燕羽元从善如流地脱下这身闷死人的喜服，他可不是好演员，早就演得浑身鸡皮疙瘩了。

搞定了新郎，涂九珠又重新看向连缈，咧嘴露出虎牙威胁道："不成亲，杀了你！”

台上的老道士吓得两腿直打哆嗦，燕羽元连忙把他请到旁边坐下，好声安慰了几句。

水墨从那边挪过来，牵着他的衣角不撒手。

燕羽元仿佛是明白她在想些什么一样，伸手安慰地拍拍她的头。

另一边，卢长舟被迫穿上和他现在的年纪完全不符合的红衣，站到了连缈的对面。

他曾经设想过无数次他们成亲的场景，没想到最后竟会是在这种尴尬的状况下。

虽然是在演戏，但他还是恍惚地把这画面和现实糅合在了一起。

“这算什么？逼婚吗？”连缈看着他低垂的头，语气冷淡地说：“我已经对他没感觉了，要说有也只有厌恶，就算你把我们勉强凑到一起也不会有好结果的。”

虽然是早已在剧本上写好的台词，但卢长舟还是听得心脏一抽。

有那么一个瞬间，他觉得这其实正是连缈的心声。

他用苍老而酸涩的嗓音回答：“你说得没错，就算你不是郡主，也仍然是个很好很好的女人，这世上会有很多男人排着队想把你娶回家，跟他们比起来，我又算得了什么？”

他的台词跟剧本里写的有些不一样，连缈听出来了，却还是不得不接下去：“我最烦的就是你这一点，明明没有本事让我开心，却还总是自怜自哀，摆出一副可怜兮兮的模样，让我想给你几句重话都不行，生怕伤了你的自尊心。”

她说的也不全是台词本里的句子，至少在怕伤他自尊这一点是她的本意。

她知道他们的身份差别在那里，这种无可奈何也是无法更改的，所以她总会小心翼翼不去碰触这块禁地。

然而她越是小心谨慎，谋划经营，卢长舟就越看不清她的真心。

“你是不是觉得很累？”卢长舟突然问。

连缈怔了怔，这句话剧本上并没有。

卢长舟抬起头，用那双浑浊的眼珠神色复杂地注视着她：“刚开始我们认识的时候，你说你喜欢跟我在一起，因为对着我的时候你不需要反复琢磨才敢把话说出来，觉得很自然很轻松，但现在的你不是这样。”

是从什么时候开始的？

他去向连坊提亲，结果被嘲笑一通拒绝以后？

还是他第一次向连缈提出要成亲的时候？

还是在连坊去世以后？

连缈因为他的疑问也是一怔，她觉得累？真是这样吗？

如果不是，为什么在九宫门时她要赶他下山？

涂九珠不明白他们在说些什么，有些懊恼地催促道：“快点，成亲，宝宝！”

卢长舟摇摇头：“不行。”

连缈瞪大眼睛，怔忪地看着他，她有种很不好的预感，那种在中秋夜独自站在前院里，落寞地听着烟火坠落，得不到任何人相伴的预感。

水墨也发现情况在不知不觉中蓦然转变，但她本能地没有去打断眼前的气氛，而是捂着胸口，觉得闷闷的。

“我们不能成亲，因为我已经不适合你了。”

卢长舟终于想通了。

连缈初来嫦娥镇的时候，身边一个朋友也没有，连坊又终日沉迷修仙，她为了打发时间常常在桂花江边来练功钓鱼，所以才会遇上他这个能谈心的人。

当朋友时，他们的确无话不说，可慢慢发展到要谈婚论嫁后，这种平衡就被打破了。

她不再能放心向他倾诉心事，而是因为种种顾忌把烦恼藏在心底，并且要反过来忧虑卢长舟的烦恼。久而久之她会对这种关系感到疲惫，会抗拒和他在一起。因为从一开始她需要的就是个陪着她的朋友，而不是要经营一辈子的伴侣。

既然她的愿望是这样，他又为什么非要执着于有个结果？

不如回到原点，当个能让她轻松的人就好？

“就到此为止吧。”卢长舟笑着说：“你还会遇上更好的人，到时不要太包容，也别迁就，想想你真正要的是什么。”

他的眼睛有些模糊。

是老花眼更严重了吗？

“再见。”

就这样吧，他还得留口气离开这里，不能在这么幸福的地方一命呜呼，这会给大家留下阴影的。

卢长舟踉踉跄跄地走了，涂九珠呆了呆，跟在了他的身后。

水墨也想跟的，被燕羽元拦住了：“让他们去。”

他觉得比起水墨的点子和涂宝珠的剧本，或许现在的发展才是最好的，至少涂九珠的报复已经成功了，往后会怎样全看她的想法。

只有连缈……

燕羽元往神台那边望去，穿着一身嫁衣的连缈像雕像一样立在那里。

她一定已经明白这不是在演戏，她和卢长舟真的完了。

燕羽元觉得这也没有什么不好，因为他在连缈的眼睛里看不到半点对卢长舟的迷恋，无论早晚他们都是要摊牌的。

他把早就准备好的红包给老道士，然后对连缈说：“要难过也不是现在，卢长舟的难题还没有解决呢。”

连缈露出一个瘆人的冷笑：“他已经跟我没有关系了。”

水墨被她的笑容给惊到，本来想上去安慰几句，却被弄得说不出话来。

连缈回头看了她一眼，说："千万不要爱上任何人，永远都不要。"

她说着脱下嫁衣的罩衫，挺直了背倔强地走出了月老庙。

"怎么办？"水墨觉得胸口更加难受了。

燕羽元叹了口气说："别听她的，走。"

……

卢长舟坐在沙滩上，将一颗石子投入江面。

到底是老了，以前水漂能打二十几个，现在才几下就沉进去了。

不过拖着这个身体这么多天，他似乎已经开始变得习惯，仿佛连意志跟随肉身一起变老了，提前进入了退休模式，欢快和痛苦，甚至连生命都看淡了。

涂九珠困惑地看着他："你要让那两个人成亲吗？"

卢长舟释然道："如果她真的找到喜欢的人，看着她成亲也不错。"

"你不生气？"

他想着刚才进月老庙时看到连缈和燕羽元琴瑟和鸣的情景，目光黯了黯，却还是笑着说："我会很难过，但不会生气。"

涂九珠搞不懂。

当她知道卢长舟是卢江儿子的时候，真的很生气很生气，气得想把整个涂山都轰掉。

可为什么他遇到了同样的事却一点都不气，还露出这么温柔的表情？

"我爹是你的初恋吗？"

涂九珠迷惑道："初恋？"

"就是第一个动心的人。"

她想起多年前的那个夜里，浮在水面上听到卢江和友人谈笑歌唱的情景。

他的声音真的很好听，编的词也很有趣，她听着他的歌进入梦乡，醒来却发现自己趴在他的船上。他没有像传说中残忍凶恶的人那样拿刀宰了她，而是给她煮了一碗粥。那时候她心里软绵绵的情绪，就是人类常说的心动吧？

“嗯。”她的声音有些哽咽。

“连缈也是我第一次动心的人，第一次都会难受得久一点，但慢慢就会好了，你不要害怕，等时间过去就会平复的。”

涂九珠只觉得自己的心里好像被塞进了一只温暖的大手，小心翼翼地拔走了插在那里的刺，然后擦上清清凉凉的药汁。

“如果他死了呢？”

她问出自己最在意的话。

如果说她得知真相时卢江还活着，也许她能痛痛快快打他一场骂他一场。

可卢江死了，再也活不过来了。

她既生气又难受，塞了满心的痛苦却不知道要向哪里发泄，也没有人懂。

但现在，她觉得这个人会懂。

卢长舟习惯性地耸了耸肩，老骨头又是一痛，不觉哎哟一声：“都死了就放下呗。”

“怎么放？”

“不用刻意去忘记，也不用刻意去想，有空没空多做点别的事转移注意力，慢慢就没那么在意了。”

他说的都是普通人面对痛苦时的经验和道理，既寻常又俗气，但身为狐妖的涂九珠却是第一次听到。

她的鼻子开始发酸，渐渐地，积攒了多时的眼泪像泄洪一样涌了出来。

水墨和燕羽元在草丛里偷偷观望着，突然旁边有一道声音说：“这个死小孩，连哭的时候都不吭声的。”

燕羽元转过头，看到同样在偷窥的涂宝珠：“?!”

他紧张地看向水墨，在想到底要把她的眼睛蒙起来还是整个人蒙起来。

水墨的注意力还在涂九珠身上，她颇为担忧道：“这么多眼泪，不会突然飞过来爆炸掉吧?”

涂宝珠听了纳闷儿：“眼泪还有那种功能吗?”

水墨说：“女人的眼泪是武器。”

夹在她们两个中间的燕羽元压力很大。

涂宝珠哈哈笑了两声，想起自己还在偷窥又把声音放小了点：“那句话只是个比喻，连我都懂的道理，你这个凡人居然不懂? 难道你生下来的时候没哭过?”

凡人什么的，燕羽元很想死。

水墨说：“我没哭过。”

“那你这辈子肯定没真正高兴过，也没伤心过。啧啧，真可怜。”

“谁说的，赤霞死的时候我就很伤心。”她捂着胸口，一副心脏要爆炸掉的表情。

涂宝珠转头看着她那样子，说：“可你没哭啊，真伤心一定会忍不住流眼泪的。”

“是吗?”水墨顿时有些失神。

她都那么难过了，为什么会没哭? 难道是因为神仙都不会哭?

她不由得看向涂九珠，她泪流满面地张大嘴拼命号啕着，虽然没有发出半点声音，却看起来更加悲怆凄凉。

卢长舟被她的样子吓到，手足无措地蹲在她面前安慰着。

涂九珠这一哭，仿佛哭走了半个桂花江，最后实在哭得累了，眼睛一眯倒在他怀里睡着了。

燕羽元看到这个情景便知道涂九珠已经消气了，也不知卢长舟到底是倒霉还是好运，居然靠着他天生的豁达拯救了涂九珠，也拯救了他自己。

“对了。”涂宝珠看剧幕散场，这才想起来：“你是谁啊?”

她怎么没听说过羽毛的身边有这么一个小丫头?

水墨望着她，也才刚刚反应过来：“咦，怎么又来一只狐狸?”

“不要对妖精用‘只’，是‘个’。”

“哦。”她受教地点点头：“你的脸怎么破相了?”

涂宝珠被戳到伤口，有些不高兴：“老娘长得太好看了，不破点相怕凡人们见了无地自容挥刀自杀。”

水墨认真地打量了几下：“也不是很好看。”

噌——

涂宝珠的耳尖上冒起了火。

燕羽元赶紧灭火：“这只是画皮，画皮，又不是你真正的脸。”

“那也是在怀疑我买画皮的眼光!”

太可恶了，这小妮子到底哪里冒出来的，怎么就这么会气人呢?!

“不知道涂九珠能不能把卢长舟变回去。”水墨的心思已经不在这上面了。

涂宝珠发现自己被无视，越发火大：“你，出来，单挑!”

“够了啊。”燕羽元瞪了她一眼：“别忘了这是在哪里，你想把朱邪给招来吗?”

“朱邪来了!”

这时，一道声音突然喊道。

水墨低下头，只见她的膝盖上站着一个拇指大小的玄寅。

“朱邪追着燕南往这边来了，燕南告诉他你跟狐妖勾结在一起，你快走!”

说着，玄寅的分身噗的一声消失了。

第十三章　入侵

轰隆隆。

嫦娥镇上空忽然风起云涌。

原本还在疑惑为什么玄寅会背着朱邪给水墨报信的燕羽元，此时也感到空气里有种浓浓的压迫感。

“快回船上！”

涂宝珠跑到沙滩上，抱起涂九珠，燕羽元也背起卢长舟，和水墨一起往那艘深红色的大船奔去。

他们一进船舱，涂宝珠立即开启鬼符阵，在船身外裹起了一层防御法阵。十几个水妖游到船底，拖着大船沉到了江面以下。

燕羽元问：“我们要逃去哪里？”

涂宝珠说：“入鬼市，回妖界。”

虽然逃得很窝囊，但敌人是朱邪，她不能抱有任何侥幸心理。

可燕南怎么会向朱邪告密？还把他引到这里来？

这时，一道金色的光柱从云端落下，冲破水面笔直地打到他们的船上。

防御法阵被击穿，涂宝珠咬牙化回原形，展开一股红色的妖气，用自身的气场保护着这艘船。

又一道金光打下来，妖气场被震得四处乱窜，涂宝珠的嘴角也溢出了血渍。

水墨取下银河簪准备出去，燕羽元抓住她的手：“他这次有法器在身，也不会让你，你打不过他的。”

船舱剧烈震动着，涂九珠被吵醒了：“谁？”

涂宝珠吼道：“别告诉她！”

然而卢长舟已经快她一秒说出口：“朱邪。”

涂九珠听到这个名字，浑身的毛立刻乍起，散发出一道道紫色的电流。

如果说她对卢江是气愤，对朱邪则就是恨之入骨，甚至要和他同归于尽了。

当年她被朱邪捉到九宫门后虽然很快被燕南救走，但在那短短一天之内，她目睹了朱邪拿妖精来测试他法器的情景，那些妖精在她的面前受尽屈辱，用惊恐而绝望的眼神注视着她，祈求得到她的帮助，可她除了害怕什么也做不了，只能眼睁睁看着他们受尽折磨后惨死。直到她获救多年后，这些炼狱般的恐怖场景还会时不时闯入她的梦境，把她惊醒。

如果是千年以前，别说是涂山氏族下届狐王，哪怕是随意一个涂山子民受到这样的惊吓，涂山氏上下势必会孤注一掷讨回公道。然而现在的下界俨然已经是人类修士的主场，而朱邪是修仙界第一人，如果向他发起攻击，无异于是在向整个修仙界宣战。考虑到涂九珠并没有受到实质性的伤害，狐王只有强吞下这口怨气。

十几道金光齐齐打下来，水墨知道自己敌不过，使出全力念了一个回春诀，打在涂宝珠身上，为她治愈刚才造成的创伤。

涂九珠见状也警醒过来，没有冲动地闯出去，而是将自己的妖气场重叠在涂宝珠的之上。

这一次，金光终于被弹走。

江下的水妖齐齐使力，将船拖向鬼市。

涂宝珠松了口气，看向水墨："谢了。"

水墨已经跑到窗边向上方施起水镜，想查探江面上的情形。

"……"

涂宝珠忍不住对燕羽元说："这丫头，跟你有点像。"

"怎么可能？我哪里花痴了？"

跟花痴有关系吗？涂宝珠其实是想说他们在把她堵得没话说这块都很有天分。

这时水墨道："我觉得我们现在最好弃船。"

燕羽元跑过去，从她的水镜里看到了江上的画面。

一把大到能覆盖整个江面的伞正悬浮在半空中，伞面上布满了光斑，光斑正朝着伞柄汇聚过去，而伞柄正对着他们的船，像一口上了膛的大炮。

"弃什么船？大不了我和九珠再挡一次。"涂宝珠说。

涂九珠也皱眉道："不行。"

十九年前，她已经见识过这把伞的威力，它能把半个嫦娥镇都夷为平地。

水墨说："那些光斑是很厉害的聚灵法阵，把这些法阵全部汇聚到一起，可以瞬间吸进九宫山所有灵脉的灵气，所以我们快走吧。"

她拉住燕羽元的手，涂九珠抓住卢长舟的衣服。

一股紫电轰开窗户，江水瞬间涌了进来。

涂宝珠见他们都走了，也赶紧跟上队伍。

离开这艘船会怎么样谁也不知道，但留下来肯定是死路一条。

他们才刚刚爬上岸，就见那把伞里飞出十条带着电流的光龙，相互撕咬着冲进江中，将江水整个翻了个面。

红色大船被打到空中，转眼就被一只龙啃成了两半，另外那几条龙也追过来争抢，整艘船很快连一点残渣也没留下。

即便是这样那些龙依旧没有停，它们像远古巫师饲养的蛊虫一样相互侵蚀，咬杀，眨眼间一条光龙已经成为最后的胜利者，撑着硕大的腹部坠入江中，嘭嘭嘭炸开了——

良久，水妖的残骸浮上水面，成片的死鱼散落在沙滩上。

空了一半的江水被染成了血色，散发出浓浓的焦味和臭味。

涂宝珠目瞪口呆："这真是……"

太夸张了。

当年涂九珠就是被能使用这种力量的人给捉走的吗？

水墨猛地转身，用舍命环隐去身形。

"没有用的，你忘了那法器原本是谁的吗？我既然能把它送给你，手上肯定会有克制它的法器。"

朱邪一面往这边走来一面说。

半晌，水墨从另一个地方冒出来，上蹦下跳地把咬在她身上的眼珠子给甩开。

燕羽元认出那些金属眼珠就是上回朱邪在蓝烟结界里使出来的。

涂九珠化回原形，冲着朱邪龇起了牙。

朱邪的身后升起几把长矛，飞速往四周扫了一眼："还有一个人在哪里？"

燕羽元问："你是说燕南吗？"

"哼，你果然是他跟狐妖生的儿子。"

"什么？"最先叫起来的是涂宝珠："你确定？有什么证据？拿出来看看！"

她就知道狐老大跟那个道士不对头！

“看来不是你，那就是金色的那只?”

水墨纠正道：“狐狸精要叫‘个’，不叫‘只’。”

要不是实在被朱邪吓到了，涂宝珠真想冲她竖起大拇指：接得好。

“……”朱邪顿了顿，问：“你又和他们是什么关系？是燕南把你安插在他儿子身边的?”把燕南和燕羽元比较起来，显然前者更像是她真正的师傅。

“我不认识燕南。”水墨说。

燕羽元说：“我也不认识燕南。”

至少他从没有见过那个人。

而且他不觉得把朱邪引到这里的燕南存了什么好心，所以别说是疑似亲爹，就算说燕南真是他亲爹他也不会动摇。

涂宝珠说：“我倒是认识他，还追过他，可那是十几年前的事了——他不是死了吗?”

涂九珠说：“被你杀死的。”

朱邪身上的气场骤然变冷。

九宫门所有人都以为燕南是被狐妖杀死的，但事实上他是死在他的手里，那一次他没有用任何法器，而是用他的右手生生地贯穿了他的胸膛。然而在燕南咽气的那一刹那，他的尸体突然消失了。

这十几年来朱邪一直坚信燕南还活着，或许他用自己炼造的某种法器假死脱身，然后和涂山氏狐妖私奔苟且，甚至还生下了孩子。只是长久以来他只是猜测，直到今天，他才亲眼看到“死而复生”的燕南出现在他的面前。

他没有被这几个人的话给糊弄住，也没有贸然出手，因为他不确定燕南会不会躲在哪个角落里，有什么阴谋。

虽然在很多人眼里朱邪有着遇神杀神的强势自信，但实际上他也有不自信的时候，例如面对燕南的时候。

他知道那个男人不仅仅是个炼器师，就连法力也远在他之上，否则他当年在蓬蒙封印地布下的禁制不会连他也没办法解开。

燕羽元见朱邪神情戒备，时不时还会往四周瞟上一眼，立刻明白他在担心什么。

朱邪出现在这里，把他引到这里的燕南却不见了，这实在很不对劲。不过就算他对朱邪说我们先来谈谈这是怎么回事，他也肯定听不进去，还不如将计就计。

他故意紧张地对水墨说："等等。"

水墨才不会管他说的什么意思，反正他说要等她就得听："嗯!"

但朱邪却不能不多想。

等等是什么意思？等谁的信号？难道这地方是燕南布置的一个陷阱？

他不由得警觉地停住脚步。

燕羽元露出高深莫测的表情："你的确是手环的上一任主人，但你知不知道，这世上所有的法器除了使用者以外都有另一个主人。"

另一个主人？朱邪当然知道，他说的是炼器师本人。

要让法器认主，需要在上面打上持有者的魂印，但这需要耗费很大的法力，而且失败率极高，一旦打不上整件法器都会废掉，连材料也不能再用。很少有炼器师敢去赌这万分之一的可能性，它不仅奢侈，还会损伤修为，所以即便朱邪有一整个仓库的法器也只在剑匣上打了魂印，再转而将法器和剑匣绑定在了一起。

这个剑匣早已超出法器的范围，堪称是一大法宝。在法宝上冒着玉石俱焚的风险打两个魂印？别的炼器师可能连想都不敢想，但换成燕南，朱邪就不敢笃定了。

如果当初他没有激动到徒手去杀燕南，而是用法器，他还能成功刺穿他的胸口吗？那些法器会不会受到燕南的召唤反过来对付他？

朱邪发现自己没办法排除这个可能性。

因为那是燕南。亲手把他护航到掌门的位置，成为修仙界第一人的燕南。

今天的他正是燕南一手打造出来的，那么理所当然的，他也有办法一手毁掉他。

朱邪想得背后发凉，不由得收起空中的长矛，将剑匣的出口也关上了。

燕羽元知道自己的心理战成功了："你真的以为你这么走运，随便找找就能撞上准狐王？"

这当然不是好运，朱邪知道，因为他来这里不是碰巧，而是追着燕南过来的。

燕南是故意把他引到这里的。

他到底有什么目的？

燕羽元想着水墨刚才对那把伞上的法阵的说明，道："你刚才为了攻击一艘空船借了那么多的灵气，你猜如果现在有人带着兵马闯进九宫山，会不会轻而易举突破你们在九宫浮地布下的禁制？"

朱邪愣住了，刚才他一心想要追上燕南，不惜赌上了九宫山的十条灵脉，不仅是九宫山，就连九宫浮地的禁制也会遭到削弱。

原来燕南的目的竟是调虎离山?!

他要入侵九宫门?!

燕羽元很满意地看着他眼里的惊惶。

就是这样，只要朱邪相信九宫门出事了，他肯定无暇顾及他们，必须马上回去履行掌门的责任，那他们就可以趁机脱身了。

朱邪果然唤出一把飞剑踩上去，刚飞出三米远，突然听到天边传来山崩地裂的声音。

远方，九宫山的山体正被一股凶猛的黑潮侵蚀着，黑潮间不时地亮起了火光，并燃起汩汩的浓烟。

朱邪愤然地转头对他们道："此仇不报，誓不为人!"

他气势汹汹地留下这句话，然后化作电光飞向九宫山。

"……"

燕羽元呆愣地说："我只是吓唬他的。"

为什么随便编编就真相了?

……

"我们得赶快离开这里。"涂宝珠心有余悸道。

水墨和涂九珠异口同声地回答："不……"

她们互看了一眼，接着，涂九珠化出人形，走到卢长舟的面前，像训宠物一样道："蹲下。"

卢长舟疑惑地蹲下身。

涂九珠抓住他的头发，猛地往上一拉，一张半透明的皮从她手里扯了出来。

卢长舟的身上顿时火辣辣的，紧接着浑身的骨头都开始胀痛，头顶上酸酸麻麻，嘴巴里也在流血，一摊摊吐出来，看起来格外骇人。

他弯腰跪在地上，用双掌撑着沙地，发现自己微颤的双手又重新变得硬朗有力，视线也开始清晰。

两簇黑发垂到了他的面前，身上的刺痛也迅速消散了。

卢长舟磨了磨嘴，发现自己又长出满口牙来。

"我变回来了?"他的声音又恢复了清亮和爽朗。

燕羽元也很为他高兴："恭喜。"

水墨说："嗯，嗯，又年轻了。"

卢长舟欣喜地站起来，对着涂九珠裂开嘴一笑："谢谢你手下留情。"

涂九珠张了张嘴，最终什么也没说，别过头看向了别处。

涂宝珠拍拍她的背，颇有种吾家有女初长成的欣慰。

这种大团圆结局大家自然都很高兴，不过燕羽元没有忽略水墨刚才的反应："你不想走？"

她点点头："我得回九宫山。"

"还去找羽衣？"都这种时候了，她还把这个放在第一位吗？

"羽衣当然还要找的，不过我现在想先去找玄寅。"

玄寅是朱邪的道童，应该和他形影不离，可朱邪来追燕南却没有带上他，水墨很担心他们之间会不会出了什么变故。

"那个小鬼关键时候知道通知我们，的确很讲义气。不过他那么机灵，肯定知道怎么保护自己。"

水墨还是说："你们先走吧，我得去找他。"

她担心的不是九宫山出事会不会牵连到玄寅，而是害怕他在朱邪面前暴露了太岁的身份。

"我见到他以后再去鬼市找你。"水墨临空画了道飞行符，匆匆朝着动荡的九宫山赶去。

"等等！"

涂宝珠抓住燕羽元："你才等等，她要去找人就让她去，你这三脚猫的功夫跟上去能做什么？"

燕羽元当然知道自己的杀伤力还不如水墨，真要跟上去搞不好还会拖她的后腿，但他就是不能看着她一个人这样去犯险。

"我跟你说你不许去，不然我投诉给大姐听，让她打你屁股。"

"大娘只会打你的屁股好不好！"

燕羽元吼完也稍许冷静下来。

他现在再着急也没有用，只能祈祷水墨别撞上朱邪，不然他肯定会把刚才的账连坐在她的头上。

他很后悔自己为什么要信口开河招来朱邪的愤怒，要是因为这个让水墨受伤，他一定不会原谅自己。

“走吧，真等朱邪带着大军来报复就晚了。”

习惯被遗忘的卢长舟忍不住插嘴道：“那我呢？”

涂宝珠这才想起还有个凡人在这里：“你刚才还是个老头子，朱邪又认不出你，你着什么急？”

他想想也是，他这样没存在感的小人物，可能被朱邪看到年轻的样子也未必记得住吧。

那他就这样回去了？拜拜了？跟整件事毫无关系了？

卢长舟没想到到了这一步，他居然会觉得有些遗憾和失落。

那么多渔夫平平凡凡打半辈子鱼也撞不上什么奇遇，熬到老都拿不出几件能跟子孙说的事。可他这一个月来又是闯鬼市，又是去九宫门问供，认识了一个会潜水的狐狸精，现在还跟个脸上长红毛的女人在一起。

他还记得在鬼市时燕羽元说过这是他的三娘，这么说他也是狐狸精？

啊，剧情这么丰富，加起来都够写一本书了，他要这么拍拍屁股离开书岂不就烂尾了？

涂九珠用平静无波的眼睛看着他，沉默了良久后说：“一起走。”

卢长舟心里一喜，他都一路划着水跟在这里了，真的很好奇接下来还会发生些什么，不想就这样被甩掉。

燕羽元说：“会有危险。”

“老我都经历过了，还怕死？”

他家可是世世代代打渔的，地盘不只是一个桂花江，还有整个大海。

出海的人都有颗不怕死的心，他们惧怕的只有安逸和平凡。

卢长舟平凡了这么些年，终于也有机会能主动去冒险一次，那为什么不这么干呢？

……

鬼市的界门，也叫鬼门，外面布满了九宫门所下的禁制，往年每到七月十四的时候，妖界的瘴气会比平时要旺盛许多倍，压制住维持禁制的灵气，产生出一些漏洞，令妖怪能悄然出入。

不过这个月以来，虽然七月十四已过，鬼门外禁制依旧没有关闭，甚至还有削弱的迹象，妖界已经有许多族群察觉到这个现象，却很谨慎地在鬼门布下了守卫，禁止大批妖怪出入，以免引起九宫门的警觉。

然而现在九宫山遭到攻击，山上的禁制被一举击破，于是埋伏在鬼门后的妖族探子们全部都沸腾了。

他们等这一天到底等了多久？

好吧，对妖怪来说二十多年其实也没多久，但那一次他们失败了。

他们被挡在离魔皇蓬蒙封印最近的地方，离人类防线最近的地方，就像是饥饿已久的狼群，明明美食就在对岸，他们却只能眼巴巴看着不能动口，馋得口水都流干了。

那时妖界四分五裂，终日沉溺于内斗，逐渐被摒弃了情感与欲望的仙界占据了上风。

后来蓬蒙统领了妖界，虽然他的出身只是凡人，但有了羽衣这么牛的外挂加持，再加上不死不灭之身，卓越的领袖才华，惊人的创造力，逆天的野心与霸气——在天生崇尚强者的妖界，大部分妖怪都趋之若鹜地将他尊为史上第一个魔皇。至于少数注重血统的妖族，各族之间的关系又不和谐，还一向被小妖们羡慕嫉妒恨，又哪里玩得过这一手人海战术？

虽然蓬蒙最后也败了，但他的战果让妖界看到了希望——重新登上万物之顶的希望！可接下来神仙狡猾地在天界外布了一道不可逾越的禁制，连凡人也被挡在了禁制之外。

凡人成仙的机会越来越渺小，可成仙的心却从未止息，他们一代代奔向修仙大流，成不了仙就先除魔卫道，除除除把妖怪们都给除哭了。

有头脑的妖族会看出这是神仙早已布下的一盘大局，他们在蓬蒙的手里吃过亏，也效仿他玩起了人海战术，先来一手以退为进，然后养出一大群天师去狙击妖界，让他们自顾不暇，根本没力气去反抗天庭。

像涂山氏族这样自始至终没有掺和进来的妖族还知道惹不起躲得起，但其余的妖怪就忍不住了。

习惯了嚣张跋扈的妖族怎么能忍受最渺小的凡人骑在自己的头上？他们要报复，要反击！

败了？没关系，再等！

二十几年足以消磨人类的意志，让他们沉浸在安逸当中，对鬼市产生麻痹，以为妖界大势已去，再闹不出什么乱子来。

可妖界对天界的战意能维持数千年，又怎么会把区区二十多年放在眼里？

而现在，他们的机会来了！

鬼门打开。

形形色色的妖怪像被松开绳索的恶犬，欢腾地扑向了毫无戒备的嫦娥镇。

中秋节刚过，花灯和装饰还飘扬在街道两旁，刚刚通宵彻夜赶集的商铺还没有开门，不少居民和游客也还没有起床。只有几个勤劳的妇人拿着扫帚在街上打扫昨晚活动留下的残渣。

嫦娥镇转眼沦为了妖怪的屠宰场。

成片成片的妖怪从鬼门涌了出来，嗷嗷地发泄着委屈到姥姥家的小心脏。

盘踞在九宫门的修士们发现了镇内的异状，不得不分出一部分人撤出刚刚离奇遇袭的九宫山，前去保护普通居民，转眼间整个嫦娥镇都沦为了人和妖的战场。

“不对劲。”

燕羽元和涂宝珠蹲在嫦娥镇衙门的监牢里。

他们没能靠近鬼门，就遇到了一大群发疯撒欢儿的妖怪，见了燕羽元和卢长舟这两个凡人立马冲了过来。

涂宝珠和涂九珠刚刚击退了妖怪，又遇到了赶来除妖的天师，追着两个狐妖拼命攻击。

燕羽元心知他们这组合放在战场里实在太拉仇恨值了，所以干脆放弃了去鬼市的目标，找个地方先躲起来，等风头过了再做打算。

才躲了没多久，卢长舟瞧着外面这个阵势，顿时担心起孤家寡人的连缈。

虽说他们刚刚不欢而散，但说开了还是朋友，他不能放着她不管。

涂九珠听到他要去找连缈，二话不说就要跟去。

二话不说不是指她性格豪爽，而是她真的不爱开口。

但她喜欢听别人说话，以前是听卢江的，被骗了，现在是喜欢听卢长舟的。

涂宝珠本来还觉得死小孩终于长大了，没想到她根本是死性不改，才放下卢江又黏上人家儿子了。

但她又能有什么办法，涂九珠可是准狐王，要打她是打不过的，要骂她也不会听，只能跟着一起去衙门找人。

衙门里的捕快都已经出去帮忙了，卢长舟和涂九珠在院子里找连缈，燕羽元和涂宝珠则躲到整个衙门最安全的地方。

“这里可是嫦娥镇啊。”涂宝珠感慨道：“怎么这么容易就沦陷了？就算鬼门被轰开，镇上其他地方也该布满了禁制啊，朱邪又不是笨蛋，不至于为了打我们把灵脉全用上，怎么外面这么多妖怪跑来跑去，就一点阻拦都没有？”

燕羽元也觉得奇怪。

嫦娥镇上这么多人，离鬼门又那么近，九宫门不可能连一点应急措施都没有，除非他们的措施全都失效了。

涂宝珠说：“难道那些妖怪都穿了画皮？”

九宫门的禁制只对妖怪有用，对人没用，辨别两者的关键就在妖气，可画皮是可以盖住妖气的。

“画皮是那么好做的吗，能像做衣服那样批量生产？”

燕羽元自己也想过要学做画皮，但一来手艺太难，凡人根本做不到，二来材料难搜集，所以他很清楚画皮的平均产量，不可能一妖一件搞大批发。

他突然想起一件事：“你之前说桂花江的水能吸妖气，除了妖怪以外，天师能感应得到吗？”

“人又没有妖气，怎么感应？除非是他们自己设计布置，用妖怪检测过的。”

“妖怪被吸走妖气是会变弱的吧？”

“会啊，这个穿了画皮也没用，之前在桂花江底下我跟九珠如果不是躲在船里，施出的法多半也挡不住那几下。”

“那现在呢？”

“还是弱，难道不是因为之前挡那几下耗了力气没恢复过来？”

燕羽元说："刚才我们街上遇到的妖怪也不强，基本上没施什么妖法，光靠蛮力在拼。我怀疑不只是桂花江，现在整个嫦娥镇都在吸收妖气。"

"谁干的，朱邪？"

"是炸九宫山的人，很可能是燕南。"

"他又去打九宫山又要削弱妖怪的力量，这算什么，各打五十大板？"

燕羽元说："他是在赌，拿攻进妖怪的数量来赌，妖海战术……这一手倒是跟蓬蒙的作风很像啊。"

妖怪的妖气被吸走，法力会被减弱，但同时九宫门的灵脉被毁，于是他们在嫦娥镇上所布的禁制也减弱了，一个弱的禁制网遇到了弱的妖气，就像用一张洞有手掌大的渔网，去网只有花生大小的鱼。穿过这张网的鱼是小了，但只要数量够多就能撞翻大船啃掉捕鱼人。

"这个人，心肠不是一般的狠。"这个方法拼的可是伤亡率，妖怪的命也是命啊。

涂宝珠望了他一眼，想了想说："我真不知道燕南是不是你爹，如果真是……"

"行了，我现在还在烦别的事，没空去想那个。"他用双手按了按头，满脸的烦躁和焦虑。

他应该立刻赶去九宫山找水墨，可涂宝珠还在这里，她不会让他一个人去冒险，他不能把她也牵连进来。

涂宝珠哪里不知道他是在惦记那个气人的小姑娘，不禁暧昧地笑了笑："才不见一个月，真没想到你会这么快对个小丫头动心。"

"快？"燕羽元的脑子里闪过什么："我以前不认得她吗？"

"你以前就认得她？"

"不是，我是想问，你以前见过她没有？"

"没有啊。"

“那你听说过我身边有这样一个人没有？”

“你以前除了跟店铺老板娘，根本不跟女孩子打交道，怎么可能有个小姑娘在你身边我不知道的。”

燕羽元愣了愣：“那我以前学过法术没？”

“学法术收我们啊？当然没有。”涂宝珠笑道，笑着笑着忽然觉得不对劲了，他怎么老问以前的事？自己不记得吗？

“那我也没收过徒弟？是真没有还是你不知道，也许大娘或者二娘知道？”

“怎么，看我是老三就瞧不起我了？我也是你娘，你的事就没有我不知道的——除了你亲爹亲娘是谁我不知道。”

涂宝珠观察着他的表情，觉得他的样子有些古怪，再伸手一摸，吓了一跳：“你怎么流这么多汗？！”

燕羽元的确冒了满身的冷汗，他觉得自己的心口在一阵阵发慌，脑袋里嗡嗡乱成一团。

他深吸了口气，再次问道，几乎是一字一句：“你确定，我以前不认识她，你们也没有用黄泉酒消掉我认识她的记忆？”

涂宝珠如遭雷劈。

他知道了？

怎么知道的？

之前在船上说话的时候已经知道了？

她也开始冒起了冷汗，手都忍不住哆嗦起来：“你你你……”

“先别问，回答我。”

涂宝珠咽了咽口水，说：“我确定。”

燕羽元的脑袋都要炸开了。

怎么会这样？

如果水墨跟他不是旧识，那她为什么会赖上他，还好像跟他有很多不得不说的过去的样子？

她是在骗他？不，不像。她没有害过他，而且她看他的眼神也不是作假。

那就是认错了人？认成了谁？

他在纷乱的思绪里频频搜寻着，最终一串字眼停留在他的眼前："赤霞？那是谁？"

涂宝珠一脸崩溃地哀嚎道："别问我了，我真的不知道！"

这时涂九珠和卢长舟跑来，卢长舟焦急道："连缈没躲在这里，怎么办？"

涂九珠也冷着脸道："怎么办？"

"都说了别问我了，啊啊啊！"

难道她要成为世上第一个被问死的狐妖吗？

……

第十四章　禁制

九宫山上，昔日闻名的鹤道已经沦为一条焦黑的沟渠，沟渠深不见底。

一只只红骨精从沟渠爬出来，像潮水一样凶猛地涌向在山间作战的道士。山脚下，大批的妖怪也正朝着九宫山奔来，就连天上也不例外。

朱邪已经顾不得剑匣会不会因燕南而反噬，只身抵在最前方抗击着敌群。

一波波妖怪被他击退，但很快又有新的一波涌上来。前方后方，上上下下都是敌人，就仿佛整个九宫山都落入了妖界。

这样的场面朱邪在二十几年前早已经历过，那一次他失去了掌门师傅，失去了所有相熟的同门，凭着一股莽撞和愤然冲向了鬼门，生死之际得到燕南的相助扳回局面。

可这一次他已经是九宫的掌门，他的脸虽然未老，却多了一道疤痕，身上也多了一份责任，不能放下身后的人去和妖怪抵命。而让他当上掌门的燕南已经成了他的敌人。

一个熊妖躲开朱邪的剑阵，张开肉翅朝他飞来。

朱邪拧眉使出一记冰诀，然后手持长弓，将十根利箭同时射出。

利箭旋转着刺入冰块，穿透了熊妖的胸口。

可这时熊妖的翅膀突然脱离了他的身体，化作黑鸟飞到空中，将一口黑雾喷到朱邪脸上。

他的眼前一阵刺痛，却不敢闭眼，而是强撑着招出法器龙卷轴，几股气浪形成一缕缕旋风盘踞在他的周遭，将黑鸟卷成了碎片。

他眯着模糊的双眼，双手同时抱住十几把长剑，释放出重重光束。

光束所至，妖物的肉身一一被洞穿。

唯有趴在山面上的红骨精只是踉跄地退了两步，然后飞快扑到一名修士身上，像蜘蛛一样裹住他的身体，重重地一勒。

“啊啊！！”

那名修士发出剧烈的惨叫声。

朱邪看不清情景，只本能地朝那个方向飞去。

红骨精架起了高笼，无声无息将他关在其中。

朱邪的剑匣被几根骨头卡住，一面用符文画出手里剑，一面悲愤地高呼：“燕南——”

燕南——

燕南——

……

“阿嚏！”

水墨打了个喷嚏。

坐在她肩上的小人版玄寅说：“叫燕南又不是叫你，你给什么反应？”

朱邪的悲鸣回荡在整个九宫山，而玄寅此时正带着水墨在山内的隧道里走着。

“朱邪这个笨蛋，只知道到处追杀台面上的妖怪，却想不到自己的地盘下面会被人挖空，真是太不小心了。”

此时他们所走的地方正是九宫山地下的一条隧道，地面布满了黑油，正是它们炸毁了整个九宫山的灵脉。

玄寅发现这些隧道有一阵子了，由于有着这样不可告人的危险身份，他在逃跑和藏身上有着过人的天赋和经验，来九宫山卧底就早早开始给自己找起后路，结果发现了地下现成的通道。

“不知道嫦娥镇上现在怎么样了。”水墨说。

玄寅道：“有准狐王在，你就别担心你那个转生的师傅了，朱邪可比他要头疼多了。”

“为什么，他不是打败过妖族吗？”

“情况不一样啊。”他说：“上回妖界逼近嫦娥镇之前袭击了不少门派，整个修仙界为求自保早就拧成了一根绳，等他们攻来的时候大家已经有了防备，但这次九宫山遇袭以前一点征兆都没有，昨天人们还在高高兴兴地过节，今天就成了妖怪的口中餐……啧啧，凡人啊，就是太容易自大了，一点都不懂得居安思危，你说他们发明这个词自己却做不到，到底有什么意思？”

水墨却没有落井下石，九宫山是昔日赤霞真人作战的地方，也是她在凡间待得最久的地方，虽说居心不良，但她不想看着这里出事：“你真的觉得朱邪这次会输？”

“那倒也不至于，我在他身边卧底这么久，对他的实力还是很清楚的。而且等各大门派收到消息肯定会赶来帮忙，到时局势就不会这么难看了。”

水墨点点头：“也是。”又放下心来。

“到了。”

“到了。”

在她的面前和耳边同时传来玄寅的声音。

坐在她肩上的小分身噗的一声化作白烟消散，而眼前的是正常儿童版的玄寅。

九宫山爆炸的时候他就在想，也许水墨会担心他回来找他，所以他弄了一群小分身悄悄在外面守着，这些分身不是幻影，而是他寿命的一部分。

其实他也不确定自己猜得到底对不对，一面抱着试试看的心情，一面又希望她真的能找来。结果才等没多久就看到水墨出现在山脚下，戴着舍命环正要上山。

那一刻玄寅简直是感动死了。

此时玄寅站在一面墙前，墙上贴满了鬼符。

他说：“这是开界洞的符阵，也不知道是谁布下的，还没有使用过。”

他将掌心放在符阵中央，指甲忽而变黑，化作黑水滴到鬼符上，符阵立即启动，一个一米高的界洞在他们面前展开。

水墨问：“上回在灵田你也是这么把我弄进溶洞里的？”

“那倒不是，在九宫浮地我还没找到什么鬼符阵，拉你掉坑的那个是我自己开出来的。”他扬了扬头，得意道：“这世上就没有本太岁开不出的界洞，而且开了也不会被那些道士发现，他们察觉不到我的妖气——怎么样，厉害吧？”

水墨说：“难怪当初在昆仑我会追着你追到月宫去。”

谈起这件黑历史，玄寅的表情立即羞涩起来：“这些就先不提了，还是赶紧趁着他们狗咬狗的机会去找蓬蒙吧。”

之前有朱邪和一群道法高深的长老们看着九宫浮地，玄寅也不敢大张旗鼓搞小动作，但现在时候到了。

水墨和他一起进入界洞。

下一秒，他们来到了九宫山顶一处偏僻的角落里。

从这里往山下望去，山腰正闪烁着纷杂凌乱的战火，厮杀与哀嚎声不时地传来。

“要是妖怪军团也像这样上了山，那九宫浮地岂不是很危险？”

玄寅说：“放心，我刚刚把符阵改过地方，想开界洞的人自己也找不到，不然你以为那隧道为什么没人走的？我可不想在找蓬蒙的时候多一个竞争者。”

妖族入侵九宫山可不止是为了立威泄愤，更重要的是为了释放魔皇蓬蒙，而玄寅死都不想让他们的愿望得逞。

水墨这回才由衷夸道：“你真厉害。”

“那是，一千年可不是白混的。”

他们没有招灵鹤，因为九宫浮地上还有一部分道长和修士在守卫九宫门最后的防线。

水墨不想和这些人起冲突，玄寅也怕麻烦，所以开着界洞一路到了灵田岛。

由于他们之前一个是掌门的道童，一个是临时弟子，所以岛上的禁制没有对他们起任何反应。

此时灵田上已经没有人了，就连守田的道童也下山参与了守卫战，可以说眼下这里是整个九宫上下最平静的地方。

玄寅坐在地上，拿出一张图纸：“这是全九宫浮地的禁制位置分布图，大到包住整个岛屿，小到一个房间，总共两千七十三处，其中有一千多处是我开不进洞的，包括一些丹药、法器房，还有掌门和长老们的洞府。不过根据我的分析，这一千多个地方只有三百六十多个有可能是封印蓬蒙的地方。”

“要解开禁制才知道吗？”

玄寅挠挠头说：“开洞和改鬼符阵我会，但禁制我就……所以关键和重点还是要看你的。”

水墨想了想，道：“我再重申一遍，我们的目的是要和蓬蒙对上话，就算有机会也绝对不能解开禁制，只需要往禁制里打一记传音诀就够了。”

“那当然，你要放他我还不准呢。”

“好，那我们先把这三百多个地方走一遍。这里面有哪些是没有守卫，而且可能性比较高的？”

虽然朱邪和长老级别的人物注意力都被来袭的妖怪拖住了，但他们也不能随便暴露行踪和目的。

玄寅马上戳戳戳在几十个地方下面打了点：“虽然没有守卫的地方中的机会要小些，但最好还是先试试。”

他伸出手掌，水墨也扬起手在他掌间一拍。

啪——

……

嫦娥镇衙门。

一道缓慢的脚步声从监牢外传来。

涂九珠立刻进入了备战状态，燕羽元也握住了他的无极杖。

一个男人不紧不慢走下阶梯，一眼扫到涂宝珠那张露了狐毛的脸，吓得赶紧转身。

“老板？”这时，燕羽元诧异地喊道。

男人回过头，看清他的脸，惊讶道：“是你？”

涂宝珠问：“谁啊？”

燕羽元说：“思乡酒坊的老板，被蓝烟骗过的那个。”

老板疑惑地打量着他们，还有些不敢靠近：“你……怎么跟妖怪在一起？”

卢长舟说：“妖怪也有好的，她们不害人。”

有过害他前科的涂九珠没有吭声，但脸有点红。

老板也是个见过大世面的人，也没有再想逃跑。

燕羽元问他："你是被妖怪追到这里来的？"

"哦，不是，我是从地底下来的。"他挥挥手："走，我带你们去看一样东西。"

"去哪儿？"

"不远。"

老板把他们带到衙门的后院，走到那个葡萄藤架旁，指着下面那口井道："有没有兴趣跟我下去看看？"

燕羽元不大喜欢他这神神秘秘的语气，但想到现在情况这么特殊，他让他们下井肯定是有很关键的事要说。

井口很大，可以并头容纳三个人。

老板牵着绳子慢慢爬下去，到了底下往旁边让了一步，缓了口气才抬头喊道："我到了，你们可以——"

他还没喊完，涂宝珠已经拉着燕羽元飞下来。

下一秒，涂九珠也拉着卢长舟稳稳地落地了。

老板看着他们这刷刷的速度，愣了半晌才道："哦。"

燕羽元看他一脸赞叹："羡慕？"

"还行，下回我也交个妖怪朋友试试。"

燕羽元的心里说不出是怎样一种情绪。

前十八年他总在想怎么不让这三只狐狸曝光，以为只要有人知道他有三个狐母，他们就会遭到修仙界的通缉追杀，成为整个凡间社会的公敌。

可转眼他遇到水墨，遇到了卢长舟，他们一个个不把妖怪当回事，友好得就像亲善大使，搞得他长久以来的焦虑和烦恼好像是个杞人忧天的笑话。现在连才见过两次面的老板也这么说，他真是既哭笑不得又感慨万分。

其实老板不是不忌讳妖怪，而是他经历了一场骗局，连自己都差点变怪物，所以接受度被无形间拔高了。

现在整个嫦娥镇都在上演人妖大战，见到妖怪又有什么可稀奇的？再说燕羽元是他的救命恩人，他信得过他。

不过，他瞥了眼涂宝珠的脸，还是有些不适应，小声向燕羽元提议道：“能不能让她化成普通人的样子？这么看着怪吓人的啊。”

涂宝珠的尖耳朵收到他的嘀咕，说：“化成人样也没用的，一遇到那些臭道士就得现形，白费妖力。”

而且凡间的禁制又多，撞上还得现形，要不是这么麻烦她们干吗费家产买画皮？

“你现在现不现形有区别吗？”燕羽元提醒道：“道士都忙着在上面除妖呢，管不上你。”

“是啊！”涂宝珠这才反应过来：“嗨，十几年都搞习惯了！”

她立刻施了个化形术，脸上的伤口立即消失了，又变成那个妖艳魅惑的大众情人，还冲着老板眨眨眼：“现在怎么样？”

老板肃然回答：“谢谢，我喜欢良家妇女型的。”

涂宝珠：“……”

涂九珠：“噗！”

“你偷笑个屁啊。”宝珠愤愤拍了下小妹的头，不耐烦对老板道：“到底要我们看什么？”

她问的时候，燕羽元已经在看了。

他看到井边有一道阶梯，走下去，只见眼前出现一个庞大的穴洞。

穴洞至少有三层楼高，里面遍布着龙蟠虬结的树根，像复杂的蛛网网住了上方的嫦娥镇。

老板说：“我离开九宫山后去探望了那些被骗的老友的家属，看着他们人财两空失魂落魄的样子，怎么都不能释怀。我在想那个叫蓝烟的骗子已经被抓住，那被骗的钱都去了哪里，用来做了什么？然后我开始运用以往的人际关系调查嫦娥镇的经济走向，发现这个月以来镇上有很多人外出打长工，镇内所有的铁器厂、板车坊、船厂、布坊和手艺小作坊……还有整个桂花江码头的大船队都被神秘人士收购了，大量的房地产、闲置土地也在一个多月前易主，房主是个外地人，早就已经病得连床都下不了了，对他自己在嫦娥镇的巨额房产一无所知。后来我联络那些打长工的人，虽然他们定期有写信回家，但通信内容很模式化，都是普通的问候，一涉及到私事就绕过去了。我把所有信件搜集起来，发现信的内容字句重复率奇高，笔迹相似，就像是统一代笔的。虽说有些工人不会写字要到外面找先生代笔，但连会写字的那些人为什么也要代笔？除此之外镇内的船队和工厂也在外地大批大批地招人，但他们被招来以后去了哪里干活，干什么活谁也不知道。我还发现船队这个月购进了许多商船，出入次数也比以前多了至少五倍，但镇上商铺的货物总量没有增加，反而减少了，舶来商品因为缺货价格上涨了很多——那他们运来运去到底在运什么？”

燕羽元听到这里已经明白了：“运土？”

“没错，我把所有神秘易主的土地、被收购的工厂商铺画成了图，发现它们在嫦娥镇的地图上连成了互通的回廊。以前我去边塞做生意时听说过那些长年战乱的土城会在地下挖一个城的地道作战抗敌，所以我马上想到嫦娥镇上是不是发生了同样的事……然后我就看到这个。”

燕羽元震撼地望着眼前的地下城。

卢长舟也咽了咽口水，他在嫦娥镇生活了这么多年，怎么也不会想到自己脚下会被挖空。

老板说：“这地下城没有人，也没有妖怪，只有这些树根，都不知道是做什么用的。”

站在他们后面的涂宝珠和涂九珠互看了一眼，涂宝珠环抱着双臂："它在吸收我们的妖气。"

涂九珠补充道："是瘴气。"

妖力由瘴气转化而成，所以吸走瘴气，妖力自然就会减弱。

"我们还是先出去吧，这里好可怕。"涂宝珠都打起哆嗦了。

燕羽元点头："既然别的地方老板都看过了，那就出去吧。"

他虽然这样说，却并没有回头，而是望着那些交错的树根，觉得非常眼熟。

他在哪里见过这种树？

老板看他没动，问了句："对了，跟你一起救我的那个小姑娘呢？她没事吧？"

九宫山都变成了那样，他也有点担心另一个救命恩人。

燕羽元想起水墨，心中不觉有些刺痛。

明明一开始对她的纠缠还很厌烦，可现在发觉她其实是认错了人，他的心里不禁空空落落的，甚至想永远不告诉她真相，就这样继续错下去。

涂宝珠拍拍他的肩："走吧，儿子。"

燕羽元露出一个苦笑，转身把这个讽刺的念头赶出了脑袋，心却越来越沉。

……

九宫浮地，水墨和玄寅已经试到了第三十三个地方。

一张庞大的禁制墙正拦在他们的面前，墙上布满了复杂的阵式和符文，每道纹路都散发出微微的蓝光。

禁制这东西不是靠法力高就能炼成的，还需要复杂的设计，就像钱庄金库的防盗门，不是说用最坚固的材料做出门来就行，还要装上最难复制破解的锁。同时它还需要灵气去维持，一旦连通禁制的灵气场破坏掉，那就像把防盗门轰出一个大洞，不用解锁也能不请自入了。

不过布这些禁制的人显然也提防到这一点，在大部分禁制墙上安装了罕见的灵石，灵石能储存灵气，就算九宫浮地的灵脉也被毁掉，这些禁制墙也能维持一段时日。

“不是这里。”

水墨收回手，抹掉掌心的传音符。

玄寅郁闷道：“该不会蓬蒙听到了我们的声音却不回答吧？”

“他被关了这么多年，都快闷死了，有人跟他说话高兴还来不及，怎么会不理？”

“那可是魔皇蓬蒙啊……”玄寅提起他，真是又恨又怕的。虽然恨有很多，但因为太可怕，连这份恨意都被压制住，更无暇去企图反抗和报复。

“就算成了魔皇，最早他也是人类啊。”

赤霞真人说过，人类是最怕寂寞的，他们的生命明明比妖怪和神仙都要短，却比任何一个种族都更害怕寂寞，所以才需要成亲，组建家庭。就算蓬蒙成魔，他的心还是人，这一点是无法改变的。

“嗯，这么说他被关这么久也挺惨的。”玄寅说这句话的时候没有半点同情，而是幸灾乐祸。

水墨也不同情他，就算是人，那也是个大坏人、大恶人，有心也是黑的，有什么好可怜的？

“去下一个目标吧。”

玄寅点点头，说：“你研究禁制的手法好像越来越快了。”

水墨解禁制的手法是从赤霞真人那里学来的，她也觉得这三十几个禁制试下来，不仅是解法熟能生巧了，就连法力也变强了，一汩汩无形气源源不绝地涌进她的灵核。

也许下回不只能打进传音诀，还能试试高级的水镜，看看禁制里的情况？

他们又试了二十几个地方，虽然速度比之前要快了近两倍，但天色也渐渐转昏。

没有守卫的目标最终试遍了，试得连水镜都开始能打了，可还是没有发现蓬蒙的踪影。

他们又转而迈向那些日常有守卫的地方，结果守卫连个影子都没见着。

玄寅这时也觉得此时的九宫浮地有些过于安静了："不会所有人都下去打妖怪了吧？"

水墨也担心起来："难道来的妖怪很多，他们挡不住？"

"至少还没有攻上来，应该是挡住了吧。"他也有点不确定。

"我们要不要下去看看？"

"算了吧，反正我们也帮不上忙。而且我都不知道自己该帮哪边。"

如果按身份，玄寅是妖精应该帮妖族，但太岁族又跟蓬蒙有仇，为了阻止他们放出蓬蒙，他应该帮九宫门。但九宫门又是妖怪的敌人，朱邪要是知道他是太岁，早把他煮了吃了……

"哎呀，好复杂，不想了，先找到蓬蒙再说吧。"

水墨迟疑地往外望了一眼。

她跟朱邪不大合，但以眼前的局势她肯定是要站在他这边的。可她现在连山下什么情况也不知道，就凭她一个跑下去也改变不了什么。

燕羽元还在等她，问蓬蒙找羽衣的机会只有这一次。她不能错过。

"走，下一个。"

最终她下定了决心，虽然很对不起那些道士，但她没有忘记自己下凡的目的——一定要找到羽衣。

一夜过后。

水墨还在一道道禁制墙前努力摸索着。

玄寅本来还想给她当护卫做警戒，后来见她总是那几道步骤在反复尝试，手势又快又复杂，看得既眼花又枯燥。越看越困，最后干脆变小了缩进她的帽子里，眼睛一闭睡着了。

几个时辰后他睁开眼睛爬上水墨的肩头，看到她还在解禁制。

他打了个哈欠："你不累啊？"

"累死了。"水墨眨着熊猫眼说："我现在困得能吃下一头牛。"

研究禁制既耗体力，又耗脑力和法力，她现在不只是身体累，精神也累，就像两头烧的蜡烛，脑袋都要冒烟了。

"困跟吃有什么关系？我看你累得连话都不会说了，不如先休息一下吧。"玄寅跳到地上变大了，往四周望了望："这是到哪儿了？"

"白鹤殿的材料室。"

"都到内殿来了？"玄寅一惊，拿出那张地图一看，惊愕地发现那上面差不多画满了叉叉："这么多？你一晚上都试了？"

水墨点了点沉沉的头。

玄寅叹为观止地望着她："其实你没有散掉仙力，而是把它藏起来趁机偷偷用吧？"

"散了，散了。"她有气无力道。

"你，你……太厉害了。"

玄寅简直不敢相信，她真是小画仙水墨，不是昆仑金仙吧？

"啊啊啊！"水墨突然抬头喊着："累死了，连阵式都看不清楚了！"

"小点声，小点声，要是招来人怎么办？"

水墨转过头，满脸意识不清的表情："人，什么人？我一晚上走来走去也没见着人啊。"

她伸伸懒腰，摸着肚子："好饿。"

"去灵田那边找点吃的吧。"

"嗯。"水墨站起来，身子晃了一下，把玄寅吓了一跳。

他赶紧扶住她："你真没事？"

"有事，好饿。"

他们走出内殿，果然看不见一个人，不过各个浮岛上的建筑并没有损坏的痕迹，灵脉也还都好好的。

气氛平静得都有些怪异了，水墨突然说："没有灵鹤在叫。"

玄寅这才明白怪异在哪儿。

虽然九宫浮地的人一向很少，还各个都喜欢闭关修炼，但这里从来不会绝对的安静，因为无论走到哪里他们都能听到灵鹤的叫声，就连夜晚也不例外。

现在天还没亮，妖族并没有攻上来，也没有人在守卫九宫浮地。

难道整个九宫门都倾巢而出了？

"真怪。"玄寅都有点毛骨悚然了。

他是很需要能找到蓬蒙的机会，但机会也别来得这么大啊，简直像是跳进了一个装满了诱饵的陷阱里。

"要不我们下山看看吧，我很担心燕羽元。"

玄寅看水墨都累成这样，当然也不好意思再让她辛苦，而且眼前的状况实在有点诡异，让他有种不祥的预感。

"好，下次再来找。"

反正一千年都等了，他也不在乎会不会错过这一次。找亲族很重要，但保住小命更重要，这是玄寅一直以来的生存法则，不单单是因为他胆小怕死，也因为他或许是世上唯一一个活着的太岁精了。

水墨刚刚开始画飞天符，这时，旁边突然传来一道声音。

“你们怎么在这儿?”

玄寅往那边一看，发现来的是守灵田的道童黄瓜。

黄瓜的头发乱糟糟的，鼻涕眼泪流了一脸，浑身上下十分狼狈。

他站在那里，目光充满了质疑与愤怒：“你们也是跟妖怪一伙的吗?!你们这些叛徒，和妖怪合谋杀了掌门，杀了长老，还杀了……咳咳!”

他突然咳出一口血来，身子往后倒去。

水墨抢先一步飞过去扶住他，跪地把他放在腿上，对他施出治愈术。

谁知黄瓜狠狠地把她的手拍开：“不要你装好心!”

“黄瓜!”玄寅急了，在九宫门卧底这些日子以来，他和这几个守田的小道童走得最近，经常指挥他们去干这干那，他们也把他当老大来看。现在看见他这样，他也是既惊讶又着急：“我们没有跟妖界合谋，你别误会，先让她给你治疗。”

水墨不等答应说已经在施法了。

黄瓜的眼里又流下两行泪，满眼不解地问：“那你们为什么没来帮忙呢？为什么……”

他每说一句话嘴角都会淌出血来：“大家都死了，如果你们不是妖怪的帮凶，为什么不来救我们?”

水墨和玄寅不约而同地沉默了。

他们都没有想到九宫门会败，更没有想到会败到这个地步，竟然连修仙界第一人朱邪都不能幸免。

不过，没想到并不是理由。就算他们不想参与这场乱战，至少也该去救出黄瓜、番薯、茄子……可他们都把这件事抛在了脑后，一心只顾着找蓬蒙。

在他们躲在九宫浮地偷偷摸摸鼓弄禁制的这一夜，九宫山究竟发生了些什么?

黄瓜又咳嗽了几声，眼中的光芒越来越黯淡，口里依旧幽怨地念着：“为什么不来救，为什么……”

最终，他半张着嘴，睁着绝望不甘的双眼，彻底没有了声息。

水墨感到手心一片湿濡，她把黄瓜的身体轻轻侧过来，只见他的后背上伤痕累累，没有一寸完好的肌肤。

第十五章　化身

天已经微亮，水墨和玄寅站在山顶，望着下方黑灰色的一片，心情都十分凝重。

玄寅打开界洞："走吧，别看了，要是有妖怪过来就糟了。"

水墨也明白现在不是发呆的时候，赶紧先跟他进去。

不过到了隧道以后，他们都没有再往前迈进一步，而是低着头在沉思着什么。

玄寅握了握拳头，眼睛不觉地有些湿润："我其实……"他吸了口气，努力掩饰着声音里的哽咽："如果我肯分寿命给黄瓜，也许能够救他。"

他像是在等待惩罚的罪人，低着头颤抖着，生怕会对上她失望的目光。

"然后呢？"水墨说："暴露身份，被道士或者妖怪抓走？"

玄寅怔了怔，抬头望向她的脸，发现她的脸上既没有责怪也没有轻蔑，而是以稀松平常的语气说："别傻了，你可是太岁。"

他感到鼻子一酸，心中涌起暖流。

如果是别人，这句话的意思绝对不是这样的。

别人会说，你是太岁，能给人治病的，应该要多帮人，这是你的责任。

或者说，你是太岁，能延年益寿，不要那么自私，分点寿命给别人又如何？

可他知道水墨没有怪他，她想说的是：你是太岁，所有人都惦记着你的寿命，你得好好保护自己。

玄寅吸吸鼻子：“讨厌，你总是想把我害哭。”

水墨想着黄瓜的眼泪，胸口又闷得有些难受：“如果我们能做点什么就好了。”

九宫山已经沦陷了。

朱邪死了，黄瓜也死了。

但他们现在还在九宫山里面，能不能借着这个机会做点力所能及的事呢？

水墨问玄寅：“你的界洞最远能通到多远？能到嫦娥镇外面吗？”

“要是改别人开的界洞还行，我自己也能开，但妖力不行，效用小得多。”

“那你教我怎么开，让我试试。”

玄寅惊讶地看着她：“你想做什么？”

“九宫山可能已经被妖怪占领了，虽然我们打不过妖怪，但可以从这里开一条秘密通道，让能夺回九宫山的人进来。”

玄寅也觉得对不起黄瓜，想做点什么补救，所以听到这个建议立即觉得可行：“好，我教你。”

……

“快快快快！赶紧出来！”

隧道的半空中开着一个乌黑色的洞口，水墨的半边身子露出来，洞口正在慢慢缩小。

她甩出银河簪上的云丝，十米开外的玄寅伸手临空一捞，抓着云丝把她拽了出来。

水墨掉在地上，回头一看，界洞已经关上了。

由于一直在山体里面钻来钻去，他们也不知道现在是什么时候。但练习了几十次以后水墨已经找到开界洞的窍门了，只是定位和距离还不太准。不过这进步已经足够让玄寅很吃惊了。

他扶了水墨一把，看她满脸都是汗，眼里全是疲惫："先歇歇吧？你很久没睡觉，也很久没吃东西了。"

"我不饿。"

"之前在白鹤殿你还喊饿来着。"

"其实也没有那么饿，只是觉得不对劲想离开而已。"

玄寅白了她一眼："我管你什么原因，反正你现在需要休息！休息！"

这时附近突然传来轰的一声。

水墨以为又遇上了妖怪，赶紧用舍命环隐住他们的身影。

之前开洞的时候他们好几次遇到妖怪和红骨精，都小心翼翼避开了，但不知道这次会不会遇上厉害的大妖怪。

正想着，一个金色金属眼珠朝这边飞了过来。

水墨一愣，这不是……

"谁在那里？"

玄寅瞪大眼睛，这个声音……

隧道的拐角，一个人撑着墙壁踉踉跄跄地走过来。

水墨收起舍命环，玄寅惊讶地出口："掌门？！"

来人正是朱邪，他的衣服已经被血染透，连眼睛也是血红血红的，整个人像没有骨头一样贴在墙上。

他看了眼水墨，然后将目光转向玄寅："你们，怎么会……"

水墨截住他的话："碰巧遇上的，他不知道狐妖的事。"

她知道现在要说他们不是跟燕南一伙，没有参与进攻九宫山他肯定不会相信，所以也没有费神去解释："过程是怎样我就不多说了，总而言之我现在也被妖怪追杀了，既然立场相同，不如我们先抛开成见握手合作？"

朱邪用一种看疯子的眼神看着她："别开玩……"话还没说完他突然滑了下去，以一种难看的姿势摔在地上，背上的剑匣也滚落到一边。

他顾不上伤口剧痛想把剑匣拿过来，却怎么也抬不起手臂。

玄寅看他已经这么惨了，好心扮演着贴身小棉袄的角色，帮他把剑匣拿过去，再扶他坐起来。

朱邪抱住剑匣后，戒备地盯着水墨。

她则看着他的剑匣眼睛发亮："你有没有能开界洞的法器？要开很远的那种？"

朱邪听到她说的话，却连动一下手指的力气都没了，眼皮也开始往下垂。

"喂，你别睡啊。"水墨抓住他的肩膀重重一握："我要从这里开一条界洞出去，你肯帮我的话我就把你一起带出去。"

朱邪被她唤醒，自嘲地扯了扯嘴角。

九宫门已经没了，他还能去哪儿，或许葬送在这里已经是他最好的归宿。

玄寅说："掌门，她说的是真的，我们可以开一条密道到嫦娥镇外面去，等到其他门派的人赶来以后就可以从密道攻回九宫山。"

密道？

这次九宫山灵脉被毁，就是输在密道上。

可密道到底是怎么挖出来的？九宫山中重重禁制，哪怕有人在山壳子里面用法力，不管是妖法还是道法都会马上被察觉出来。如果有什么方法能躲过禁制的排查，除非挖密道的既不是妖也不是道士，而是拿着铁锹、锤子的普通人。

各大修仙门派或许已经知晓九宫山内发生的一切，但已经晚了，如今整个嫦娥镇或许已经成为妖族的天下，他们要夺回局面难上加难。

开一个界洞当密道？

放眼于未来，这的确是个好点子。

趁着妖族现在初获胜利，还没来得及张开自己的禁制网时开出一个界洞，等到他们布置好禁制网以后，这个界洞将成为修仙界唯一的希望。

但这个点子偏偏是水墨提出来的，他信不过她。

玄寅对水墨说："我记得他有个叫长空锥的法器能洞穿结界，把你开界洞的功夫和长空锥加在一起，也许能管用！"

笨蛋，不要相信她！

朱邪在心里说。

在这次的乱战里他的法器仓库已经空了一大半，有的毁了，有的被妖怪抢走，但长空锥还留着。

不过没有他的允许，谁也不能从剑匣里取出长空锥。所以他也不担心，乐得看水墨像跳梁小丑一样着急的嘴脸。

可水墨并不急，而是用一种复杂的目光注视着他的剑匣，良久，说："有件事我很想问你，但在这之前，我要先验证一下我的猜想。"

她将手放到剑匣上。

朱邪不明白她要做什么。

她的嘴里吐出三个字："长空锥。"

然后剑匣开始震动，每一道符文纹路都发出淡淡的暗光。

这是朱邪最熟悉的鸣动，可这一次不是因他而发出来的，他的法力早已经用到枯竭了。

他愕然地看着一个锥形的水银柱从剑匣里升起，悬浮在他们的上空。

长空锥，真的被唤醒了。

玄寅目瞪口呆地望着这一幕："你怎么办到的？"

水墨眼里的震惊并不比他要少。

"原来他就是燕南。"她怔怔地呢喃道："燕南已经死了，那卢长舟见到的那个人又是谁？"

朱邪死灰一般的双眼里露出惊愕的光芒。

……

天亮以后，妖族逐渐开始占领整个嫦娥镇。

涂九珠和涂宝珠化回狐形混入妖族的队伍里，拿到一艘货船，然后把燕羽元和卢长舟双双打昏，带上思乡酒坊的老板，顺着桂花江离开了嫦娥镇。

燕羽元醒后知道已经回不去了，先是望着窗外一言不发，然后从无极袋里拿出什么往嘴里塞。

等涂宝珠进来的时候，发现他居然在吃碧落果："你疯了?！现在吃没有用的！"

她把吃到一半的果子挥开，回头只见燕羽元整个五官都皱在一起，抓着喉咙十分痛苦。

"你等等，我去拿蜂蜜水！"她知道碧落果苦，也来不及想这苦到底是生理还是心理上的，蜂蜜水能不能治就跑出去了。

燕羽元也知道离喝下黄泉酒已经过了很长时间，吃碧落果不会起任何作用，但他就是想试一试。

之前在地下城里看到那些树根，在他脑子里留下挥之不去的印象，他总觉得那东西在哪里见到过，而且当时水墨就在他的身边。他想试试能不能靠这种苦楚回想起当时吃碧落果的感觉，捕捉那时漏掉的记忆片段。

一阵翻腔倒腹过后，他的脑中闪过凌乱的画面。

骨灰潭，天树，红骨精，画轴，还有……水墨。

从画里扑出的水墨。

带着他爬树的水墨。

和他一起闯出鬼市的水墨。

说自己是神仙，要下凡来找师傅的水墨。

“快，快，赶紧吞下去。”

涂宝珠又跑回来，一时间她在船上也找不到蜂蜜水，只找到一块麦芽糖，掰开燕羽元的嘴塞了进去。

麦芽糖滑进他的喉咙，差点噎得他连气也喘不过来了。

他俯下身趴在凳子边，艰难地把哽在嘴里的麦芽糖吐出来，等到呼吸重新回到胸腔，他望着地板，心中掠过一个念头。

昆仑十三金仙之首，赤霞真人……我？

“燕兄快出来，找到水墨了！”

卢长舟的声音从外传来。

燕羽元听了心中一怔，身体却不由自主地往外迈去。

此时货船已经开到了嫦娥镇外百里处一个小村庄旁，思乡酒坊的老板不想离开故乡太远，而且他酒坊的仓库就设在这儿，也算有个能落脚的地方。他决定先留下来看看情况，就算妖灾一时间过不去，嫦娥镇内还有幸存的居民会设法出逃，到时他能帮一点是一点。

卢长舟听了老板的话后也想留下来，他也是嫦娥镇的人，而且连缈和水墨都在镇里，他不能这么一走了之。

涂九珠俨然已经成了他的尾巴，而燕羽元虽然不吭声，明显也是放不下水墨的，所以涂宝珠只得答应他们再留一天，一天以后修仙界必有动作，到时他们蜂拥而来，还没有攻回嫦娥镇就撞见她们这两个狐妖，那误会可就大了。

卢长舟待在船上怎么也不能安神，便求着涂九珠带他到嫦娥镇外面转几圈，看看能不能遇到连缈她们逃出来。

本来他只想求个心理安慰，没想到转了半圈，居然真的见着了水墨。

“不过除了她以外，还有两个人……”卢长舟往旁边一让，露出玄寅和朱邪。

朱邪已经精疲力竭陷入半昏厥，眼睛虽然闭着，眼珠却在眼皮底下不安地转动着，嘴唇也在微微颤抖，似乎想说些什么。

水墨的样子比他也好不到哪里去，跪在地上满头大汗，累得都快虚脱了。

玄寅一边拿袖子给她扇风，一边抬头道："有吃的吗？"

燕羽元定定地望着水墨，头也不回道："去村子里弄点吃的来。"

涂宝珠瞟瞟朱邪，再看看被卢长舟按住肩膀，却浑身怨气冲天的涂九珠。

这到底什么情况？

这丫头怎么把这人也带来了？真不省心！

不过这会儿也不是深究的时候，她踢踢朱邪的肩膀，看他真的已经奄奄一息了，对卢长舟道："看住她，别打起来。"

卢长舟猛点头，刚才他们见着这三个人的时候涂九珠差点就要爆发了，还好被他劝住。

虽说之前朱邪在桂花江攻击过他们，但卢长舟和许多嫦娥镇百姓一样，把九宫山掌门当个半仙崇拜尊敬了这么多年，一时也转不过弯来。

燕羽元走过去，蹲在水墨的面前。

水墨抬起脸望着他，眼睛像温泉水泛着氤氲的光泽："我有话……要跟你……"

她才开了个头，脑袋点了点，合眼靠到了燕羽元的肩上。

玄寅解释道："她是累坏了，让她休息休息。"

燕羽元斜眼瞥着他，玄寅顿时觉得自己仿佛是像被饿狼盯住了，从头到脚打了个寒战。

不过他并没有说什么，而是拦腰把水墨抱起来，带进房里。

卢长舟赶紧跟进来，体贴地铺好床，让他把她放上去。回头却见玄寅把朱邪也背了进来，毫不客气地踢了踢他的后脚跟道："那张床也铺上。"

这间房的确有两张床，但让这组合躺一间房里，不太妥当吧？卢长舟顿时犹豫起来。

玄寅却有自己的想法，朱邪现在是九宫门唯一一张底牌，他要看着他不被那只狐狸啃了，还要看住燕羽元别对水墨动手动脚，又不能在他们面前露出分身，所以放一间房里是最好的方法。当然他不会实话实说，而是道："这是水墨的意思，待会儿她还有话要问他的。"

至于是什么话，玄寅也不清楚，那时他们还在妖怪窝里，急着打出界洞也急着逃跑，再多废话几句就危险了。

不过之前他真的被水墨那一手给惊到了，她怎么能开启朱邪的剑匣？那可是打了魂印的啊。

他越来越觉得水墨不简单，绝不是他以为的那个废柴小画仙。

不过真相是怎样又有什么关系呢，她都不介意他是太岁来着。

燕羽元对卢长舟道："没关系，帮他铺床。"

他也有很多问题要搞个明白。

……

"你跟她不是在嫦娥镇才认识的吧？"

燕羽元靠在床边，冷不丁看着睡得毫无形象的水墨道。

玄寅坐在旁边的床上，正抱着个大碗狼吞虎咽，听到他这么问露出一记坏笑："肿么，看粗……"

他把嘴里的食物咽下去，又重说了一遍："看出我们感情好，羡慕了？"

燕羽元丝毫不受他挑衅："你知道赤霞真人是谁吗？"

玄寅得意地回答："当然知道，她什么都告诉我的，羡慕了？"

"你知道水墨是从哪里来的？"

"不仅知道，还去过她以前待的地方，她会来嫦娥镇有我一份……功劳！"玄寅脸也不红道："这回总该羡慕了吧？"

燕羽元瞥了他一眼："不羡慕，小矮子。"

玄寅一冲动差点把碗都给捏碎了。

他已经一千多岁了有木有！早就玉树临风器宇轩昂了有木有！要不是当初在昆仑山失误被逮到，丢了那么多寿命才逃到水墨那里，他现在也能变个惊天动地的美青年有木有！虽然他装小孩很有经验，也习惯了被当成小孩子看，但换成这个人真是不爽不爽不爽！

"唔……吃的在哪里？"

这时水墨迷迷糊糊地伸手在空中一捞，结果胳膊肘撞到墙上，一声闷响痛醒过来。

她睁开眼，眨了眨，发现燕羽元就坐在她的面前，也没有惊讶他怎么会在这里，而是无比自然地冲着他一笑。

燕羽元看着她依旧带着丝丝傻气的笑容，所有的疑问与窒闷刹那间就像被投入温泉的薄冰一样化开了。

记得也好，忘记也好，并不会改变什么。

她依然是那个专注于他的水墨，依然会义无反顾地跟在他的身旁，既然已经确定自己无法割舍这份情感，那便尽力让它长长久久。

他的心里百转千回，脸上却没有表现出任何异样，而是故意捏了捏她的鼻子说："洗了澡再吃。"

"哦。"她翻身起来。

虽然才睡了没几个时辰，但精力已经恢复了大半。

尽管心里揣着天大的秘密，水墨还是按捺着把自己收拾干净，填饱肚子，决定用最好的状态去面对这件事。

到了傍晚，朱邪终于也醒了，于是船上的所有人都汇聚到了船舱的睡房里。

卢长舟守在涂九珠边上，玄寅还坐在朱邪床边，涂宝珠搬着板凳坐在门口，燕羽元和水墨当然也是黏在一起的。

画仙
HUA XIAN
Illustrated by 容境
非卖品·随《画仙》赠送
群言出版社
QUNYAN PRESS

所有人都望着水墨。

朱邪的眼里充满疑惑，她怎么会认识燕南?

燕羽元的目光里也写满了复杂，他很想知道自己与燕南之间究竟有什么关系。

水墨缓缓吸了口气，开口道：“当年被朱邪所杀的那个燕南早已经死了，他没有跟狐妖生过孩子，也不是燕羽元的父亲，而现在冒出来的这个燕南，是假的。”

涂宝珠本来还屏息听着，听完长舒一口气：“哎，我就知道大姐不会瞒着我们找男人的……”

朱邪质疑道：“你怎么知道这件事，你有什么证据?”

水墨不答反问：“你为什么要杀燕南?”

他看了一眼涂九珠：“他背叛九宫门，和狐妖勾结在一起，这理由还不够吗?”

涂宝珠气道：“狐妖也有好的，你怎么能一竿子打翻整条船?”

“妖怪也有好的，人也有坏的，这个道理谁都明白，但非我族类其心必异，除魔卫道不是为了惩恶扬善，而是要驱除异敌。上任掌门……我师傅正是没有觉悟这一点才被故作伪善的妖怪蒙骗成为他们的口中餐，我不会，也不能让九宫门再重蹈覆辙!”

他的眼中充满了坚毅与决绝，仿佛是为了这个信条能够付出一切，哪怕因此背上永远都洗不清的罪恶，被打入地狱永不超生。

就连涂九珠闻言都微微一愣，略略为他坚韧的意志所动容。

水墨又问：“那你为什么认为燕南没死，还跟狐妖在一起?”

朱邪说：“我从妖怪口里挖出一些传闻，听说涂山氏的准狐王跟九宫山的人类男子相恋，和他私奔，还在凡间生了个孩子。”

涂宝珠惊吓地将脸转向涂九珠。

燕羽元皱眉道：“你知道准狐王是谁吗?”

他答道："我追杀燕南的时候他的身边有只金狐狸，在他死后逃走了。那狐狸虽然把尾巴藏得很好，但用了涂山氏狐族的妖法，论妖力应该是准狐王。"

"金狐狸是指的大姐吧，你搞错了，她不是准狐王，准狐王在这儿，被你捉过的那个。"

涂九珠龇牙。

朱邪明显有些反应不过来。

当年涂九珠没有露出九条尾巴，实力又弱，他一直以为自己逮到的只是涂山氏的一只小狐妖。

"这里面好像有点误会。"燕羽元说："准狐王的确和凡人相恋过，但不是跟九宫山的修士，而是嫦娥镇的一名渔夫，更准确地说是跟他的亲爹。"他指向卢长舟。

卢长舟被点名，不禁有些紧张，像做错事道："对不起，是我爹。"

燕羽元猜测："可能妖怪对嫦娥镇没什么概念，只记得住九宫山才会那么传吧？还有，离家出走的不是准狐王，而是另外三个狐妖，不过她们没有私奔，只是出来捡个孩子带带而已。"

朱邪眼神诧异。

涂宝珠连连点头："嗯，我们三个可没私奔，只是翘家。"

玄寅满脸黑线，默默扶额。

作为九宫山掌门，朱邪从被捉来实验的妖怪口里打听到的消息，明显没他这个能去鬼市买卖情报的太岁来得灵通。早知道他该多跟他普及一下妖界八卦的。

既然话说开了，燕羽元觉得还有件事必须提前声明："顺带一提，那天在桂花江边我说的话只是诈你的，当时我们只想逃命，没想到最后会弄巧成拙，我们跟假燕南不是一伙的，他把你引到那里只是利用我们调虎离山。"

朱邪还是不信：“就算燕南没有跟狐妖苟且，又有什么证据说现在这个是冒充的?”

水墨看着他，认真地问：“蓬蒙是不是被封印在白鹤殿后面的洞府里?洞府外的禁制是不是燕南亲自布的?”

没等朱邪震惊出声，玄寅已经激动道：“你找到蓬蒙了?!”

“嗯，倒数第三个洞府就是，不过当时我不敢声张，怕有人在监视我们，故意又多试了几个地方。”

玄寅明白她为什么会这么想，他们在九宫浮地的所有行动实在是太顺利了，简直像是有人敞开大门请他们进去的。

水墨曾因为莽撞犯过盗天火的大错，造成让她追悔莫及的后果，所以这一次她时时刻刻都在提醒自己要小心。

燕羽元、涂宝珠和涂九珠对她提到蓬蒙都很不解，卢长舟则完全是在听天书了。

而朱邪，这两天以来他已经被水墨惊吓了太多次。

刚开始是看到她和狐妖一伙；后来他在九宫山隧道里徒劳地游走，正当绝望之际又撞上她和玄寅；再后来她开启了他的剑匣，布出一个界洞，把他通过界洞救出了嫦娥镇。

朱邪发现自己完全看不懂水墨。

她的来历不明，思路奇葩，行事乖张古怪，像新年爆竹一样，随时会在他耳边炸出不可思议的回响。

在九宫门沦陷时，他以为她是妖族的同伙，但后来她又救了他，还在九宫山内开了一个界洞。他清楚这个界洞对人类来说有多大用处，她为什么要弄这个界洞，为什么要救他，为什么不干脆趁机杀了他?难道是想引君入瓮，把各大修仙门派最强的天师集中到界洞另一头一网打尽?

他以为自己看穿了水墨的阴谋，可她现在居然又提到了蓬蒙，还发现了他的封印之处。

虽然蓬蒙已经被封印了数千年，久到人们都快把它遗忘成一个传说，但身为管理封印的九宫掌门，朱邪比任何人都要明白这个名字的破坏性。

“你……解开了禁制?”他的声音里充满了震惊与恐惧，即便是目睹九宫山沦陷时他也没有像现在这样恐惧过。

如果蓬蒙被放出来，那不只是嫦娥镇，整个人间甚至整个下界都将沦为炼狱。

“我解不开。”水墨回答，“但这个禁制我以前在天界见过，是赤霞真人设计的。也许你们现在不记得他了，可他是昆仑十三金仙之首，蓬蒙也是由他一手封印的。我能肯定除了他以外不会有第二个人能做出这样的禁制，所以我想，燕南只是他在凡间的一个化身。”

赤霞真人经常被派遣下凡，但依照天规，从不会告诉水墨他被派去做什么任务。他在凡间拥有很多化名和样貌，神仙和妖怪不同，就算幻化易容，人间修士也分辨不出他们的仙气。

“赤霞真人很会炼法器，他说过会在他做的每件法器上都打上我的魂印，所以我能开启你的剑匣，也能用你的法器。”

水墨说到这里时，心情微微有些激动。她以为除了她之外再也不会有人记得赤霞真人，但天界虽然抹去了他作为神仙时立下的功绩，却不能抹去他化为凡人时留在人间的痕迹。

“赤霞真人?”朱邪对这个名字的确很陌生，“你是说，燕南是神仙?”

他对她这番话感到匪夷所思，但同时心里又掠过一丝“也许真的有这个可能”的感觉。

虽然天界封锁飞升之途以后，凡间几乎再也见不到神仙的踪影，但如果他们隐匿身份悄然下凡，谁又能发现?

蓬蒙既是人间的灾难，同时也是仙界大敌，他们真的会放心把他交由人类看守?

如果说天界想要监视蓬蒙的动向，派一个神仙藏身在九宫山是最好的选择。而燕南一向神秘莫测，行踪飘忽，无论法术修为、创造力、想法眼界乃至气度都异于常人。

他比水墨更让人看不懂，身上充满了莫名其妙，所以朱邪向来既尊敬他，又戒备他，看到他跟狐妖走在一起立刻就认定他是个背叛者。

“如果你说的都是真的，那我是杀了一个神仙？还是金仙？”

水墨的眼神黯淡下来：“你没有杀死他，他只是回天界了。”

朱邪想起当年在他手中消失的尸体，心情也有些黯然。

“那他现在在哪里？”

“他被贬到下界，已经成为凡人了。”

“是谁？他变成了谁？”

水墨抬头朝燕羽元看了一眼。

这一眼，让燕羽元更加确信自己回忆到的画面不是错觉。

“是我。”他回答道。

涂宝珠看向燕羽元，眼睛都发直了。

她没听错吧，还是她会错了意？他真是在回答朱邪的问题？

涂九珠的表情也很诧异。

卢长舟已经进入了戏院看客的模式，听什么都像在听故事，只差鼓掌叫好了。

水墨说：“我来凡间是为了找到蓬蒙穿过的那件羽衣，让燕羽元变回赤霞真人，做回昆仑金仙之首。”

涂宝珠的嘴巴由“啊”变成了“哦”。

她儿子会是昆仑金仙之首？她现在该怎么办？宴请涂山氏族发喜糖炫耀吗？

朱邪一方面觉得水墨的话难以置信，可另一方面，他发现自己竟然觉得这件事并不违和。

水墨开启了他的剑匣，没有比这更让他动摇的事实。

如果水墨要编故事骗他，至少拿普贤真人这样知名的名字出来，为什么要编出一个根本不存在的第十三位金仙？

而且到了这地步，她为什么要骗他？他现在躺在狐妖的地盘里，已经废到连动根手指都觉得艰难。如果只是想要借他的名声去引修仙门派上当，她不该提出蓬蒙来引他猜忌，除非她是故意混淆视听。

可需要混淆得这么复杂吗？

朱邪发现自己陷入了一个思维悖论里，拼命地去找水墨设下的阴谋诡计，却又被自己的反阴谋证据给驳倒，信与不信成了两难。

“你的剑匣里有治愈方面的法器吗？”水墨问。

他说：“有，但需要灵气启动。”

他的灵核已经枯竭甚至衰败了，只有修复灵核，他才能恢复法力。

“我还是要找羽衣的，但我不想蓬蒙出来，所以我会治好你。”

无论是从行动还是精神上，朱邪都无法拒绝这个提议。

他还有一个疑问：“既然现在这个燕南是假冒的，那他到底是谁？”

燕羽元的心里隐隐闪过一个猜想，但他没有马上说出那个名字，他也需要更多的证据去确认自己的推测。

“不管是谁，以你现在的样子都拿他没办法，先顾好你自己再说吧。”

朱邪将目光转向他，眼神有些飘忽。

虽然身材长相完全不同，但一想到燕羽元可能是燕南转生而来，他就忍不住把他们的身影重叠到一起，甚至于连他说这句话的语气都觉得似曾相识。

燕羽元被他的眼神看得直起鸡皮疙瘩：“别这么看着我，我什么都不记得了。”

水墨的花痴他还能消受，朱邪就算了。

第十六章　揭秘

谈话会结束后，大家各自解散。

卢长舟出来以后奇奇怪怪地跟燕羽元握了下手："好，很好。"然后梦游般地走开了。

"……"

涂宝珠走过来，上上下下打量着他，最后拍拍他的肩说："先别告诉大姐和老二，下回碰到我要吓死她们。"

"……"

她又指指后边的水墨，悄声问："她也是神仙？现在还是？"

"是吧。"

她有些发愁："神仙不能谈恋爱的啊，哎，好好的儿媳妇没了。"

边发愁边推着涂九珠往边上走。

燕羽元没想到她会说这个，回头一看水墨已经走过来了，不由得紧张起来。

从一开始水墨就没有瞒着他，但接连几个误会让他现在才知道真相。

但知道又怎样？赤霞真人对于他来说完全是另一个人，他没有他的记忆、经历、感情……他只是燕羽元，一个被狐妖养大的凡人。

水墨在他面前站定。

燕羽元咽了咽喉咙："有事？"

"你挡到我了。"她只是想进船舱。

“哦。”他让了让身子，想想又说：“聊聊吧？”

“嗯？好啊。”水墨是永远不会拒绝他的。

他们走到甲板上，此时货船还停在桂花江边，这里的江水已经不会再吸收妖气，涂宝珠说这可能跟嫦娥镇地下城的神秘树根有关。

水墨还沉浸在燕南是赤霞真人这件事里，心情很难平静。

燕羽元则在想怎么开口，要说些什么。

风一阵阵吹过，脚下的船轻轻摇晃着。

他定了定神，选择了涂宝珠的话当开场白：“神仙是不能有感情的，对吗？”“是啊，天规来着。”

“但你跟赤霞真人，我是说我从前那个，听起来不像是普通的师徒。”

水墨不解：“不是师徒是什么？”

“……”想起她理所当然地靠近自己，甚至索吻要奖励，燕羽元觉得还是别捅穿的好，他更关心的其实是另一件事：“在你眼里，我跟赤霞真人是同一个人？”

“本来就是啊。”

“如果我永远变不回神仙，永远想不起以前跟你在天界的事，你还觉得我们是一个人？”

“当然是啊。”

他又说：“你说你找羽衣是为了赤霞真人，那如果我让你不找了呢？”

水墨露出迷惘的神情，但还是很快回答：“那就不找。”

燕羽元一愣：“你真的答应？”

“你不喜欢，就不找。”口里这么说，她的表情还是很沮丧。

燕羽元极少见到她口是心非的时候，此时看到，不由得一阵心酸和自责：“我不会跟你回天界，因为我在这里还有家人，我不会抛弃她们。”

“那你不要我了？”水墨难过地望着他。

“我不是这个意思，如果你愿意的话，你也可以留在凡间，我们还是可以在一起。”燕羽元的语气里带着几分恳切。

水墨的心里却是酸酸的，胸口也堵得慌。

其实无论赤霞真人变成什么样子她的想法都不会变。她会一如既往追随他，听他的话，既然他不稀罕当神仙，那就不当也没关系。

可现在他完全不想记起过去那些事，这让她觉得生命里很重要的一部分被轻易地舍弃了。那么长久的岁月，他们一起做过的所有事，说过的所有话，他通通都不要了……

好吧，他在凡间的前十八年她没有参与，会出现更重要的人也是很正常的事，她会学着去忍耐。但如果他选择做个凡人，她真的可以一直陪着他吗？

她是神仙，所有私自下凡的叛仙最后都会被天庭抓回去受罚的。如果他不做神仙了，他们岂不是又会被分开？

“不要这么不开心，难道你不喜欢这里？”

“我喜欢的。”

水墨已经在想，要怎样她才能永远留在凡间，难道也要去天庭削去仙骨转生重来？

不，她不怕痛，但她不能忘记赤霞真人。如果连她也遗忘了，这世上就再也不会有人记得身为金仙的那个帅气的他了。

该怎么办？

水墨的思绪犹如陷入了混乱的泥潭，就连赤霞真人离开时她也没有这样苦恼过，因为他说过他会回来。可现在燕羽元不想回来，她又能做些什么？

这时，一道灵光像救世之手一样把她从泥潭拉了出来。

也许她也可以穿上那件羽衣？

羽衣既然能让人变成神仙，当然也能把神仙变成凡人。

没错，没错。

“就这么办。”

她很快定下了新的目标。

燕羽元不知道她到底想了些什么，不过看她的眼神又振作起来，总算松了口气。

他看得出水墨有多重视赤霞真人，也明白这样说会很伤人。但他不想她再为了羽衣去找蓬蒙，那实在太危险了。

……

几日后，修仙界并没有如他们想象中那样很快汇集起来反攻嫦娥镇。各大门派的确收到了九宫门沦陷的消息，但同时另一个可怕的消息也传开了：蓬蒙的封印被解开了！

朱邪和水墨都很清楚这是个假消息，但其他门派却都半信半疑。

九宫门是什么地方？朱邪是什么人物？就算鬼门被打开也没有那么容易攻上去，可现在到处都在传朱邪死了，九宫门不剩一个活口。

这种惨败的结果让他们越发相信蓬蒙真的出来了，他们开始恐慌、混乱，有的踌躇观望，有的甚至已经落荒而逃，就连民间百姓也听到风声惶惶不安。

此时又有新的传言出来，说蓬蒙成魔其实是被逼的，他费尽千辛万苦炼造了射日弓救世，天庭非但不感谢他，还因为嫉妒他的才能打压他，玉皇大帝就更过分了，居然秘密指使后羿杀了他灭口。他所谓的杀害师傅之罪其实只是为了自保，而掀起逆天之战也是为了阻止天界自私地锁死飞升之路，让凡人都有机会成仙。

蓬蒙到底有多可怕，现在的老百姓是不清楚的，对他们来说那太遥远了，长久以来修仙门派的旺盛发展让他们连被妖怪迫害的机会都很少，更别提几千年前的什么魔皇，甚至于大多数门派的修士也对蓬蒙的威胁性非常陌生。

不了解，也就意味着无从产生恐惧。

现在到处传蓬蒙被玉帝迫害，很多人都信了。再一听他逆天是为了方便大家成仙，立马就将天平倒向了他。

人们脑补的越多就越同情蓬蒙，边唾弃玉帝小心眼儿耍阴谋，边愤愤神仙霸占天界不让大家成仙。有的甚至于忍不住异想天开地想：要是当初蓬蒙逆天成功了，兴许现在我也是神仙了。

当凡间力挺蓬蒙的风气传到朱邪耳朵里的时候，他气得脸色铁青，恨不得要吐血。

燕羽元无尽感慨："续妖海战术以后是舆论战，看来这一次妖界准备得很充分啊。"

本来他们说好过一天就开船离开，但现在已经待了好几天，既没有嫦娥镇里的妖怪攻出来，也没有修仙门派过来，清净得简直让人不适应。

朱邪现在已经能起身走动，灵核也得到治愈，法力正在慢慢恢复，但要打妖怪还差得远，再加上涂宝珠把他的剑匣给藏起来了，所以他在船上的地位还是很低，要不是玄寅好心照顾他，连饭都没得吃。

不过朱邪也对玄寅起了疑心，不仅是他和水墨太要好，还因为那时他脱口说出一句：你找到蓬蒙了——语气还很高兴。

玄寅对他的质问则早就想到了应对办法，他大言不惭地说："其实我也是神仙，是来接赤霞真人班的。"

"……"

朱邪从未想过有天自己会和狐妖、神仙还有转生的燕南同坐在一条船上。

燕羽元把老板带来的小报递给他："接下来该不会有人怂恿大家毁掉神仙庙，改拜蓬蒙吧?"

水墨说："凡人的祭天和供奉能够助长仙气，要是大家都不拜了，确实会影响天界的气场和威望。"

朱邪忧心忡忡："不只是改拜蓬蒙，恐怕还要买假羽衣。"

"还有其他假羽衣？"燕羽元问。

朱邪道："九宫浮地之所以失守，就是因为有一个很资深的长老被画皮控制了，他杀了所有同门，自己也没撑多久。"

水墨想起了黄瓜，难怪他会以为他们是叛徒，原来他是被自己敬爱的长老杀死的。

画皮不是衣服，想给谁穿就能给谁穿，它是有生命的，在附身的那一刻内心必须主动接受，否则就会产生排斥。

卢长舟会变老，是因为他毫无防备地接受了涂九珠的"帮助"，不知道自己接过来擦脸的其实是画皮。可长老是很高级的修士，肯定认得出画皮不是一般的东西，但他还是抵挡不过成仙的欲望和野心穿上了它。

如果凡人们都相信那种画皮是能成仙的羽衣，穿上之后成为傀儡怎么办？

哎，真愁人："那些画皮怎么会这么厉害？"

"因为画皮里有太岁，太岁生来就会幻化分身。如果把他们的分身分为母体和子体，母体能够控制所有子体。蓝烟当时穿的就是有太岁母体的画皮，所以能控制穿了有太岁子体画皮的人，无论思想还是形象。"

玄寅默默听着。

燕羽元说："要是能弄到没坏的画皮来研究一下就好了。"

水墨想了想，问："九珠的画皮是哪来的？"

燕羽元一怔，母体控制子体，卢长舟不就是这样变老的吗？他起身喊道："狐老三，出来！"

涂宝珠从窗户里露出头："什么事？"

"九珠的画皮是燕南给的？"

"是啊，我没跟你说？"

"没有！"

这么重要的事，他们居然都给大意了，要是涂九珠穿的画皮有什么问题，岂不是连准狐王也会成为假燕南的傀儡?!

……

涂九珠坐在凳子上，冷着脸接受着众人的瞩目。

“真的脱不下来?”燕羽元问。

她梗着脖子，点了点头。

卢长舟满脸担忧：“这可怎么办，会不会有后遗症啊?”

他觍着脸问涂九珠有没有哪里不舒服，会不会觉得痛。

涂九珠虽然对他的关心比较受用，但想到自己被卢江骗过，又被假燕南骗，觉得非常丢脸，所以不想理人。

涂宝珠也很着急：“我还是把她带回涂山看看吧?”

涂九珠这时倒开口了：“不走。”

涂宝珠指着她的脑袋骂：“这是你能决定的吗？你的主意什么时候管用过？被人卖了还给人数钱——蠢货!”

涂九珠涨红了脸，身上哔哩哔哩闪起电流。

涂宝珠气道：“怎么，说实话你还不高兴了？想电死我报复啊！来啊来啊!”

卢长舟冷汗直冒：“别吵架啊，吵又不能解决问题。”

“你是想吵，可她肯吗？不管了，气死我了!”涂宝珠哼哼地坐到了一边。

涂九珠低下头，似乎也有些愧疚，连发出的电流也显得快快的，很没精神。

朱邪若有所思地在一旁看着。

他没有亲人，但他觉得一家人吵架应该就是像她们这样的，既生气又担忧，嘴里赌气说不管，心里却担心得不得了。

他不知道涂宝珠有这样的表现是因为她在人间生活了太久、染上了人类的习惯，还是妖族本来就是这样的？

燕羽元分析道：“既然她能控制卢长舟的画皮，穿的应该是母体，不会有事的。”

水墨说：“可蓝烟死了啊。”

她蹲在涂九珠跟前，仰头看着她的脸问：“你真的没有感觉吗？没有觉得除了头以外到处都怪怪的？”

卢长舟问：“为什么除了头？”

“蓝烟被画皮反噬后，不就只剩下一颗头。”

卢长舟打了个冷战。

涂九珠也有点吓到：“没有怪。”如果有哪里不对她早就察觉出来了，就算她再不谙世事，基本的警觉心还是有的。

燕羽元在想，为什么蓝烟是母体还是会死，难道太岁的母体上还有更大更强的母体？

要是能找到太岁来研究一下就好了。

“总而言之，要趁现在没事把画皮脱下来。”

涂宝珠没好气道：“怎么脱？你会啊？”

朱邪觉得有一道目光在盯着自己，低头一看是玄寅。

做了朱邪一年的道童，他很清楚掌门的本事。

“我会。”

犹豫了几秒后，朱邪说。

没有人比他更懂怎么去对付妖怪，剥画皮这种事的确难不倒他，可以前都是用来对付妖怪，现在却要用来帮助狐妖吗？

他还不能完全信任他们，就算现在稍微对这两个狐妖有点改观，但也不可能一下子就变得友好。所以说完他就有点后悔和犯恶心：“不过我的法力还恢复得不够。”

水墨伸手在衣服里一掏，拿出几块灵石："这样够吗？"

朱邪认出这些灵石："你拆了我的禁制?!"

"里面装的又不是重要的东西，拆了也没关系，再说我也没私藏啊。"

朱邪也快被气死了。

到这个份儿上才拿出来，不算私藏算什么?!

但话都说到这份儿上，他也不好出尔反尔，只有当是抵住宿和买饭钱。

其实不只朱邪不情愿，让他动手涂九珠也要乍毛的，卢长舟劝了半天她才眼泪汪汪地点头。

涂宝珠如临大敌地守在边上，玄寅也盯着看他的动作有什么不对，水墨和燕羽元也好奇地围观着。

在大家的注视之下，朱邪把手放在涂九珠的头顶，感觉到她的身体在微微颤抖。

"怕什么？"他说。

涂九珠愤然反驳道："我才没——啊！"

她的头顶一阵刺痛，朱邪已经把画皮抽了出来。

画皮离开了宿主的身体，立刻缩成一团半透明的肉球。

卢长舟看了一会儿道："有点像水母。"

玄寅也仰头望着："好像还在动？"

朱邪把"水母"放进盒子里，交给燕羽元。

他受宠若惊："给我？"

他说："燕南在的话，早就研究出这东西了。"

"嗯，嗯。"水墨也点头。

"……"燕羽元想把赤霞真人揪出来，给他一拳头，让他低调点，别给他这个转生这么大压力。

"不知道嫦娥镇里现在怎么样了，妖界为什么迟迟没有新的动向？"

修仙门派没组团杀过来是因为他们都被关于蓬蒙的流言蜚语吓到了，不过朱邪在身体好转后已经向他们发过传书，各门派代表很快就会赶来跟他见面。但他不明白为什么妖族没有趁机出来扩张地盘。

这时，涂宝珠取笑道："这你都不懂，还号称妖族克星？不是水货吧？"

朱邪皱起眉有些恼火："你懂？说来听听。"

她翻了白眼："内讧啊！"

妖族是最野性的种族，他们没有礼仪文化，没有同胞的概念，残忍，记仇，还生来就喜欢划地盘，谁也不服谁。所以在魔皇以前妖族从未团结过，再之后，哪怕是二十几年前的逆袭战里也发生过部落借机乱斗的事，而这次他们之所以能迅速干掉九宫门，完全是因为憋屈了太久难得遇到一个发泄口，一时忘记了部落纷争与仇恨，满脑子只想着先出口气再说。

可干掉九宫门以后呢？这口气出完了，野心与欲望又重新回到他们的脑袋里。

他们也想杀光所有人霸占凡间，可霸占以后，这凡间归谁？会不会这个部落在前方杀敌，那个部落在后面下阴招抢他的地盘？等两个部落打起来，又一个部落蹦出来坐收渔人之利？

盘踞在嫦娥镇的妖族都在互相猜忌，不肯先动一步，生怕动了连九宫门这个胜利果实都会被抢走。

他们未必不知道这种猜忌造成的后果，但这是妖族的本性，无法更改。

"那你们涂山氏族呢，不参与内讧吗？别告诉我涂山氏的狐妖都是爱好和平的妖怪。"他讽刺道。

"谁说不是呢。"涂宝珠说："我们涂山氏当年治水有功，每年都能收到天界的回礼，历届狐王即位便能享受神仙待遇，还不用受天规约束，日子过得舒舒服服，为什么要跟那些小妖去争那些蝇头小利？"

涂山在妖界中的确称得上是世外桃源，妖族都不敢轻易上门去惹他们，凡人就更不会找上门。至于涂九珠当年遇险，纯粹是她脑子不清自投罗网。

朱邪沉思片刻，问：“燕南从我手里救走涂九珠，也是因为涂山和天界的关系？”

“那倒不是，狐王是狐王，准狐王是准狐王，待遇不一样，而且就算是狐王遇难神仙也没有义务搭救，所以燕南还是我们涂山的大恩人。”

而这个大恩人转生后竟然被涂山的狐妖养大。

这到底是巧合，还是……

正想着，一只纸符蝶从窗口飞进来。

这是修仙门派传来的会合信号，他们已经在离嫦娥镇最近的山头会集了。

燕羽元的目光锐利起来：“如果你还分得清轻重，最好不要乱说话。”

朱邪道：“现在这关头真正要对付的敌人是谁我很清楚，不过等这件事结了，以后再遇到涂山的狐妖，我还是不会手软。”

涂宝珠哼道：“怕你啊！”

朱邪没有理会她的挑衅，而是扔出一个东西给水墨。

那是一个晶石做的海螺。

燕羽元看了看：“传声的？”

朱邪说：“如果你还打算去九宫山，保持联系。”

水墨点点头。

他又看了眼玄寅。

玄寅也赶紧说：“保持联系，保持联系。”

意思是要留下了。

朱邪哼了一声，不悦地离去。

……

“总算把瘟神赶走了。”涂宝珠松了口气，“我们也该走了吧？”

“先等等。”燕羽元道：“关于假冒燕南的人，我有一个猜测。”

之前有朱邪在他怕说出来弄巧成拙，但现在必须谈谈这个问题了。

他先看了眼卢长舟："你信得过连缈吗？不要用感情去想，用理智，你觉得她是个会说谎、演戏、耍阴谋的人吗？"

他不明白他为什么会问起她，但有一点他很肯定："我拿人格担保，她肯定不会骗我。"

"虽然你的人格不值几个钱，但我暂且把它当个参考放在那里。"

"……喂！"

不顾卢长舟抗议，燕羽元很快说："我觉得是连坊。"

"他不是死了？"卢长舟惊讶道："就算他的样子变了，但你拿那个什么法器检测过的。"

水墨也很吃惊，但她觉得燕羽元既然这么讲肯定有他的道理，所以很仔细地听着。

"只要在尸体里滴几滴血，一样能起到那种效果，那一招多半是用来骗朱邪的。"

玄寅说："没错，掌门在衙门见着那具尸体的时候，也用亲子验血的方法验过他的身份。"

"可他为什么要装死？就算是真的装死，又跟冒充燕南有什么关系？"卢长舟问。

涂宝珠也问："是啊，有什么关系？"

涂九珠睁着大眼睛看着他。

燕羽元问水墨："还记得你说过在结界里听到蓝烟自言自语吗？"

"不是自言自语，是跟灵兽对……"她顿了顿："咦？灵兽不会说话啊。"

"没错，灵兽不会说话，所以结界里还藏着一个人，就连朱邪也没有发现，那个人就是连坊。至于提示，那就多了去了。首先是动机，连坊被九宫门逐出了两次，虽然内情不清楚，但他不可能没有一点怨恨，如果说他为了报复毁掉九宫门，这个理由说得过去吧？其次是能力，虽然在嫦娥镇大家都把连坊看成妄想当神仙丢了公主老婆的神经病，但他真的有这么简单吗？九宫门为什么会败？因为幕后黑手很了解它，了解嫦娥镇，了解朱邪，了解他和燕南的关系，包括他对他的执着和恐惧。这个人还能接触到蓝烟，知道她擅长行骗，知道她最在乎的就是自己的灵兽，所以拿灵兽挑起她的怒意控制她，还给她换了张兽脸。接着蓝烟哪里也不能去，只能待在结界里为他骗钱，还傻傻地以为他是在帮她报复出气。最后蓝烟惨死，骗来的钱却全部到了他的口袋里，用来挖空嫦娥镇和九宫山。这个人还很擅长勾心斗角，挑拨离间，玩弄民心，这种心计在哪里能练得出来？”

卢长舟迟疑道：“……皇宫？”

“还记得思乡酒坊的老板是怎么受骗的吗？”

水墨说：“他去找连坊。”

“在嫦娥镇，普通老百姓可以拿连坊开玩笑看不起他，但商人不能。土地、税收政策、通行公文……商人要跟连坊打交道的地方很多，所以他很容易能引他们上当。他之所以要弄个结界除了要软禁蓝烟帮他做事，也是为了找个地方慢慢地、一步步骗光这些人的家底，因为贩卖家产需要时间。在富商变卖家财的过程里，他们的家人就没有警觉过、没有去报官？如果报了，为什么衙门没有警示？”

燕羽元看了眼大家的反应，除了水墨满眼信服以外，其余的都还沉浸在错愕当中。

卢长舟还在寻找最后一丝希望：“也许是因为他自己也受了骗，所以把案子压下来了。”

燕羽元道：“那就来谈谈最关键的，让我怀疑上连坊的证据——还记得衙门后院葡萄架下的那口井吧？老板曾经说过，有神秘人买下大量土地在下面挖城，但买再多，有再多钱，能买得下衙门吗？”

他呆滞地摇了摇头：“不能。”

“那井下的阶梯和通道又是怎么建出来的？为什么要建在那儿？”

水墨说："因为连坊住在那儿。"

"没错。"燕羽元道："再加上连坊学过法术，有门道研究出画皮跟鬼符，还有涂九珠……说说你是怎么被朱邪抓住的？"

"变身被看到。"她闷闷地回答。

"被谁看到，朱邪？"

"一个胖胖的，笑起来没有眼睛的人。"

卢长舟怔怔地说："岳父笑起来的确像弥勒佛。"

"你瞧。"燕羽元又猜中了："他认识涂九珠，搞不好还看到过她和你爹在一起，所以才用她来引走朱邪。总的来说，我认为连坊根本是故意在朱邪面前假死，然后设计报复九宫门。问题是……连缈知道自己有个什么样的爹吗？"

……

第十七章　天树

连缈从来没有想过，有一天她最熟悉的背影会变得如此陌生。

当九宫门遭遇强攻时，她被一个道士打昏，带到了九宫浮地的白鹤殿。接着，卸下伪装的连坊就这么毫无防备地出现在她的面前。

她还来不及欣慰连坊的死而复生，就被他的种种举动给惊呆了。

他命令九宫门的长老屠杀自己的同门，将尸体挪走，放任水墨和玄寅在浮岛上来来去去，然后用水镜监视他们的一举一动。

她问："爹，你到底要做什么?"

连坊像哄孩子一样冲着她"嘘"了一声，说："这个女孩子能帮我解放蓬蒙。"

"解放蓬蒙？为什么?"

"我要他打破神仙的禁制，助我们抵达天界。"

"爹……"

连坊对着她和蔼地一笑，然后转头背对着她道："你难道不会觉得奇怪吗？同样是生于洪荒，为什么神仙能坐拥天界繁华，人类却只能屈居在他们的脚下，像蝼蚁一样匍匐与战栗？神与妖都有长久的寿命，和他们比起来人类的时光就像朝生夕死的蜉蝣，我们拼命修炼延长自己的青春和时间，拼命地想要触摸神仙的步伐，却只是因为他们一个轻描淡写的决定就斩断了所有希望。这样公平吗?"

"可这就是出身，改不了的啊，您在皇宫里待了那么多年，应该比谁都要清楚。”

出身注定了连坊得不到后宫娘娘的尊重，出身注定了连缈不能像普通女孩一样恣意奔放，出身也注定她和卢长舟不能走在一起。

“你错了，这不是因为出身，而是弱肉强食。蓬蒙不够强大，所以被天界封印，那些富商太没用，才会被画皮杀死，而天下百姓也因为无知成为我的傀儡，他们越是弱小就越是迷信强者能达成他们的愿望，却不知道强者之所以能强大，就是利用了他们的弱小。”

“您在说什么，为什么我听不懂？”

“你怎么会不懂？我找到你的时候你在做什么？你在哭，为什么要哭？因为卢长舟抛弃了你？”

连缈难堪地涨红了脸。

“你知不知道他为什么要抛弃你？因为他选择了涂山氏的下届狐王。和准狐王相比，你太弱小了。”

“爹！”连缈羞愤道：“他不是那样的人。”

“是吗，可我看到他和那只狐妖在一起很开心。”

他挥了挥手，水镜上出现了一幅画面：涂九珠亲昵地坐在卢长舟的肩上，后者举起手搀着她的身子，脸上露出温和的神情。

连缈定定地注视着那个画面。

“这就是事实，但你不用难过，等到了天界蓬蒙就能取得炼造羽衣的材料，他会让我们成仙。卢长舟是怎样欺负你，你可以百倍地回报他。”

她努力将视线从卢长舟的脸上收回：“为什么说蓬蒙会帮我们成仙？您见过蓬蒙？”

“见过啊。”连坊抬起双手，仿佛沐浴阳光般仰望着上方的普贤神像：“他就在这里。”

连缈的眼前闪过一道黑影，仔细看去，竟发现连坊脚下的影子居然自己在移动、变形。

连坊说："二十多年前妖界攻入九宫山，那时的我还很弱小，因为害怕想要逃走，却被朱邪发现抓了回来。他骂我胆小没用，转头一路冲到鬼门成就了他的英名。可我却被一个穿了画皮的妖怪逮到，差点丧命。那个妖怪其实也受了重伤，他趴在我身上压得我不能动弹。我以为我会死，谁知突然听到妖怪说只要我穿上画皮就能活命，弥留之际我来不及想太多，应了他的话。醒来后发现自己全身完好无损，接着便因为临阵脱逃被赶出了九宫门。后来我当上驸马，以为这次总算出人头地，不会有人瞧不起我，说我没用。结果我还是一样弱小，只能被强者欺在头上。如果只有我也就算了，反正已经习惯了啊，但他们为什么要欺负你？后来看着你自己学功夫吓走那些人，我突然就明白了，这世上谁也不能保护谁，人一定要自己变强。"

连坊脚下的影子慢慢拉长，投在了墙上，像被投了石子的湖面泛起阵阵涟漪。

"当我下了决心以后，我听到有道声音在跟我说话，声音的主人居然是整个修仙界最忌惮的魔皇蓬蒙。哈！"连坊笑了："原来蓬蒙被封印以前将自己的意识封在了炼制画皮的材料里，他已经预料到天界会关门闭户，妖界会被人间修士压制，而他发明的画皮会因此在妖族盛行。于是数千年来，不断有人和妖穿上画皮，听到他的召唤。神仙也好，九宫门也好，朱邪也好，他们都没有发现原来自己从来就没有征服过蓬蒙，而是一直被他玩弄于股掌之中。"

连缈胆战心惊地看着那个晃动的影子："从那以后，你一直见得到蓬蒙？"

"并不是完全的蓬蒙，严格来说是他数千年前的记忆碎片，真正的蓬蒙还在封印里。不过仅仅只是记忆已经足够我受益了，我在他的引导下慢慢强大起来，不仅学会制鬼符、设符阵、打界洞、炼造画皮，还学到他的思想、智慧和战术理念。我原本想回九宫山门离他更近一些，结果却失败了。但这次我没有沮丧，还很高兴，因为我已经能想象到有朝一日朱邪因我而恐惧绝望的情景。”

连坊的声音一直很轻，语气也很安详，但他说出的话却像长满霉菌的食物一样让人瘆得慌。

“知道为什么以前没有人传出蓬蒙在画皮里吗？”

“为什么？”除了问为什么，连缈发现自己已经没有其余的语言。

连坊说：“蓬蒙把记忆碎片封在材料里，是为了让今后炼造出来的所有画皮都拥有他的意识，但实际上成功的只有一件，而且长久以来这件画皮只觉醒过两次，一次是在号召将鬼市开到嫦娥镇的妖怪身上，后来他死了，画皮就选择了我。”

“为什么到现在才觉醒？”

连坊转过头，表情有些神秘：“因为蓬蒙的封印松动了，他在数千年前布下的另一颗棋子，渐渐走到了让他获胜的位置。”

墙上的黑影终于稳定了身形，勾勒出一个高大挺拔的形象：长而坚韧的头发，硬朗的体格，异域特色的脸部轮廓，只是从影子的站姿就能看出那股桀骜不驯的气质。

这是一道俨然与连坊的外形性格相反的影子，连缈的脑中闪过了两个字：魔皇。

魔皇的影子正注视着水镜的方向，水镜上，水墨正背着帽子里的玄寅，累得眼皮耷拉了一半，成了标准的死鱼眼。

影子的嘴角缓缓勾起。

连缈惊骇地问：“你说的棋子难道是水墨？”

连坊不置可否，笑了笑道：“很快，她会替我放出蓬蒙的。”

连缈看着他露骨的目光，终于明白原来从一开始他就不只是想去追寻天地的究极，而是要成为天地的王。

……

"找到连缈了?!"

在燕羽元分析出连坊就是假冒燕南的幕后黑手不到半个时辰，连缈带着几个幸存的嫦娥镇居民逃到了村子里，老板知道卢长舟他们一直想找她，所以捎信把她带到船边。

卢长舟快步从甲板边上的阶梯跑下来，连缈看到他眼眶一红，却克制着没有上前。

燕羽元和水墨也跑了过来。

水墨抓住她的手，脱口而出："缈缈，太好了，你爹还活着!"

"……"燕羽元恨铁不成钢地叹了口气，这可是幕后黑手的女儿啊，这么快暴露出他们猜到幕后真凶真的好吗，会不会被杀人灭口?

连缈也被她的神来一句弄得怔了怔，半晌才回答："我知道，我已经见过他了。"

卢长舟担忧地望着她："那你为什么跑出来，待在你爹身边不是更安全吗?"

连缈摇了摇头："现在嫦娥镇里的妖怪身上都充满了火药味，就连我爹也快压不住他们了。"

"……"燕羽元更加无语，这么重要的情报，她不是应该替她老爹藏着掖着吗?难道她打算大义灭亲了?

连缈的肚子突然咕噜一叫，尴尬地红了脸。

卢长舟把她带上了船，张罗好桌子凳子，把吃的东西都拿过来。

连缈刚要入座，涂九珠一屁股坐到那张凳子上，低着头不理她。

"……"卢长舟尴尬地又拿了张凳子过来，一边解释道："她还是个孩子，不懂礼数。"

连缈没有说什么，掠过他坐到水墨边上。

燕羽元问："你爹和嫦娥镇里现在是什么情况?"

“这个待会儿再说。”她转头看向水墨：“我爹告诉我，你是蓬蒙布下的一颗棋子，早晚会解开他的封印。”

水墨瞪大眼睛：“胡说！就算他把羽衣送我我也不会放他出来。”她又想了想：“除非他拿把刀架在燕羽元脖子上，我才会考虑考虑……”

“喂！”燕羽元拍了下她的头：“这种关头别乱开玩笑，会被当真的！”

如果连缈把她的心声传到她爹那里怎么办？他岂不是躺着也中枪！

“我是说真的，如果要我在救你和蓬蒙觉醒之间做个选择，我一定会选救你。”水墨眼也不眨地看着他说。

燕羽元的手还放在她头上，掌心仿佛能感受到她的认真。

水墨又说：“不过这个选择是不会实现的，因为我根本解不开蓬蒙的封印，再给我几百年兴许能解开那道禁制，但封印蓬蒙的不单单是一道禁制墙，禁制只是用来阻止外面的人闯进去，而真正束缚住蓬蒙的是别的东西，那是什么天界机密，我也不知道……”

“是天树。”连缈接下她的话：“我爹说，封印蓬蒙的是一棵在盘古初开天地时，吸走天地间所有瘴气的桂树。它与天同生，根茎倒长在九天之外，火烧不燃，刀砍不断，能克制瘴气，被天界称呼为天树。当初元始天尊派弟子下凡除魔皇时，手里就带着一段天树的树苗，是它彻底困住了蓬蒙。”

燕羽元皱眉重复着她的话：“火烧不燃，刀砍不断，听着怎么这么耳熟？”

卢长舟说：“是很耳熟。”

水墨提醒他们：“月宫的那棵不就是？”

卢长舟豁然开朗：“原来是吴刚伐桂，嫦娥镇每年中秋节的必演戏幕。”

燕羽元说：“还有鬼市，地下城的那些树根，它们能吸收瘴气。”

水墨回想当时所见：“也许鬼市里的红骨精不是在养树，而是想用死在骨灰潭里那些人的怨气和恐惧把它喂撑了，这样它就不会去吸收妖族的瘴气。”

“嗯，怨气和恐惧也会转为瘴气，甚至更集中、更强烈……”燕羽元想到这里，突然间有种很不好的预感。

之前妖族因为嫦娥镇地下的天树妖气减弱，进而躲过了九宫门遍布大半个镇子的禁制网。

要是现在他们想恢复妖气，只要如法炮制，用更多人命积累的瘴气去胀饱脚下的天树，到时嫦娥镇就会变成一个更大的骨灰潭！

一个镇，不，还有很多外地赶来奔赴中秋夜宴的游客，那么多的人，都要惨死吗？

他们真的能置之不理，只顾着逃命吗？

水墨转头透过窗口望向了嫦娥镇的方向。

她想起了黄瓜。

他死的时候说：为什么不救我？

……

水墨是蓬蒙布下的棋子——

当卢长舟招呼连鲰填饱肚子，并询问更多嫦娥镇近况的时候，燕羽元站在一旁思索着这句话。

火烧不燃，刀砍不断。其实不只是月桂树，还有卢长舟卖到鬼市的画轴，而他第一次见到水墨时，她就是从画轴里变出来的。

卢长舟曾说让他去鬼市卖画的是一个道士，虽然没有细问，但应该就是连坊错不了，他这样做到底打的是什么主意？

他抬头看向水墨的方向，她和玄寅正在角落里嘀嘀咕咕。

玄寅小声问她：“你打算去九宫山？”

她也很小声回答：“嗯，我问过朱邪，他们那边已经准备好了，今晚就要从界洞过去。”

“那我也去。”玄寅并没有忘记自己在九宫门卧底的初衷，不会放弃能接触蓬蒙的机会。他顿了顿问：“要告诉燕羽元吗？”

“还是不要吧，连缈已经没事了，卢长舟不用再留在这里等着她，九珠也不用陪他等着，这次他们真的可以回涂山了，就算蓬蒙真被放出来，涂山也比任何地方都安全很多。等到事情了结，我再去找他也不迟。”

“哎……”玄寅酸溜溜道：“你真是把心都掏出来给他铺路，还怕他硌脚。”

“他对我也很好很好的。”

“你指的是赤霞真人还是燕羽元？”

“他们是同一个人，为什么你们都喜欢把他们分开？”

玄寅总不能回答因为我想挑拨离间吧。

水墨突然感觉到什么，抬起头，正好对上燕羽元的视线。

玄寅郁闷地看着自己的双手，真短。

要是他能找到幸存的太岁族，甚至只找到他们的尸骸，他就能把族人的寿命吸收为己用，然后一夜长回高挑美青年，低着头把燕羽元狠狠踩在脚下。

连缈还在向卢长舟叙述她遇到连坊的情景，涂九珠和涂宝珠都好奇地听着。

每个人都沉浸在自己的思绪里，只有燕羽元和水墨这一刻什么也没有想，只是将彼此的视线黏在了一起，静静地对望着。

“……最后我就这么逃出来了。”

连缈说完以后，不经意朝燕羽元和水墨看了一眼，目睹到他们对望的情景，目光略略一沉。

卢长舟问：“那你接下来有什么打算？”

她思索了片刻，忽而一笑：“我爹已经不要我了，你还会要我吗？”

他露出白痴般的表情："你在开玩笑?"

卢长舟还从没听过连缈用这种语气跟他开玩笑。

"我是认真的。"连缈继续笑着。

涂九珠挑着眉毛不悦地看着他们。

卢长舟想起在月老庙时让他撕心裂肺的那一幕："我……"

"我会留下来。"连缈打断他的话："我现在是嫦娥镇的县令，我会留在村里跟老板一起帮助从镇里逃出来的人。"

涂宝珠说："那你留吧，我们可要走了。"

"我知道，我来这里只是想最后见大家一面，待会儿就会下船。"她看向卢长舟："你不用担心，也不要想着讲义气要陪我，你现在对我来说真的没什么用处了。"

他尴尬地咳嗽了几声："也是，论身手我都打不过你。"

连缈站起身，向大家鞠了一躬。

燕羽元想起当日在月老庙她那句阴厉的"不要爱上任何人"，再看看她现在寂寥的表情，不由得觉得她有些可怜。

从父亲惨死到被拒婚，她已经失去了很多很多，现在连坊好不容易活着回来，却成了率领妖族的魔头。她必须在良心和亲人之间做个选择，无论选哪边都不会是条好走的路，而且还那么孤单。

"我送你下去，顺便有些话想问你。"

他要搞明白连坊到底在打水墨什么主意。

连缈点点头，又看了水墨一眼，说："对不起。"

水墨笑着摆手："你爹的话也未必是真的，我不会放在心上的。"

他们下了船，朝着小村的方向走去。

燕羽元酝酿了片刻说："其实我不明白你爹为什么要给涂九珠画皮，造成后面月老庙的那场闹剧。"

如果连坊只想利用涂九珠，只要告诉涂九珠卢江骗他就足够了。她知道真相后会气急败坏地赶到嫦娥镇找卢长舟算账，到时连坊再以燕南的身份把朱邪引过来，一样能让他们打得不可开交，甚至要借用九宫山的灵脉。

但他为什么给涂九珠画皮，让她把卢长舟变老？如果是想控制涂九珠，她身上的画皮又分明没有任何副作用。

画皮的材料并不便宜，他总不会是无聊想看戏才多此一举吧？

“是为了看戏。”连缈回答。

燕羽元：“?!”

“天树之所以恒久不变，是因为它与天同生，和天一样无情无心，无欲则刚，可一旦它懂得什么叫情就会自我毁灭。蓬蒙在被封印以前已经料到自己最终的命运，所以他在一次与赤霞真人的对战中偷了一截天树根种在妖界，并用它炼造了一幅画轴，当画轴被打开以后，里面的生命就会觉醒，而那就是水墨。一直以来水墨和赤霞真人生活在天界，不问世事，蓬蒙于是被天树压制得死死的，布置的计划迟迟没有起效。直到水墨和赤霞真人的感情越来越好，她在不知不觉中有了情，天树的力量才开始松动，储存了他记忆的画皮也逐渐觉醒，引起了那场妖族与修仙界的乱战。蓬蒙曾在他的记忆里留下了赤霞真人的肖像，我爹自出生以来完全没听说天界有赤霞真人这个神仙，所以他猜测赤霞真人也许被转生除籍了。他把赤霞真人的画像发放到各地，最终找到了你，然后又找到了那个画轴。他知道你和三个狐妖在一起生活，也知道你们要在人间逗留需要去鬼市买画皮，所以他把画轴放在了卢长舟的船上，让他去鬼市。”

燕羽元为她这一番剖白呆愣了良久，才找回自己的声音：“所以水墨其实是天树的化身，你爹把我们凑在一起，是为了让她动情？”

“没错，他让水墨和你在一起经历种种，用我的丧父之痛教会她什么是亲情，用涂九珠让她见识到人狐之爱，又让一个小道童死在她面前，让她体会死亡的痛苦……这一切都是为了让水墨有心。”

水墨没有心。

燕羽元对这个说法并不意外，他早就察觉到她的思想、行为逻辑相比常人有很多怪异之处，尽管他不讨厌这些怪异。

她会像常人一样暴食、贪婪、懒惰、嫉妒和愤怒，但分不清这些感情究竟是什么。又或者说她也有心，只是不懂。

起初她就像一张白纸，赤霞真人教她在纸上勾绘出浓墨重彩，但她只会画，却不懂得欣赏其中的涵韵。

她会为赤霞真人的离去而伤心，却不懂得伤心时要怎样宣泄。

她甚至于不会哭。

“如果她有了心，会变成怎样？”

“天树会消散，她也会消失。”

燕羽元的胸口仿佛被重锤砸中。

“只差一点点。”连缈说：“只差一点点她就有心了。”

燕羽元突然感到腹部一阵剧痛。

他低下头，发现一把剑贯穿了他的身体，而持剑的人正是不知何时落后他一步的连缈。

他突然领悟到刚才她对水墨说的那句对不起，原来就是为了这一刻。

连缈突然一个转手，将剑在他的体内重重一搅。

“啊啊啊！”

燕羽元痛苦地跪倒在地，口中吐出大片的鲜血。

他将手伸向无极袋，连缈见了，抽出剑把袋子挑走。

燕羽元懊恼地捂着伤口，他不该因为连缈的坦诚对她失去戒心。她是连坊的女儿，从头到尾都是站在他那边的！

连缈静静地看着燕羽元倒下，四肢不断抽搐着：“也许我说了你也不会信，但我这样做不是为了我爹，而是为了卢长舟。以我爹的力量已经挡不住妖族的内斗和野心，为了稳住局势，他准备用卢长舟的性命去威胁九尾狐为他效力。如果蓬蒙的封印不解，卢长舟会死在我爹的手上。”

她曾经很仰慕的父亲，现在只会让她感觉到背叛和恐惧，她毫不怀疑他真的会那样做。

虽然她曾说过已经和卢长舟毫无关系，但她错了。她是那么孤独又贪心，怎么能轻易放下别人对她的好？

可为什么非要到了最后，她才发现从始至终真正对她好的人是谁？

“我不能杀死我爹，也不想与他为敌，只能达成他的愿望。只有你死了水墨才会有心，我爹会得到蓬蒙的助力，不需要再去考虑卢长舟，这是对他们两个最好的结果。只是……对不起，我已经没有别的选择了。”

连缈说着，从他的无极袋中翻找了一会儿，掏出一根火流棒。她扔开袋子，将火流棒朝着桂花江的方向放去。

看着骷髅光影映在半空，她觉得那丑陋的影像正是在影射眼下的自己，她的心中忽而涌起浓浓的悲怆。

“我要走了，我不想他看到我这么难看的样子。”

连缈的眼角流下两行泪，如同行尸走肉般朝着嫦娥镇的方向迈去。

燕羽元身下的血越淌越多，转眼便将枯黄的草地染成一片鲜红。

他的意识越来越模糊，心里却执拗地挣扎着一个念头：不要来！

不要来。

不要看到我死的样子，不要难过。

不要……

血泪蒙眬中，他看到了水墨的脸。

她踩着飞天符几个闪身来到燕羽元的面前，看到他的样子后完全呆了。

这么多的血，这么多的血。

黄瓜也流过这么多血，然后他死了。

“怎么办?”她施出一个治愈术，可才施到一半法术就因为情绪波动断掉了。

她急了，跪在他的跟前按住血肉模糊的伤口一遍遍念治愈口诀。

燕羽元虚弱地抓住她的手，双目无神道："不要……"

"我要救你！"水墨的五官紧皱，目光惶恐。

燕羽元说："不要哭……"

然后合上双眼，再也没了气息。

"啊！"水墨吓得尖叫起来。

涂宝珠和玄寅随后赶到。

涂宝珠难以置信地喊："儿子?!"

玄寅也呆住了。

水墨打下一个又一个治愈术："别死，别死，别死别死别死别死！"

玄寅愣了愣，突然反应过来跑到水墨身边："让我来试试。"

他抬起右手重重往左臂一挥，整节小臂都断了下来。断裂口没有流一滴血，而是亮起洁白的光晕。

断裂的手臂都被光晕笼罩，投入燕羽元的腹部。

涂九珠也赶来了，见到这一幕诧异地吐出两个字："太岁。"

光晕之下，燕羽元的伤口缓缓愈合，水墨的脸上露出欣喜。

可下一秒，光芒突然暗了下来，燕羽元的脸色显得更加青紫。

"怎么会这样?"水墨问。

玄寅断掉的手臂重新长起，他按住燕羽元的颈项动脉。半晌，颓然地摇头道："没用了，他已经死了。"

就算是太岁也没办法让人起死回生。

"死?"涂宝珠激动得涨红了脸："他怎么会死？是谁干的?!"

卢长舟茫然地往四下望去，发现跟燕羽元一起离开的连缈并不在附近。

水墨怔怔地望着燕羽元，或者说是他的尸体。

赤霞真人不在了，但她还能下凡找到他，可燕羽元死了，她要去哪里找下一个他？

她感到自己的身体变得非常无力，像燃烧的蜡烛一点点融化，滚烫的蜡油从她的眼眶里漫溢出来，将她的脸烧得火辣辣的。

玄寅见到她的表情顿时不知所措："别哭啊……"

水墨不明白他的意思。

谁在哭？

她低下头，看到手背上多出几滴热热的水。

这是什么？

"可恶！"涂宝珠狠狠捶了下地面，放声痛哭。

水墨看到她哭，突然发觉自己的脸上也是湿湿的。

她错愕擦了下脸，结果更多泪水从眼里流出来，管都管不住。

这是什么？

眼泪？

我……在哭？

"水墨?!"

玄寅惊愕地发现她的眼泪所到之处，脸上的皮肤像被擦掉颜色一样变得透明。

光线穿过她的脸、肩膀、手掌……渐渐地她整个人都在发光，身体在光斑中一点点消散。

"水墨?!"玄寅伸手想拉住她，却穿过她的身体挥了个空。

水墨终于也明白发生了什么事，但她不想去思考为什么。

她只知道燕羽元死了，他已经死了。

那我为什么还在这里呢？

……

第十八章 魔皇

九宫浮地，白鹤殿后的洞府剧烈地震动着。

黑色的瘴气从禁制墙的周围涌了出来，轰轰地撞击着墙面。

连坊用狂热的目光注视着这一幕，嘴里高亢地喊着："天树，与天同生！天若有情天亦老！天树亦老！"

轰——

又一股黑气涌出来，九宫山上乌云笼罩，嫦娥镇内的妖族纷纷感受到那股强烈的鼓动，激动地朝着山头涌去。

终于，黑影冲破了禁制，如浪潮汹涌地向外涌来。

连坊高举双手："恭一迎一魔一皇！"

黑潮迎面撞到他的身上，朝着前方奔去。

当黑潮散去，一架枯骨高举双手留在原地，短暂的僵硬后，两百多块骨头啪啪几声散落在地上。

……

嫦娥镇外，数十名修仙界精英踩着飞天法器悬浮在半空中，遥望着在九宫山上呼啸的黑潮。

一个年轻修士看到镜中的画面，疑惑道："那是什么？"

朱邪感觉到背后的剑匣在微微震颤。

成为九宫门掌门以来，他见过无数妖魔，却从未感受过这样汹涌的瘴气。

能达到这个境界的……一个名字从他的脑中闪过。

“蓬蒙。”他咬牙切齿地说。

“你不是说蓬蒙的封印没被解开吗？”一个白胡子长老愤愤指责道。

朱邪说：“以前是没有，但现在他出来了。”

本已蓄势待发准备要发起反攻的修士们纷纷惊恐起来，并开始议论纷纷。

他们本来只想趁其不备夺回九宫山，再把妖族赶回鬼市，可现在他们的敌人不仅是妖族，还有只存在于历史中的魔皇蓬蒙。

这个彩蛋来得也太刺激了！

白胡子长老继续不满：“都是因为你们九宫门太没用，把蓬蒙给看丢了，害得其他门派人心惶惶！”

朱邪冷眼道：“是我没用，还是你在害怕？想找个借口退出？”

“你？！”

“无论是蓬蒙也好，玉皇大帝也好，只要敢动九宫门就是我的敌人。你如果没有这份觉悟，可以退出。”

火药味越演越烈。

这时年轻修士插口道：“其实我们为什么要怕蓬蒙？我听说他成为魔皇是被玉帝给害的，如果他逆天是为了让大家都能成仙，我们不应该怕他，而是应该支持他才对。”

另一人也道：“是啊，我们号称是修仙界，可这么多年来真正能修成仙的又有几个？天界对凡人实在太不公平了。”

一名女修反驳道：“可蓬蒙跟妖族是一伙的，难道我们为了成仙要跟妖魔同流合污？”

年轻修士说："蓬蒙虽然被大家称作魔皇，但别忘了他本来是个人类。要是有人类肯接纳他，他为什么要沦落到倚仗妖族？"

"怎么接纳？你凑过去他不吃了你才怪！"女修士冷哼道。

二人激动地吵了起来，其余修士也迫不及待发表自己的感想，气氛乱作一团。

朱邪没有料到外面的流言蜚语竟然这么快就植入了年轻修士们的心里，听着他们的谈论，他的背后不禁冒起冷汗。

当人们都开始信奉蓬蒙，不仅修仙界会动摇，就连被世人抵制的天庭也没有立场再下凡来除魔。

难道说这一次真的没有人再阻止蓬蒙了？

……

燕羽元死了，水墨消失了，地上留下她的衣服、鞋子，还有发簪和手环。

涂宝珠把燕羽元的尸体背到背上，打算带他回涂山。

玄寅捡起发簪握在手里，看着上面的银粉，一双大眼黯然而无神。

卢长舟对着满地的血痛哭出声，就连涂九珠的表情也有几分沮丧。

突然，涂九珠抬起头望着一个方向："大姐？"

涂宝珠顿住脚步，顺着她的视线望去，只见一金一银两只狐狸飞快地朝他们奔来。

涂金珠跑到他们的面前，瞬间化作人形。

"大姐……呜呜呜。"涂宝珠忍不住又哭了："大姐，羽毛死了。"

涂金珠愕然地看向她背上的燕羽元，下一秒，把他的尸体抢过来放在地上，在检查了他的所有生理特征后终于相信他已经死了。

银珠呆愣在那里没有反应。

涂金珠则是注视着燕羽元腹部的伤口，半晌，摊开手掌。

一张薄如蝉翼的布缓缓从她的手中浮出，飘浮在半空中，布上印着五颜六色的暗花，每一片暗花都反射出绚丽的光彩，就像晶石打造的棱镜。

玄寅也看了过来，目光中渐渐露出惊叹："这该不会是……"

羽衣?!

赤霞真人曾向水墨描绘过羽衣的样子，而水墨把同样的话也告诉过玄寅。

他看到涂金珠把那张多彩布盖在燕羽元的身上，布身发出彩虹般的光晕，光晕慢慢覆盖向燕羽元的脸部和手脚。

涂宝珠泪眼蒙眬地问："大姐，你在做什么?"

涂金珠说："穿上羽衣，他就能活过来。"

"羽衣？你怎么会有羽衣?"

"是燕南寄存在我这里的。"

那一年，涂九珠险些死在朱邪手中，燕南救了她一命，涂山因此欠下了他一个大人情。

涂山狐族有恩必报，而燕南也没有讲客气，直接向涂金珠要了一个回报。

他说他是神仙，很快会因为偷窃羽衣犯下天规，转生为人，他希望她能替他保管羽衣，并找到转生后的他，等到一个叫水墨的女仙来找他时，将羽衣穿到水墨的身上。

涂金珠本来对燕南半信半疑，直到又一次被朱邪发现他们的踪迹，燕南为了保护她被朱邪杀死。她亲眼看着他的尸体消失，可没多久燕南又重新出现在她的面前，并把羽衣交给了她。

涂金珠当时很震撼，她虽然不能验证那件羽衣是真是假，但如果是真的，把这样的宝物交给她保管，那要有多大的信任？他就不怕她为了成仙自己穿上羽衣？

燕南说他早在天界时就已经听过涂山氏族非常守信，尤其狐王的长女金珠更是品性出众，而且他们欠了他人情，不会恩将仇报。

涂金珠的确是个守信的狐妖，为了报答他的信任，她答应了他的要求。

燕南在分别前交给她一幅赤霞真人的幼年自画像，从那天以后，她拿着燕南画给她的图像，开始四处寻找弃婴。

仙人转生无须投胎，而是退化为婴儿重头来过，转生后的燕南无父无母，涂金珠找到他以后自然而然就担负了抚养他的任务。

起初对她来说那的确只是个任务，只要达成承诺就会结束。但渐渐地，她看着燕羽元在她和两个妹妹身边一点点长大，他对自己的过往毫无记忆，一无所知地喊着她们娘，一无所知地尽着孝道，一无所知地变成担负家庭责任的男子汉。慢慢地，她体会到不同于涂山狐族的人间亲情，她没办法再把这个孩子当成是什么转生，而是觉得这就是她自己的孩子。

当涂金珠说出来龙去脉，玄寅既惊讶又怅然："原来赤霞真人不是因为水墨盗天火烧月桂才被除籍，他犯下的错比那个要大得多。"

他藏起了羽衣，是因为他知道了水墨的身份，知道她一旦动情就会消失？那他为什么不阻止水墨动情？

玄寅想到这里露出苦笑，如果水墨没有感情他们就不会成为朋友，他不能想象水墨像那些无求无欲的死板仙人那样，用漠视的目光看着他的样子。想来赤霞真人也是因为不舍，不忍将她变回一张白纸，最重要的是，他自己也动情了。

原来水墨说得没有错，他对她真的很好。

他放弃了世人无论如何都求不来的仙身，放弃了一切荣誉，放弃了自己的原则，违背了天规，只为了让水墨带着心活下去。

但是："来不及了啊，水墨已经消失了。"

他费尽千辛万苦想要保住的那个女孩，已经不在了。

涂九珠说："就算没有消失，羽衣也不能给她了。"

光晕中，燕羽元的眼珠飞速转动着，似乎是梦到了什么。

他梦到自己封印了蓬蒙，然后在他的脚下捡到一个画轴。

他梦到水墨手脚并用地从画纸中爬出来，那时的她就像出生的小鹿，狼狈地趴在地上，抬起头，睁着空洞的眼睛迷惘地注视着他。

她第一次学会走路，第一次对他笑，第一次开口说话……当他以昆仑金仙之首沐浴天界光华时，一道影子慢慢滋长在他的心底。

燕羽元睁开双眼，坐了起来。

"儿子？"涂宝珠紧张地看着她。

他转过头，良久，冲着三个狐妖露出温暖的笑容："娘。"

涂金珠点了点头。

她知道他已经想起一切了，但这不会抹去这十八年来的俗世亲情。

燕羽元看向玄寅："你是太岁精？"

玄寅被他这么一看竟紧张起来："……是。"

他边站起身边说："真难得，我以为太岁族已经彻底灭绝了，原来还藏着一个没有觉醒。"

"你是什么意思？"

"蓬蒙其实并不是真的不死不灭，当年他吞噬了太岁族中最强大的太岁皇，用皇的力量吸收了世上所有的太岁，把它们炼造成画皮穿在身上，所以他不仅长寿，而且无论受到怎样的攻击都完好无损，因为我们攻击到的只是画皮。"

一个太岁的再生速度已经足够强大，更何况是整整一族，天界正因为如此无法彻底杀死他，只有把他封印起来。

“太岁怎么可以吸收同族?”

“太岁之所以长寿就是靠吞噬同类的寿命，只是你觉醒以来已经没有同类了才会不知道自己的本能。”

本能？玄寅想起朱邪从涂九珠身上取出画皮时，看着那团“水母”，他的确有股莫名的冲动。

轰隆隆，嫦娥镇的黑潮愈演愈烈，里面夹杂着电闪雷鸣，一步步朝着外部扩散。

“蓬蒙真的跑出来了啊，这下子嫦娥镇里的妖怪都完啦。”

卢长舟问：“为什么是妖怪完了?”

燕羽元说：“他们以为自己迎回的会是带领他们逆天的魔皇，却不想想蓬蒙有一颗人心，一颗人心被囚禁了数千年会是什么结果?”

“啊!”玄寅道：“水墨也说过一样的话。”

他的脸上闪过一丝刺痛，顿了顿才道：“蓬蒙已经疯了。”

……

蓬蒙已经疯了。

他的眼前没有人类，没有妖族，没有九宫山，没有嫦娥镇，只有吞噬，吞噬，吞噬!

黑潮所至，哀嚎不断。

如果仔细分辨，可以看到黑潮其实又由无数道身影组成。他们抓住挡在面前的生物，将他们吸成了白骨，壮大自己的力量。

一双双血红色的眼睛在黑潮中若隐若现，双目折射出疯狂的光芒。

吞噬，吞噬，吞噬!

刚刚占领了嫦娥镇的妖族尝到了同样的回报。

吞噬，吞噬，吞噬!

幸存的人类躲藏在地下城里，在天树消散以前妖族不敢踏足这里，连缈将这个消息传给嫦娥镇居民，带领他们躲到了地下。

天树已经消散，连坊为妖族铺设的道路却成为了人类最后的壁障。

他们聆听着上方的恐怖呼啸，就连最胆大的屠夫也被吓哭了。

吞噬，吞噬，吞噬！

妖怪们在惊恐中纷纷逃向鬼市，他们不想再占领人间，不想再挑战天界，只想活命！

其实妖界真的有那么不堪，逼得他们不得不去侵占人间领域吗？

不，妖界不比任何一界差，只是部落之间无休无止的争斗把它搞得硝烟滚滚、生灵涂炭。

他们不缺食物，却喜欢拿人类当调味剂；他们不缺衣住，却喜欢摧毁人间的街道和田地；他们抱怨人类修士发展旺盛，可哪怕是朱邪也没有跑到妖界去喊打喊杀，只是不放过任何一个踏足人间的妖怪。

妖怪们习惯了横行霸道抢地盘，他们被自己的霸道给宠坏了，人类一反击他们就觉得委屈，认为自己欺负人的权利被践踏，可现在一个更霸道的家伙出现在他们的面前，他们终于也尝到了不讲道理的滋味！

逃命，逃命，逃命！

在妖群步步后退时，一道身影像打进黑暗里的光，从九宫山的方向踏剑而来。

有妖怪好奇地抬起头看去，发现飞剑上站立的身影竟是他们最痛恨的死敌朱邪。

他是怎么避过这么多妖怪的耳目跑到已经被蓬蒙清扫干净的九宫山？此时已经没有妖怪在想问题，他们只是莫名地涌起了一丝希望，仿佛来的不是妖族克星，而是他们的大救星。

朱邪落到屋顶上，同时唤出上百件法器，气势凌厉地朝着黑潮袭去。

他的身边没有一个帮手，没有灵脉可借，只能用最粗暴的方式去攻击。

一个小妖见到这一幕，竟忍不住为他叫了一声好，然后马上被后面的妖怪踩在地上。

心里随便想想就算了，这样公开支持敌人是怎么回事？要面子不要?!

法器刺入黑潮，像投入深潭的石子无声无息。接着，黑潮里数百双红眼朝着这边瞪了过来。

哪怕是朱邪对上这一幕，脸上也露出一丝惶恐。

这时，他听到背后有人喊："躲开!"

听到那声音，他本能地朝上飞去，黑潮喷出一道红色光柱，和一道瞬间布起的庞大法阵撞在了一起。

这个法阵朱邪曾见燕南用过，他诧异地朝那边看去，只见施出法阵的人竟是燕羽元!

他的身上还穿着那件血衣，脸上的表情带着一丝令他似曾相识的熟悉。

"破眉毛，把你的聚灵伞借给你的道童用用。"燕羽元说。

破眉毛?!

朱邪的眉毛扭曲了，这不是燕南给他起的外号?

难道说——

逃亡的妖族们见蓬蒙将目光转向了人类，有的停住脚步，贼心又起。

他们想敌人的敌人还是敌人，等他们斗个你死我活，兴许我能坐收渔人之利?

谁知燕羽元挡下那一击，收手就跑："别发呆，撤!"

朱邪知道硬冲没用，也感觉到下方的妖怪又在虎视眈眈，于是用剑匣收回法器，跟着他跑了。

“……”

妖怪们面面相觑。

黑潮里传来一阵阵嘶喊。

他们的头上滴下冷汗，还等什么：“跑啊!!”

朱邪跟在燕羽元的身后，感到自己仿佛又回到了二十多年前。

当他陷入绝境、丧失希望的时候，也是一道身影踏空而来，扭转了惨烈的局势。

“掌门，伞!”玄寅在旁边提醒道。

朱邪把伞交给他，并加速追上燕羽元问：“你想做什么?”

“我设计出那把伞的时候忘了告诉你，它不仅可以聚灵气，还能聚瘴气。”

他愣了两秒反应过来：“玄寅是妖怪?!”他不是和水墨在一起，怎么会是……等等，水墨当时也是跟狐妖在一起的。

混账，三界的关系什么时候可以这么混乱了?

玄寅抱着伞，眼神坚毅。

他已经明白太岁根本就没有所谓的亲族，他一直以来找寻的都是幻影，但他要为水墨报仇!

燕羽元说：“去树屋。”

朱邪不依不饶地问：“你到底有什么打算?告诉我!”

“你怎么这么啰唆?”燕羽元啧了一声：“玄寅是太岁精，几千年来唯一一个活的太岁精，我要让他变成比蓬蒙体内的太岁皇更强大的太岁，吸走他的分身，这样他就不会打不死了。”

“……”朱邪发现自己还是听不懂，但他不能表现出来：“那树屋呢，为什么要去那儿?”

“因为它安全，蓬蒙来了也不怕。”

他们飞到树屋的顶端，燕羽元念了一道法诀。

树屋外忽然出现了一道道符文，符文化作漩涡飞转，很快将整个木屋都卷了进去，留下一道道扭曲的涡轮，围绕着树屋转动着。

“它们可以反射蓬蒙的攻击。”燕羽元解释道。

他虽然穿上羽衣，但法力没能恢复到金仙时代，而且这里并非昆仑，九宫山的灵脉又被毁，所以根本不可能正面对抗蓬蒙。虽然现在蓬蒙已经失去了羽衣，但他身上的画皮在破坏力上比羽衣更强，唯一的选择只能打防守反击。

玄寅站在张开的聚灵伞边，伞架慢慢张大。

他用鬼话念起燕羽元所教的法诀，紫色的法阵渐渐开始填补伞布的位置。

朱邪问：“你早就料到会有这一天？”

能吸收瘴气的聚灵伞，能防御的树屋，没有先见之明他是不可能准备这些东西的。

他淡然地回答：“虽然希望渺茫，但谁知道这世上会不会突然冒出幸存的太岁，只要出现一个就有机会彻底杀死蓬蒙，我当然要为这一天未雨绸缪。”

“那树屋的事为什么不告诉我？”

燕羽元指着其中一个漩涡说：“这可是用鬼符布起的阵法，我那次只是不小心漏了张鬼符出来被你看到，你就号召所有长老对我展开批评，怀疑我堕落到妖界那边。你的脾气那么固执，我哪敢说？”

朱邪想起自己保存在洞府里的那道鬼符，心情也有些唏嘘。

他真的是太固执了吗？上代掌门因为一念仁慈造成惨剧，那场景在他的心中留下了难以磨灭的阴影。当妖怪被人类赶回妖界的时候，那些始终坐享安逸的世人便假仁假义呼吁对妖怪仁慈，可当妖怪入侵凡间，大肆屠杀的时候，谁又能劝服妖族对人类仁慈？

直到现在他依然不觉得自己的理念有什么错，但这一刻，他真的很后悔自己曾向燕南痛下杀手。

“来了。”燕羽元突然变脸：“掩护我，别出来！”

他说着，自己却飞了出去。

朱邪眼看着一股黑潮向这边逼近，双手挥起数把光剑。

当黑潮将一只手伸出时，光剑射出数道光束，好几束都被旋转的漩涡打断，但有一束刚好穿过鬼符阵法的缝隙射出，将它击退。

一个巨大的闪电球从黑潮中吐了出来，直冲向树屋。朱邪虽然已经听说鬼符阵的作用，但面对这样猛烈的攻击还是忍不住想要念防御诀。

闪电球撞在漩涡上，被狠狠一吸，然后弹了出去。

黑潮顿了顿，似乎觉得有些不可思议，就在他怔忪的片刻，数道法阵扑了过去，像盖章一样打在黑潮上。

法阵落下以后，释放出一道道炫纹，冰封、火海、电流和卷风齐发！

玄寅专心用聚灵伞吸收着瘴气，在来这里以前，涂金珠、涂银珠、涂宝珠和涂九珠都将自己的内丹借给了他。

涂山狐妖的妖力逐渐和他融合为一体，而蓬蒙释放的瘴气也源源不断地透过伞柄传到他的双手，吸入体内。

他的五官开始变幻，变回了在昆仑遇到水墨时的模样。他的身体慢慢拔高，双手拉长，渐渐的从男童变为少年，从少年变为青年，俊美得让人不可直视。

朱邪飞快地捕捉着一道道鬼符阵移动的频率，抓准空隙就放出攻击。

燕羽元手握无极杖直指上天，一道道闪电从云端落下，覆盖在手杖外，成为一把长长的闪电剑。

黑潮连连受到攻击，影子像雾一样开始转淡，隐藏在黑影下的景象慢慢显露出来。

那是一群群长着同样的脸，有着一样身高，但身体却各形各异的人。有的人皮肤上覆盖着墨色的鳞片，有的人双手变异成尖锐的爪子，有的人背后生着巨大的肉翼，有的人双腿如同蜥蜴……密密麻麻加起来，几万个，十几万个？多到朱邪都快要怀疑当初建造九宫浮地的时候，白鹤殿是不是虚报了面积，不然怎么能容得下这么多的人？

这么多的人，全都是蓬蒙的分身，他们睁着血红的眼睛，张口发出狰狞的叫声，嘴里释放出黑色的沙雾。

燕羽元握住电剑迎面冲了进去。

长达数米的剑身一个横扫，扫倒了一片，数百个分身被电光瞬间碳化、龟裂，然后化作黑烟消散，而闪电刃扫过形成的蓝色炫纹还没有消失，依旧围绕在燕羽元的周遭，劈出一道又一道湛蓝色的冷光。

朱邪眨了下眼，发现又有一片分身倒下了。

然后他明白那些炫纹并不是在电剑劈过后留下的，而是燕羽元一直在以肉眼难以察觉的速度挥着剑刃向周遭发出攻击，以至于空气中频频留下电光残影。

以一人之力冲进汹涌的敌潮，这本来是很不理智的二货行为，但他的高频率攻击无形中在他的周围形成一道壁垒，让那些分身难以靠近。

长着肉翼的蓬蒙分身张开翅膀飞到上空寻找突破口，朱邪连忙回神，将数把飞剑射出，精准地将他们打下。

燕羽元以自身为轴，挥剑画了一个圆，剑过之处，一道法阵浮现在他的脚下。

画完法阵的最后一笔，他举起电剑，重重地摔下。

洪流般的电光贯穿了人潮，直冲向街道的另一头，数千个分身瞬间化作一道细细的影子消散了。

燕羽元一击成功，无极杖已恢复原样。他拔地跳起，撤出敌潮，奔向树屋，额头溢出一层薄汗。

这一波强攻看来凶猛，却耗费了他大量的法力，但他必须给蓬蒙最大的震慑，为玄寅争取时间。

燕羽元回到了鬼符阵的庇护中，朱邪见他脸色疲惫，不禁问："为什么要出去，在这里不也一样？"

他苦笑道："不要忘了鬼符阵是谁发明的，虽然蓬蒙已经疯了，但他不傻。"

朱邪转头一看，果然有几个分身已经开始凌空画起鬼符，用正确的方式打破符阵。

他气急败坏道："没事做什么非要用鬼符布阵?!"

"以毒攻毒效果更好，同样效用的阵法用灵符会被破得更快。"

他的话音刚落，几道发着红光的符字朝着漩涡打来，这一次没有再被弹开，而是轰的一声炸出一簇火花。

朱邪连忙召出一把弓，射向发鬼符的分身。但这次他没有得手，因为那些分身施法躲开了。

蓬蒙被封印了太多年，连语言的能力也丧失了。刚解封时他只凭着一股暴戾横冲直撞，虽然震慑与破坏力惊人，但攻击方式非常莽撞。但现在他面对强敌，他曾睥睨三界的智慧又逐渐苏醒了。

"是我眼花吗？刚刚打下的数量好像又回来了。"

"虽然你是破眉毛，但你的视力没有问题，蓬蒙的分身的确是无限量的，这也正是他最棘手的地方。"

朱邪的额头露出一道青筋。

"不要生气。"燕羽元严肃地说："保持体力，等到树屋被毁，就是我们要出击的时候。"

又有数道符文打在漩涡上，整个树屋都微微一颤。

朱邪抬头看了一眼上方的玄寅，他现在已经隐约能理解燕羽元的意图。只有当玄寅超越蓬蒙，将他身上的太岁全部吸走，才能制止蓬蒙一次次分身，而那时就是他们正式绝杀蓬蒙的机会。

“对了，你徒弟呢？”

朱邪忽然觉得少了些什么，再一想，那个经常跟他叫板的水墨居然没有黏过来。之前他明明给了她传音螺，燕羽元恢复转生记忆这么大的事她居然不跟他通报一声？

“她啊……”燕羽元的语气有些低沉，却还是故作不在意道：“她去了一个很远很远的地方，正化作一颗星星注视着我们。”

这是什么鬼台词？连最老套的戏本都不屑用了好不好！

等等，他不是在开玩笑？朱邪忽然感到后背发凉。

蓬蒙被释放，水墨却不见了，难道她一面和他约着要攻回九宫山，一面偷偷去放蓬蒙换羽衣？

燕羽元是怎么恢复转生的？只是记忆的话，为什么连法力也跟以前不一样了？还有他身上的血是怎么回事？

他有一肚子疑问，此时却来不及细问，因为终于有一个漩涡被符文击穿了。

朱邪在十根羽箭上加上重力法阵，从洞口射出。

第一波朝着这边飞来的分身被重力吸到了地上。

而第二波，是燕羽元投下的十重法阵。

玄寅听着耳边恼人的轰鸣，感到自己的体内仿佛开了一道门。

那是他幻想中的太岁族，在有着很多漂亮房子的世外桃源里，打开门，一个个太岁争先恐后地进到他的房间做客。不，不是房间，而是家。

来吧，门就在这里，为什么你们不进来？

来吧！

一个分身突然化作一团光球，朝着树屋顶上飞去，投进了玄寅的体内。

又一道，又一道，又一道……

蓬蒙也终于察觉到不对，开始将一个个分身融合起来，阻止分身的力量太弱被吸走。

与此同时，他也没有放弃对符阵的攻击。当所有符阵被击破，燕羽元和朱邪迎头冲上，相互配合着杀进敌潮。

玄寅努力想要迎接更多的太岁，却感到了重重的阻力，似乎有另一股力量在跟他进行拉锯战。

这时，他忽然感到身上的银簪在移动，云丝伴随着星光洒向大地，无声无息地缠住一个又一个分身。

“是谁?”

玄寅颤抖地问。

这时他身上的另一道法器也凭空飞出。

是朱邪送他的十息锤！

第十九章　再会

融合以后的分身数量大幅消减，但力量、速度和法力却增加了数倍。

燕羽元和朱邪的身上都开始出现伤口，脸上、身上的血和汗也越来越多。

他们背靠着背，极力清扫着眼前的敌人，并不时交替地放出几个防御法阵。可蓬蒙也不是只会徒手作战，无论在凡人时代还是成魔以后他都是术式高手。

法阵与法阵相撞，符文与符文相冲，炫纹与炫纹交缠。

夜幕笼罩，激烈的对抗远远望去就像是一场焰火盛会，唯有凑近才能感受到其中浓烈的煞气与杀机。

妖族已经被吓得退回鬼市，人类修士则在犹豫、观望，而嫦娥镇居民则在静默、祈祷。

一根黑阵刺入了朱邪的肩膀，他的右手瞬间麻痹。

燕羽元替他挡了一大爪，随即被趁机补位的分身纠缠住。

这时朱邪忽然发现十米外几个分身正在念长法诀，这是要放大招的节奏，而且以气场来看绝不输给他在桂花江追杀狐妖的那个大招！

他不顾扫到他身上的攻击冲过去想要阻止，却又悲观地预感到自己不可能成功。

果然，法诀已经念完，他们抬起手就要施法。

这时，一个半透明的巨锤锤到了他们的身上，大招立刻被打断。

朱邪很快意识到这是他的十息锤，可玄寅不是还在树屋上？而且这一锤看起来比玄寅使用时要厉害得多。

又几个锤子锤下，却看不到持锤的人。燕羽元也发现了这一幕，嘴角勾起一丝怀念的微笑。

几秒后，锤子终于被一个分身打飞，但焰火盛宴已经被打断，黑暗重新统领了战场。

下一秒，空气中忽然划过了流星雨，一场逆流的流星雨！

流星来自蓬蒙的分身，去向是玄寅。

成片的分身化作流星飞向他，他的力量越来越强，流星雨的速度也越来越快。

蓬蒙果断地融合了所有的分身，只留下一个自己。

在他准备倾尽全力发出猛烈一击时，燕羽元的电剑已经迎头斩入。

电柱从头贯穿至脚。

啪。

轻轻一声。

蓬蒙的身体化作一团黑灰落到地上。

一代魔皇，就此倒下。

……

“就这么简单？”良久，朱邪似乎难以置信：“让天界头疼了那么久的魔皇，就这样被我们给灭了？”

九宫山是逆天战的主战场，九宫门是蓬蒙的封印地，而他是九宫门的掌门，整个凡间听蓬蒙的事迹听得最多的人。

他无数次想过如果有一天蓬蒙被释放，人间会变成何种光景？遮天蔽日？腥风血雨？水深火热？

而要消灭蓬蒙，即便整个修仙界组团压上，那也将是艰难的、漫长的、死伤惨重的血战。

可现在，只是一晚，只有他们几个。

蓬蒙却死了。

连数千年前天界也做不到的事，他们却做到了。

他不是没有自信，甚至于还有那么点自恋，可这是蓬蒙啊。就算他炼造的法器都被天界收走，只能画皮赤手空拳，但这是蓬蒙啊！

燕羽元道："天界头疼的从来都不是蓬蒙的力量，而是头脑。他太会策动和利用群力，一洗一大片的脑，连坊抹黑天庭的那招想必也是从他这里学来的。如果他没有疯，没有去攻击把他当成信仰的妖族，就算有个活太岁在这里我们也赢不了。"

连坊？那个死了的县令？为什么提到他？他就是冒充燕南的人？

朱邪想起那些年轻修士的对话，沉重地点了点头。

无论如何，他们已经胜了。

但一切还没有结束，他必须重新封住蠢蠢欲动的鬼门，永久地驱逐鬼市。

还有……

他转过头，看向沉浸在夜色中的九宫山，心里掠过一丝隐痛。

没了，蓬蒙没了，九宫门也没了。

他今后又将何去何从？

这时，玄寅像风一样奔到燕羽元的面前，抓着衣领焦急地问道："是不是水墨，是不是她?!"

朱邪疑惑地看过来。

想起刚刚的银河和锤子，的确像是那个小女仙的手笔。

燕羽元说："是。"

玄寅先是一怔，随即无力地松开手，脸上夹杂着痛苦与丝丝不确定的欢愉："她不是消失了？"

"嗯，是消失了，所以你看不到她。"

"……哈？"

号称变回美青年后就要把燕羽元踩死的玄寅，石化了。

消失后就会看不见？

字面上似乎有这个意思没错。

可等等，好像有什么不对？

"水墨没死？"

"她是神仙，不会死的。"燕羽元一本正经道。

"也没有烟消云散？"

"是消了，但不会散，她的仙灵还在，只是再也没办法出现了——怎么，我之前没跟你说过？"

"你没说！"玄寅要气爆了，虽然水墨还在他很高兴，但他这么大喘气地吓人是什么意思？

朱邪向燕羽元询问水墨到底发生了什么事，他简短几句交代了一下。

"就算仙身没有了，没办法给她弄个临时躯壳寄宿吗？"朱邪问。

"她的原形是天树，除了九天之外生长的东西，适应不了其他的躯壳。"

玄寅听到这里突然想到："我听说羽衣就是从九天之外诞生的。"

"没错，所以我才要偷它。"

"那还不赶紧给她穿上！"

燕羽元苦笑："你觉得她在知道我没有羽衣会死以后，还会要这件羽衣吗？"他将视线转向周围，缓缓扫过每一寸空气，目光温和而悲伤："她只会躲起来，永远都不出现在我面前，永远也不让我知道她在哪儿。”

玄寅沉默了，他说得没错，水墨不会给他机会脱下这件羽衣，她不会让燕羽元死，她宁愿自己消失。

他看了眼燕羽元，正想再说些什么，却被他眼中触目惊心的悲哀震得不能言语。

……

鬼市再度被燕羽元和朱邪联手封印了。

虽然不能消除鬼门，但既然蓬蒙已经不在九宫山，九宫门也被毁了，嫦娥镇对妖界来说就不再有任何意义。要开鬼市哪里不能开，要盖住妖气？桂花林别的地方也有。

第二天清晨，燕羽元在嫦娥镇的中央弄了个扩音的法器，让老板和卢长舟轮流宣传妖族已经退了，幸存者可以出来了。

一个是曾经的嫦娥镇首富，一个是郡主的未婚夫，两人的知名度让本地居民对他们非常熟悉，听到这声音慢慢涌上了地面。

活下来的人比燕羽元想象的要多得多，或许是因为后来连坊无法控制住妖族的情绪，不敢让他们恢复妖力，威胁到自己，所以全镇人被做成骨灰潭的场景并没有实现，劫后余生的人们站在面目全非的街道上，没有去惋惜损毁的家园，而是纷纷在人群中寻找着自己的家人、朋友。

两道小小的身影在人潮中钻来钻去，突然间看到了什么。

“掌门?!”

“掌门?!”

朱邪和玄寅听到这声音不约而同回过头。

玄寅瞪大眼睛：“番薯，茄子?”

番薯和茄子听到有人这么叫自己都怔了怔，抬头看到玄寅的样子，非常不解。

这个漂亮的大哥哥到底是谁啊，怎么声音和老大这么像？

玄寅看到他们眼中的疑惑，这才想起自己已经大变样。

明明以前做梦都想长大的，可现在他却觉得有点尴尬和怅然。

朱邪走到两个小道童面前，表情有些不敢相信。

他们的注意力又回到掌门身上，茄子涨红脸不好意思地说："对不起掌门，我们太害怕，所以拉着灵鹤逃走了……"

番薯也羞愧地垂着头："掌门你罚我们吧，我们知道错了，怎么罚我们都行，千万别把我们赶出九宫门。"

如果换做以前，朱邪会痛斥他们一顿并永不录用，就像以前他对连坊做的那样。可现在，听着身边一道道呼唤、哭喊，他觉得他的眼眶也在发热，一种陌生而温暖的情绪在他的眼底涌动，轻轻地说："逃得好。"

两个孩子诧异地抬起头，睁着泪汪汪的眼睛迷茫地注视着他。

朱邪将手放在他们的头上，轻轻拍打着："活着就好。"

活着就好。

房子没了没关系，小镇毁了没关系，只要活着就好。

连缈站在街头上，耳边不断地响起这些话。

活着就好。

但她杀死了燕羽元。

而现在蓬蒙败了，妖族败了，这是不是意味着……爹也败了？

周围不断有人认出连缈，感谢她带领大家逃过一劫。对着这些真诚的感恩，连缈面如死灰。

"哎哟，原来你在这儿，你未婚夫一直在那边找你呢。"一位大娘拍着连缈的肩膀说。

她顺着大娘的手指往那边看去，人潮汹涌，她看不见卢长舟到底在哪里。就算看见，她也不能见了。

她步步后退，退进旁边破损的商铺，藏身在阴影里。

透过窗户上的大洞，她看到卢长舟走过来，脸色焦急地在寻找些什么。看了几眼没有发现，又继续小跑着往左去了。

连缈用只有自己才听得到的声音喃喃道：“你知道吗？我是真的想要和你白头到老的。”

她终于什么也没有了。

……

玄寅将内丹还给了涂山狐妖。

涂宝珠见到他现在的样子，眼前一亮：“我算是见识到什么叫比女人更漂亮的小伙子了，就是妖界手艺最好的画皮师也画不出这样巧夺天工的脸啊。”

他被夸得不好意思，羞涩地红了脸。

涂银珠也跑过来围观，还动手掐掐他的脸：“嗯，嗯。”

嗯什么啊？

玄寅觉得她看自己的眼神就像看蒸笼上的包子。

不过他也没有不高兴，借内丹对妖怪来说这得是多严重的事啊，要是他一走了之不想还，她们这些年的道行都得毁了。可涂金珠一发话，居然连准狐王涂九珠都毫不犹豫地拿出内丹给他。除了九宫山灵脉被毁时见到水墨回来找自己，玄寅这辈子还没这样感动过。

他很有礼貌地鞠了一躬：“谢谢燕大娘、二娘、三娘，还有小狐王。”

“你叫我们娘？”涂宝珠故意歪曲他的话，“啧啧，听起来很顺耳的，虽然我们已经有了个帅帅的儿子，但他以前跟个小老头似的不好玩，现在又反过来玩我，要是能再收个嫩嫩的好欺负的儿子也不错啊。”

“我不是那个意思……”玄寅想解释。

涂银珠继续掐他的脸：“嘿嘿，儿子。”

她人话还是说得不好，为免说多错多，现在都学涂九珠装闷骚。

玄寅被扯住脸没法好好讲话。

涂金珠见她们胡闹也没出声制止，只回了他一句：“乖。”

“……”咦咦？谢谢后面回一句乖是什么意思？

玄寅傻了。

难道这样他就真成她们的二儿子了？

虽然新形象意外讨得涂山狐妖的母爱泛滥，让玄寅极度不适应，但相处了一阵子以后，他渐渐被她们所营造的温馨气氛所感染。那些只存在于他对太岁族幻想里的场景一点点在现实中重现，相比会反过来教训老娘的燕羽元，玄寅得到了她们更直观的溺爱。

后来玄寅想通了，燕羽元抢他水墨，他就抢他的娘，有什么不对？

所以他欣然接受了二儿子的身份，毫无障碍地加入了涂山族，作为世上唯一的太岁，成了涂山氏公认的吉祥物。

嫦娥镇的重建工作很快展开。

地上的建筑一一得到修葺，而地下的城洞经过反复勘探，确认了安全系数后被居民们大比例投票保留下来。这既是妖怪入侵的手笔，又保住了很多人的性命，是一个意义深刻的活纪念馆。

没多久，华夏各地的消息社纷纷派人前来采访，居民们却都三缄其口，不肯透露半点消息。因为在他们赶来的同时，在思乡老板的主导下，大批的江湖时报已经发放出去，里面如实记录了嫦娥镇、九宫山的遭遇和现状，图文并茂，还有大量的独家一手采访。

由于连坊之前的洗脑造势，人们本来就对蓬蒙抱有极高的关注，但多数还是口水战，没有干货。但现在故事有了现实版的后续，一波三折，波澜起伏，并且以百姓的亲身经历反驳了所谓的蓬蒙英雄论，所以一经发行就受到了热烈的欢迎。

亲魔皇派们终于醒悟了，明白自己居然被人奸利用，给妖怪当枪使，纷纷义愤填膺，砸了偷偷刻的蓬蒙雕像，并继续关注独家报道后续。

卖报赚来的钱最后被投入了地下城的建设里，设计图纸就贴在衙门的外墙上，路过的居民见了都对竣工的那天充满期待，认为这将成为嫦娥镇最抢风头的新景点。由于人奸是连坊的消息还没有传出，大家都提议要在地下城里立一个连缈的雕像，来感谢这位传奇的郡主县令。

连缈已经回宫，临别时没有见任何一个人，回宫后再也没有出现在世人眼前。

由于嫦娥镇人在小报上把她当成女英雄，百姓们对这个郡主都充满好奇。有传言说她效仿父亲开始闭关钻研修仙之道，也有传言说她即将与异国王储联姻，还有的传说她得病死了，谁也不知道哪个是真的。

卢长舟以为她不告而别是因为接受不了连坊再次惨死，只能默默祝福她早日走出阴影，有个好归宿。

他没有像涂宝珠所担忧的那样入赘给涂九珠当男媳妇，而是一如既往地在桂花江边继续自己的捕鱼生涯，偶尔涂九珠会跑出来找他玩，他就变着法做鱼汤、鱼粥给她吃。久而久之被周围的渔民发现端倪，取笑他丢了郡主老婆，居然又骗回个水灵灵的小姑娘，桃花运简直好到无耻。

其实他一点也没觉得他跟小九尾狐有什么暧昧，虽然涂九珠很亲近他，但他觉得她下意识地其实是在他身上寻找他爹的影子。

放下可以，但要变心很难，他偶尔还是会挂念连缈，所以能理解涂九珠也会挂念他爹。

只是斯人已逝，而曾经在嫦娥镇被八卦率最高的一对金童玉女，也将会随着时光流逝相忘于江湖。

……

转眼一年已去。

燕羽元走遍各地寻找让水墨显形的办法，却始终一无所获。

他知道她就在自己身边，但他看不见，听不见，闻不到，虽然水墨可以使用法器提示自己的位置，但她很固执地不肯让燕羽元知道自己在哪里。

他以死人的身份穿上羽衣，虽能起死回生找回以前的记忆，却不能升仙去天界。即便到了天界，他也去不了九天之外，那是连元始天尊也不会踏足的地方。

一年后，当他收到朱邪的飞信回到嫦娥镇时，这里的光景已经比一年之前的中秋节还要繁华。

街道上游人如织，有的是冲着这里的美景美食，有的则是冲着活传奇来的。

一些被妖怪破坏的道标建筑被原样保存下来，其中最出名的是大树屋，虽说人们现在已经不能坐上去，但在下面围观的反而更多了。

树屋前立碑刻上了九宫掌门朱邪大败魔皇蓬蒙的经过，燕羽元和玄寅的角色由他的两个小道童代替。这样做并不是朱邪想要出风头，而是羽衣和太岁对凡人来说实在太打眼了，传出去不知又要引来多少疯狂觊觎。

燕羽元经过树屋时，向导正声情并茂地描述朱邪如何以一敌万、轻轻松松把蓬蒙打得灰头土脸跪地求饶，朱邪十分感动，然后义正词严地拒绝了他，徒手把他给撕了。

“……”

燕羽元觉得自己还是走远点好。

他飞上九宫浮地，找了一圈，最后在灵田岛上看到了朱邪。

他正和一群道童在洒圣水诀，沐浴灵田。

燕羽元走过去的时候第一反应看了半天他的手，若有所思道："徒手撕蓬蒙?"

"……"朱邪脸一黑："滚。"

"你千辛万苦地把我找来，就是为了让我滚?"

他看着他皮笑肉不笑的模样，忍不住问："你在昆仑当赤霞真人的时候也是这样?"

燕羽元回忆了一下，说："那时候还是神仙，必须无情无欲清冷孤高，就算后来心里变了在玉帝面前也得伪装，那死老头比你还刻板偏执神经病……"

"咳咳咳咳……"朱邪忽而一阵猛咳，打断他的抱怨。

他也收了口，看向田上的小萝卜头们："你打算就靠这群小孩复兴九宫门?"

"九宫门最早建立时不也是白手起家? 别人不知道，我还不清楚普贤真人跟我们门派压根儿扯不上关系，只是被我们抱了大腿吗?"

"我就是担心你太操劳没时间修炼，一个不小心老了，门派还半死不活。再说这里的灵脉都毁了，已经不适应修炼……"

朱邪脸色一沉，燕羽元以为他又要发火，谁知他说："普贤真人来过了，他说我们除蓬蒙有功，要帮我们修复灵脉。"

燕羽元忽然意识到什么，转头一看，只见一只白鹤站在远处的木屋顶上。

白鹤和他对视了一眼后便飞走了。

他这才明白朱邪刚才为什么打断他的话，又莫名其妙检讨起九宫门抱大腿的黑历史。原来正主就在这儿。

十三仙中他与普贤真人走得最近，后来在九宫门选择培养朱邪上位，除了看中他性格坚毅不服输，也有点原因是因为他是普贤身为凡人时的亲族后代。他不确定这位仙友是否真的不记得他了，不过就算还记得，想必他也会装作不知情。

他们已经仙凡有别，如今这一眼已是最大的宽慰。

燕羽元离开九宫山后，在路上见到了涂山狐妖和玄寅一行。

朱邪为回应他们在灭蓬蒙时做出的贡献，认可了修仙界讨论多年的“良妖证”制度，经过验证，对凡人无害的妖怪领证即可在凡间行走，不用再穿画皮。证件防伪技术齐全，有效期一年，次年重新考核，负责考核的修士年年更换，不容人奸再次出现。

此时涂宝珠正在向街上的男人抛媚眼，涂银珠把大包子往玄寅嘴里塞，涂金珠看他吃得满脸油，掏出手绢给他擦。

燕羽元会心一笑，没有打扰他们的兴致，而是去了思乡酒馆。

他现在很想喝酒。

老板见到他，有些讶异：“七夕节居然到我这里来喝闷酒?”

“今天是七夕?”

难怪外面这么热闹。这一年来他东奔西走，都快忘了凡间的时日。

他选了间安静的厢房。小二端来酒菜，他想了想，多要了一副碗筷。

等小二离开，房里只剩下他一个。

他吃了口牛肉，朝对面的座位一笑：“香喷喷的，只能看不能吃，很难受吧?”

这一年里他这样自言自语的时间渐渐多了起来，虽然无论说多少都无法得到回应，但他害怕一旦水墨听不到他的话就会赌气跑远。

哪怕是放风筝手里还牵着一根线，可他现在却连风筝的影子都看不到。有时候他甚至会怀疑水墨是不是连仙灵也散掉了，如果她真的不在了，他又为什么要重新回到这个世间?

“在不在，给个反应吧？放心，我不会逼你穿羽衣，我也很怕死的。”

过了许久，房门突然晃动了一下，然后被推开了。

燕羽元屏息抬头看去，已经不会跳动的心脏仿佛都提到了嗓子眼儿。

一个穿着素衣的女人撩开半截布帘走出来。

不是水墨。

他的内心被巨大的失望占据，过了一会儿又重新看向女人的脸，忽然露出惊愕的表情。

他认得这个女人，一个绝对不应该出现在这里的人：“嫦娥？你怎么会在这儿！”

来人正是月宫里那个嫦娥，她浅浅一笑，一派小家碧玉的柔情：“这里的老板是我现在的夫君。”

燕羽元这才想起她和玉帝的赌约，既然天树已毁，她自然是赢了，能够下凡了。

不过居然这么快就成亲？还是跟酒坊老板？说起来他倒是说过喜欢良家妇女型。可这也太快了！

“我再下凡尘，一切已恍如隔世，直到看到酒坊的招牌，我就决定要留在这里了。”嫦娥说。

她在月宫多年，最苦的便是思乡，回到故地后看到这两个字顿时像是遇见了知音，没多久便与老板结为了连理。

她仍旧没有忘记后羿，只是漫长的时光熬干了她的坚守，既已恢复自由，她不想辜负这份恩赐的成全。

燕羽元错愕之后露出了复杂的笑意：“恭喜。”

嫦娥说：“我欠水墨一个人情，所以务必要还她一件东西。”

她拿出了羽衣。

拿出了……

羽衣?!

燕羽元浑身僵硬地看着她手中流转着光华的薄衫。

世间有两件羽衣，除了他身上的这件，嫦娥也有一件，只是她在月宫软禁多年，燕羽元绝没有想到要把主意打到她的身上。

可现在她身在凡间，还把羽衣亲手送到了他的面前。

“玉帝没把羽衣收走?”

嫦娥道：“听说是元始天尊发话，说既然当年天界已经将羽衣送给了我，就该交由我处置。”

燕羽元忽而想起那只飞走的白鹤。

普贤真的没发现他穿了羽衣？为什么他没有将他盗走的羽衣取回?

直到这一刻他才明白，原来元始天尊一直是偏心他这个徒弟的，当初除去他的仙籍，恐怕也是为了不让他成为众矢之的。

嫦娥放下羽衣，款款离去。

燕羽元定定地凝望着前方，羽衣之下，水墨的身形一点点显现出来。

他的心情仿佛又回到当初打开画轴时一样，看着空白的纸页上勾出水墨丹青，染上五彩斑斓……然后她睁开双眼，对上他的目光。

那张眉目如画的脸上，露出了久别重逢的笑容。

好久不见，我很想你。

这一刻，燕羽元默默在心里说。

虽然你一直就在我身边，但我还是很想你。

番外 七夕

“一个赤霞，两个赤霞，三个赤霞……”

昆仑洞府里，小画仙水墨盘腿坐在地上，身边环绕着无数道光符，符的内容并非文字，而是简笔画，画里的赤霞真人正做着一个个奇形怪状的鬼脸，丑不拉几的。

水墨竖着手指，指尖流光飞转，很快勾勒出另一张鬼脸。她轻轻吹了口香气，鬼脸便飘到了上空，跟蝴蝶似的在洞府里翩翩起舞。

“唉！”水墨往后一倒，大摊着手脚。

过了一会儿，她闷闷不乐地在玉石地板上打起了滚。

“好无聊，好无聊啊！”

赤霞真人已经下凡许久，她被禁制困在洞府里，被要求默写十万篇符文，写得两只手都要断了他还不回来。

在她终于把自己的头发、衣服全部弄乱以后，突然听到一阵爽朗的大笑声从门口传来。

水墨凌空浮起，欣喜地喊道：“普贤！”

穿着草鞋长褂、披头散发的普贤真人拎着个大酒壶走进洞府，看着水墨乱七八糟的样子，顿时感到一股子亲切。

昆仑十三金仙性格各异，但如普贤真人这般放荡不羁的独此一家。他从不以金仙的身份为尊，对元始天尊定下的戒律也时常敷衍了之，喜好喝酒吃肉，看凡尘书籍，因此被身边的仙友诟病凡缘不净。然而他又是金仙中唯一一个得道后便再也没有下过凡的，甚至连这回故乡嫦娥镇出了变故，他也是不闻不问。

“赤霞什么时候回来？”水墨用小狗一样水汪汪的眼睛盯着普贤问。

普贤真人怅然地坐了下来，顶着一张年轻俊朗的脸，用糟老头的语气道：“唉，你就记得赤霞，就不知道关心一下你的好师叔吗？”

水墨连忙走到普贤真人的身后，体贴地给他捶肩捏背：“你又惹师尊生气啦？”

“不提也罢。”普贤灌了一口酒，才道：“赤霞在嫦娥镇遇到些麻烦，估计得再多耽误一阵。”

“出什么事了？”

“妖族正在蠢蠢欲动，想要复活魔皇蓬蒙。”

水墨顿时担忧起来：“赤霞会输吗？”

普贤真人道：“他的法力虽说在仙界数一数二，可现在凡界瘴气过重，对仙力有所压制，况且他又不能暴露仙家身份，唉，难办啊……”

普贤真人喝干了一壶酒，拉着水墨下了几盘棋，直到收到元始天尊的鹤令才意犹未尽地离开，丝毫不顾自己曝出的消息会给小世侄带来怎样的波澜。

水墨坐立不安地走来走去，踏遍了整个洞府也没能平静下来，最后一个平地扑把自己埋进了后院的仙草里。

草坪是赤霞真人亲手改良过的，下面有一个聚灵阵，时时刻刻滋生着纯粹的天地灵气，既茂密又柔软，就像一张鲜乎乎的毛毯。

赤霞是个注重细节和讲究的人，对自己的洞府大到楼阁溪水，小到器具摆设，无一不是亲力亲为，自从捡回水墨以后，他更是将仙家法器与机关符箓灵活运用到洞府的每一寸，力求让水墨住得称心满意。

作为低等小画仙，水墨虽然灵力充沛，却因为出身不正始终得不到元始天尊的信赖。在昆仑圣地，她几乎是处处受制寸步难行，为了防止旁人找她麻烦，赤霞真人每次下凡都会在府外设下禁制，除了好友普贤真人不许任何人靠近，而水墨也受困于禁制无法私自出行。

尽管洞府里容纳了数不尽的书籍法宝、奇珍异兽，还有一堆负责打扫、洗衣、逗趣的活木偶人，可只要赤霞真人不在，水墨还是会感到每一日都过得空洞至极。

她不喜欢这种翘首期盼的感觉，比起等待，她更热爱追逐，她想跟随赤霞真人上天下地，见识真正的山川河海，哪怕要吃苦受累也在所不惜……

在灵气的熏陶下，水墨渐渐放松了思绪，陷入深眠。

晚霞远去，暮色降临。

仙草发出淡淡的幽光，转瞬间便照亮了大半个庭院。

两个木偶人僵硬地走过，当它们发现草坪里的水墨，立即依照赤霞真人设定的指令去房间拿出毛毯，轻手轻脚地搭在小主人的身上。

水墨翻了个身，十分没有安全感地蜷缩起四肢，把毛毯抱在了怀里。

天空上看不到星星，洞府里也听不到虫鸣，空气安静得可怕。

不知道过了多久，一道赤红的光影忽然自天际飞来，落在了草地上，显出身形。

来人穿着一身黑红相间的云纹锦衣，长眉如剑，眉心有一道赤色伤痕，头顶束着发髻，发髻下的长发随风飘逸，整个人显出一种绝世独立的孤寂。

他便是赤霞真人，位列昆仑十三金仙之首，法力高强，是元始天尊最重用的爱徒。

赤霞注视着草坪中央的水墨，只见她紧抱着一张毛毯，呼吸将毯子上的绒毛吹得一耸一耸。

仙草从里飞出无数道碧绿的荧火，仿佛是要欢迎晚归的主人，在空中划出一道道斑驳的炫光。

赤霞穿过光幕，走到水墨的身侧，蹲下身子，一只脚自然地跪在了地面。

水墨的脸在荧光的照耀下薄如纸翼，光点舞动着在她的肌肤上映出各种图案。赤霞真人原本冷冽的双瞳渐渐软化，满脸都写着柔情似水。

他在凡间的琐事其实尚未结束。

每次下凡，他都要幻化出不同相貌身份在世间游走。凡尘的蝇营狗苟、尔虞我诈早已令他厌倦万分。他无时无刻不在牵挂着洞府里等待他的小画仙，担心她会不会被普贤欺负，会不会在修行时因为顽皮伤了自己，会不会感到日子无趣，会不会像她突然从画中诞生那样，又突然消失不见……

赤霞真人伸出修长的手指，撩动着水墨的发丝。

水墨浓密的长睫动了两下，缓缓睁开眼睛。

她嗅到了一股熟悉的淡香，头也不回地将脸在赤霞真人的掌心里蹭了蹭，带着蒙眬的睡意声音黏糯地说："你怎么回来啦，普贤说你还要在下面待很久……"

赤霞真人藏起眼中的热意，淡淡地答道："今日是七夕。"

水墨一怔。

她知道每到七夕便是银河最璀璨的时候，赤霞早已答应会带她观看奇景，但或许是天意弄人，过去每逢七夕赤霞真人都会遭遇琐事耽搁，始终没能成行。

然而这一次，赤霞真人披着一身风尘违规回到了昆仑，只因为今日是七夕。

水墨坐起身，看着赤霞好生生的样子，顿时忘记了普贤真人之前的乌鸦嘴，俏脸上露出欣喜的笑意："我们要去看银河？"

赤霞真人点了点头，从袖子里取出一根红绳："这是隐身结，只要绑上它，一个时辰以内即便是元始天尊也看不到我们。"

赤霞将一根红绳绑在自己和水墨的尾指上，念出法诀，二人的身影立刻变得透明。

在角落里悄悄围观的木偶人们见状吓了一跳，纷纷四散而逃。

水墨嘿嘿大笑，发现连自己也看不到赤霞又有些紧张，便顺着红绳找到了他，两只手紧紧地挽住了他的胳膊。

……

昆仑云海平静得如同暮色的镜面，亿万星光汇聚在云层上空，就像巨大的银蛇向天的彼端恣意游走，星光倒映在云镜当中，反射出越发璀璨的光晕，偶有流星稀稀拉拉地落入云层，顷刻间便迸射出一簇簇耀眼的火花。

昆仑众仙纷纷来到崖边，观赏着这波澜壮阔的一幕，有些兴致盎然的仙友甚至会骑上法宝或坐骑，一路追随着银河而去。

赤霞真人牵着水墨，旁若无人地路过几位金仙，肆无忌惮地来到一处僻静崎岖的高地。他在草丛间洒下一粒种子，种子生出一段木桩，横在空地上成为天然的座椅。

两人并肩而坐。

水墨瞪大眼睛望着面前的瑰丽胜景，口中不时发出哇哇的赞叹。

赤霞的心情因她不加掩饰的喜悦受到感染，有些后悔隐身得太过彻底，以至于无法看到水墨脸上雀跃的表情。

“普贤说凡人看到流星都会许愿，现在有这么多流星，我可以许几个愿望？”水墨边摇着赤霞真人的胳膊，边数着一颗颗星星。

“许你最想实现的那个就好。”

水墨想了想，低头闭上眼睛，轻声念道：“我想永远和赤霞在一起。”

赤霞真人闻言，心中顿时感到一阵酸楚。

水墨将头靠在赤霞真人的肩上，喃喃地：“我不想一个人待在洞府里，不管你去哪儿，我都想跟着你一起去，好不好？”

赤霞真人的心中一片苦涩。

他想起了在蓬蒙那里看到的秘轴，想到卷轴里有关炼造天树的记录，想到水墨的出生和命运。

他用禁制将水墨关在洞府里，其实并非是怕仙友骚扰，而是怕她接触外界后会生出感情。

如若永远像白纸那般纯粹无瑕就能让她长长久久地活下去，他宁愿永远无人知晓他内心的思念与动摇。

然而一天天过去，他发现自己错了。

当他看着旁人都在欢庆七夕，想着水墨孤零零留在洞府的情形，才忽然觉得自己为了躲避她一次次离开昆仑到底有多傻。

“好……”赤霞真人道。

水墨愣了愣，愕然地说：“你说什么？”

“只要潜心修炼，我就带你下凡。”

“真的？”水墨简直想要振臂欢呼，却听到普贤真人的大嗓门正从附近传来，立即捂住了嘴，闷声偷笑起来。

无数只黑雀自他们身后飞来，密密麻麻地追着银河而去。

围观的仙友们纷纷转移阵地，要去观赏鹊桥。

水墨见赤霞真人不动，便问：“我们不去？”

“他们难得见面，我们又何必打扰？”

“……是啊。”水墨其实也不明白有什么不可打扰的，只是别人都没想到的事，赤霞却想到了，这让她有种与有荣焉的骄傲。

他们静静地坐看银河，直到隐身结的时效几近结束，眼看着那道红线在自己和水墨之间慢慢消融，赤霞真人忽然间有种不祥的预感，仿佛他与水墨的缘分将会像这根红线般断裂消失。

是该下个决断了，他想。

“我该走了。”

水墨点点头，一言不发，眼神里透露着无处隐藏的郁闷。

“我知道你讨厌洞府外的禁制，想不想学习破解之法？”

水墨的眼睫刷地一下噌起，两眼亮晶晶的，瞳孔里仿佛汇聚着另一道银河。

赤霞真人轻笑着撩起她的刘海儿，将拇指放在她的眉心，指下不断有字符闪烁。

这一刻，他只想把自己的所有法力都给她，让她再强一点，强大到黄泉碧落都无法夺走她的生命。

水墨闭上眼睛，一无所知地任凭那些符文灌入自己的脑海。

赤霞真人缓缓地收回手。

“好好练习，等我回来。”

水墨感到眉间的热度消失，再睁开眼时，赤霞真人的身影已经消失得无影无踪。

她环视四周，良久，失望地低下头。

银河已经渐渐没入乌云，无法得见。

一轮明月倒映在云镜当中，令她想起了月宫里被囚禁多年的那个凡人女子。

她会不会也像她这样日夜等待着什么呢？

水墨回到洞府，尝试再三，发现自己果然可以解开禁制了。

从此以后再也不会有什么困住她，只要躲过其他神仙，她就可以在昆仑自由行走，甚至是离开昆仑畅游天界。

她该去哪儿呢？去南天门逗哮天犬？去偷窥太上老君的炼丹炉？还是去月宫看嫦娥？

思来想去，最后她哪儿也没去，又静静地躺回到仙草丛里。

即便能够打破禁制，她也无法突破壁障下到凡间。

既然不能去找赤霞，去哪里又有什么不一样的呢？

她闭上眼睛，回忆着自己初见赤霞真人的情形。丝毫没有注意到有只太岁精穿过了她刚刚打开的禁制，藏入了洞府里。

……

赤霞真人自昆仑密道出来，便见普贤真人的背影大大咧咧立在洞口。

他顿住脚步，眼中露出一丝锋芒。

普贤灌了一口酒，道："九宫山这回是否在劫难逃？"

赤霞真人怔了怔，问："既然在意，为何自己不肯下凡照拂后辈？"

他摇摇头："我已决心了断凡缘，就不想再有牵绊。"

"那又何必再问？"

普贤真人想了想，点头："你说得对，既已无情，何须挂怀？天地有数，自有安排。"

他叹了一声，头也不回地驾云鹤飞去。

赤霞真人默念着他的那句话，总觉得他似乎在冥冥当中暗示着什么。

天地有数，可天地无情，他不能把一切赌在命运上。

既已有情，便要自己争取！

赤霞真人眸光一凛，决然离去。

……

二十年后。

嫦娥镇。

燕羽元走在拥挤的人潮里。

水墨跟在五步之外，时而随风飘起，时而从行人的体内穿行而过。

她已经失去了肉身，只余下神识，眼下没有人看得见她，也没有人碰得到她，就如同游荡在人间的一缕幽魂。

这一年里，她跟随燕羽元踏遍了凡尘与妖界，眼看着他为了寻找让她复原的办法日渐消瘦，心里从早先的着急渐渐变成了淡然。

她知道燕羽元做得到，正如他还是赤霞真人时那样，只要他决心成就的事必然会竭力达成，她无须担忧，只用静静地在一旁等待就好。

只要心中深信，等待就不再可怕。

眼看着燕羽元进入九宫山，知道他会停留一阵，水墨便开始四处游荡。

她轻飘飘地在人流上方飞行，看到了已经变得玉树临风的玄寅，看到涂山三姐妹，也看到了和卢长舟黏在一起的涂九珠。

他们都过得很好，这一年里，唯一不好的大概只有燕羽元。

自从找回赤霞真人的记忆后他就变了，两世的记忆纠缠在他的身体里，让他时常游移在燕南、赤霞真人和燕羽元之间，似乎不知道究竟该以何面目去面对那些曾经熟悉的人。

他总是在笑，内心却比在昆仑的那个他更加沧桑和孤僻。

他变得虚伪、刻薄，仿佛要将尖酸化为面具，与故人之间划开一道横沟。

但无论他变成怎样，对水墨来说都是一样的，他的所有化身里都承载着同一个灵魂，那就是会为她遮风蔽雨、粉身碎骨的赤霞。

不知道游荡了多久，一声鹤鸣传入水墨的耳中，她突然看到前方的树屋顶端站着一只白鹤，白鹤收起双翼，顷刻间便化作了人形。

“普贤？”

普贤真人抬起头，目光准确地对上了水墨的眼睛。

水墨诧异地飞了过去，围着普贤真人足足转了三圈。

普贤真人按了按额头：“别转了，师叔年纪大，眼昏。”

水墨这才停在他的面前：“你怎么下凡啦？”

“自从赤霞被驱逐以后，其他金仙就分担了他的重任，你师叔我也不能偷懒啦。”

“你想起赤霞了？”她惊喜道。

普贤摇了摇头：“当初你一再向我提及他的事迹，我表面不信，却暗自追查，最后元始天尊告知我实情，让我不要声张……别怪天尊，他这样做是为了将来。”

“将来？”

普贤真人笑了笑：“很快你就知道了。”

他拍了拍水墨的头：“后会有期。”

说着，便又化作白鹤飞去。

水墨目送普贤一路远去，眼见追不上了，决定去和燕羽元会合。

不知道他刚才有没有见到普贤师叔，有没有和他说过话？

途经思乡酒坊，水墨忽然看到一道身影在院子里走动。

那一瞬间，她觉得时光仿佛和自己开了一个玩笑。

她愕然地落到嫦娥面前，见她柔美依旧，神情却再也不像身在月宫时那样荒芜和空洞，而是充满了安宁与祥和。

原来她已经获得了自由，还在距离她这么近的地方。

水墨顿时放下了昔日误闯月宫造成的苦难，打心底里为她高兴。

她围观了一阵，见她幸福自在，正要离开，却听到外面传来燕羽元的声音。

“老板！”

嫦娥猛地转身，眼中竟然噙着激动的泪水。

水墨正感到奇怪，却见她飞奔到屋子里。她一路跟去，只见嫦娥小心翼翼地从床下抽出一个木盒，拉开盖子，里面立即释放出流光溢彩。

原来这就是元始天尊口中的将来。

水墨看着羽衣，不禁笑了，泪水顺着她的笑脸滑落下来。

她突然想起，今日好像是七夕。

又一个七夕，该聚合的人终会相聚。

（完）